Cœur à prendre

SHIRLEE BUSBEE

La rose d'Espagne	*J'ai lu* 2732/**I**
Le Lys et la Rose	*J'ai lu* 2830/**I**
Le quiproquo de minuit	*J'ai lu* 2930/**J**
Au-delà du pardon	*J'ai lu* 2957/**J**
L'appel de la passion	*J'ai lu* 3056/**M**
Lady Vixen	*J'ai lu* 3143/**M**
Sous le sceau de l'amour	*J'ai lu* 3287/**L**
Cœur à prendre	*J'ai lu* 5556/**I**

Shirlee Busbee

Cœur à prendre

Traduit de l'américain
par Élisabeth Luc

Éditions J'ai lu

Titre original :

A HEART FOR THE TAKING

Ce roman est dédié à mes amis et fidèles compagnons :

Carla et Sandy Reimer, qui m'ont soutenue dans les moments difficiles et m'ont fait partager leur connaissance des chevaux ;
Barbara et Loren Mack-Fischer, pour leurs anecdotes et leur explication clairvoyante des textes anciens,

et

Howard, le meilleur des hommes.

PROLOGUE

Virginie, le 9 avril 1740

Au cœur d'une nuit profonde, au milieu
de nulle part...

Un orage terrible s'abattait sur la campagne. Le vent balayait les cimes des arbres tandis que des éclairs déchiraient le ciel. Un grondement sinistre précédait le fracas assourdissant de chaque coup de tonnerre. Le paysage semblait comme déchiré de part en part.

Si Letty Walker avait eu le choix, ce n'est certainement pas cette nuit qu'elle aurait choisie pour donner la vie. Seulement, elle n'avait guère d'emprise sur les éléments déchaînés qui secouaient la Virginie. Pas plus que sur l'arrivée imminente de son premier enfant. En outre, l'accouchement se présentait mal.

Letty avait été la première surprise par cette grossesse tardive. Mariée depuis près de vingt ans à Sam Walker – dont elle était toujours très amoureuse –, elle venait, en ce mois de janvier de l'an de grâce 1740, de célébrer son trente-huitième anniversaire. Un âge bien trop avancé pour porter un premier enfant, lui avait-on affirmé. À chaque contraction, son corps lui rappelait cruellement le poids des ans. Pourtant, elle avait espéré la venue de ce bébé plus que tout au monde. Elle désespérait presque d'avoir un jour le bonheur d'être mère.

Sam et elle étaient tous deux enfants uniques. De même que leurs parents respectifs. Lorsqu'ils s'étaient mariés, fonder une grande famille pleine de rires et de tendresse était leur plus profond désir. Pourtant, au fil des ans, aucune grossesse ne s'était manifestée. Cet enfant dont la naissance approchait était le fruit de nombreuses années d'espoir et de prières. Pour tenir enfin son bébé dans ses bras, Letty était prête à endurer les pires souffrances.

Tandis que Sam et Letty se languissaient de fonder une famille, Constance Walker, la jeune belle-mère de Letty, une écervelée, priait au contraire pour que leur souhait ne se réalise pas. Constance était arrivée d'Angleterre deux ans auparavant après avoir épousé John Walker, le père de Sam. Très vite, elle avait mis au monde un petit garçon prénommé Jonathan. Jusqu'à la grossesse de Letty, il allait de soi que le fils de Constance hériterait un jour de l'immense fortune des Walker.

Or, selon la loi, l'héritage revenait de droit aux enfants éventuels de Sam, le fils aîné. John tenait à ce que sa fortune reste dans la famille. Ainsi, à l'âge de soixante-deux ans, il était parti en Angleterre en quête d'une jeune épouse susceptible de lui donner un second enfant. Constance Wheeler possédait toutes les qualités requises. À la grande joie de John, Jonathan était né dix mois après leur mariage, célébré en Angleterre. Letty et Sam s'étaient sincèrement réjouis de cette naissance. Malheureusement, John était mort six semaines plus tard. Walker Ridge, son vaste domaine, avait donc été partagé équitablement entre les deux fils du défunt : Sam, l'aîné, et Jonathan, le cadet. Sam garderait le contrôle sur le domaine jusqu'à ce que Jonathan atteigne l'âge de trente-cinq ans. Dans cette perspective, Constance jouait à merveille son rôle de jeune veuve éplorée. En effet, Sam et Letty n'ayant pas d'héritier, elle voyait déjà son enfant à la tête de l'empire des Walker.

Depuis son arrivée dans le Nouveau Monde, Constance considérait les biens des Walker comme les siens : les terres, les champs de tabac, la somptueuse maison de planteur, les navires, sans compter l'argent. De telle sorte qu'elle avait accueilli l'annonce de la grossesse inespérée de Letty comme une véritable catastrophe.

Respectés dans tout le pays, les Walker appartenaient à la haute société virginienne. Leurs ancêtres s'étaient implantés à Jamestown un siècle auparavant. Au fil des ans, John Walker avait fait prospérer son patrimoine. En dépit de son âge avancé, il n'avait eu aucun mal à convaincre cette jeune Anglaise de dix-neuf ans de l'épouser. Certes, le père de Sam et de Jonathan, un homme robuste et fier, n'avait besoin ni de perruque ni de poudre pour paraître dans la haute société. Il possédait les yeux bleus et pétillants des Walker et leurs traits finement ciselés. C'était un homme mûr fort séduisant. Il aurait plu à n'importe quelle jeune femme en âge de se marier. Il s'était rendu en Angleterre dans le but unique de trouver une mère à son héritier. Mais, en voyant les yeux d'émeraude et les cheveux blonds de Constance, il était tombé éperdument amoureux d'elle. Issue d'une famille noble désargentée, la jeune fille ne possédait aucune fortune personnelle. C'est pourquoi elle n'avait pas hésité une seconde à quitter son pays pour suivre John, bien décidée à assurer l'avenir de son enfant.

Constance posa un regard hostile sur Letty, allongée, les traits déformés par la douleur d'une nouvelle contraction qui la terrassait. La jeune veuve grimaça. Elle ne nourrissait pas de haine envers Letty. En fait, elle l'aimait bien. Letty était gentille et adorait Jonathan. Seul cet enfant à venir lui inspirait antipathie et jalousie. Elle en voulait déjà à cet intrus qui allait priver son propre fils d'une grande partie de son héritage. C'était injuste, songeait-elle. Jonathan était l'héritier des Walker. Il méritait toute la fortune.

Au cours de la grossesse de Letty, Constance avait passé de longs mois à ressasser ses sombres pensées. Cet enfant n'était qu'un usurpateur, un rival. Bien sûr, en tant que fils légitime, Jonathan ne manquerait jamais de rien, mais elle s'en moquait. Elle ne supportait pas qu'une partie de la richesse de son fils soit attribuée à un autre.

Un violent coup de tonnerre ramena la jeune femme à la réalité. Le bébé se présentait déjà alors qu'il n'était attendu que pour le mois de mai. Un mois d'avance, un accouchement difficile et long. Bien trop long... Soudain, la jeune femme reprit espoir. Et si ce nouveau-né ne survivait pas...

Plus optimiste, elle se pencha pour éponger le front moite de Letty.

– Poussez, ma chère, dit-elle gentiment. Efforcez-vous d'oublier la douleur. Ne gigotez pas ainsi. Votre enfant ne va pas tarder à naître.

– Oh, Constance ! Vous croyez ? murmura Letty dans

un souffle. Vous n'avez pas mis aussi longtemps à accoucher de Jonathan. Si je me souviens bien, père est très vite venu nous annoncer que vous aviez mis au monde un superbe garçon.

Constance ne put réprimer un sourire :

– C'est vrai, ma chère, mais il faut avouer que je suis bien plus jeune que vous.

Voyant le regard anxieux de Letty, elle s'empressa d'ajouter :

– Ne vous inquiétez pas. Tout va bien se passer. C'est un peu long, rien de plus.

– Si seulement Sam était auprès de moi, murmura Letty. Il ne serait jamais parti pour Philadelphie s'il s'était douté que le bébé arriverait en avance.

– Chut... Sam a accompli sa mission. C'est à vous de jouer, maintenant.

Prise d'une violente contraction, Letty ne put réprimer un cri de douleur. Après plus de trente-six heures de souffrances, elle était épuisée. Elle s'inquiétait de plus en plus pour la santé de son enfant. Les heures passant, elle redoutait de mourir en couches. Sam serait anéanti s'il perdait femme et enfant.

À la pensée de son mari, Letty reprit courage et guetta le moindre signe que lui transmettait son corps. Dehors, l'orage grondait de plus belle, le tonnerre couvrant les cris de la jeune femme.

Letty reposait dans un lit drapé d'un baldaquin de soie verte. Sur le sol, devant la cheminée de marbre, un épais tapis aux tons roses conférait une note de féminité à la pièce, que des lampes à huile baignaient dans une douce lumière dorée. Sur la table de chevet était posée une pile de serviettes blanches ainsi qu'une petite couverture bleu et blanc tricotée avec amour par la future mère à l'intention de son enfant.

Letty et Constance n'étaient pas seules. Anne Clemmons, la dame de compagnie de Constance, venue avec elle d'Angleterre, surveillait avec attention l'évolution des événements. Anne était au service de Constance depuis l'âge de douze ans. Son destin était étroitement lié à celui de sa maîtresse. Pour elle, tout ce qui était bon pour Constance lui convenait. Aussi n'envisageait-elle pas la venue de cet enfant avec plus d'enthousiasme que Constance.

Anne repoussa le drap et leva les yeux vers sa maîtresse.

– La tête est visible, déclara-t-elle. Encore quelques poussées et ce sera la délivrance.

Letty accueillit la nouvelle avec soulagement. Enfin, elle allait pouvoir serrer son bébé dans ses bras.

– Mon Dieu, pourvu que tout se passe bien !

Tout à sa douleur, elle ne remarqua pas que Constance crispait les poings avec un air de dégoût. Folle de rage, la jeune femme voyait son bel avenir s'écrouler.

Anne s'affaira à sa tâche. Au bout de plusieurs contractions, Letty retomba sur son oreiller, à bout de forces.

– C'est un garçon, annonça Anne en soulevant le nouveau-né. Un garçon mort-né.

Letty ne put réprimer un cri d'angoisse.

– Donnez-le-moi ! s'exclama-t-elle. Vous devez faire erreur ! Il ne peut être mort !

Pourtant, c'était vrai. Letty ne put que le constater en voyant le visage cyanosé de l'enfant dans les bras d'Anne. Il avait le cordon ombilical enroulé autour du cou. Pleurant à chaudes larmes, Letty serra le petit être contre sa poitrine.

Constance adressa un regard triomphant à sa dame de compagnie. Elle s'était inquiétée pour rien : Letty ne pouvait donner le jour à un enfant en bonne santé. Ne se sentant plus menacée, Constance put apporter tout son soutien à la jeune mère éplorée.

– Letty ! Je suis vraiment désolée pour vous. Je sais combien cette naissance comptait pour Sam et vous !

Letty caressa tendrement le fruit de ses entrailles, s'émerveillant de la perfection de ses traits, trop anéantie pour écouter les paroles de réconfort de sa belle-mère.

– Il est si beau, murmura-t-elle entre deux sanglots.

Machinalement, elle observa ses petits pieds.

– Regardez, il a même six orteils au pied droit, comme tous les Walker. N'est-il pas superbe ? murmura-t-elle en le caressant.

Anne et Constance continuèrent à la réconforter. Anne finit par lui enlever son fils. Constance lui tendit un verre d'alcool contenant une forte dose de laudanum.

– Buvez ceci. Cela vous aidera à dormir et à supporter la douleur.

Elle aida la jeune accouchée à avaler le breuvage. Pendant quelques minutes, Anne s'affaira en silence dans la chambre, emportant les draps souillés, puis enveloppa l'enfant dans une serviette.

Épuisée, folle de chagrin, Letty resta immobile quelques instants avant de sombrer peu à peu dans une douce torpeur.

Pendant ce temps, Constance écrivit une lettre pleine de bons sentiments pour annoncer la triste nouvelle à Sam. Anne chantonnait presque en voyant sa maîtresse si satisfaite de la tournure des événements.

Soudain, Letty fut de nouveau foudroyée par une douleur intense.

– Seigneur ! Que se passe-t-il ? cria-t-elle.

– Les suites de l'accouchement, répondit Anne d'un ton apaisant. Ne craignez rien, madame.

Mais Anne se trompait. Sous l'effet de l'alcool et du laudanum, Letty sombrait petit à petit dans le sommeil, malgré la contraction qui la tenaillait. Or, elle était en train de mettre au monde un second enfant. Un garçon aussi fort et plein de vie que son malheureux frère était mort.

La mâchoire crispée, Anne coupa le cordon ombilical et enveloppa le bébé dans la couverture tricotée par sa mère. Le nouveau-né s'époumonait. Anne posa la couverture sur son visage, cherchant à étouffer les cris.

– Qu'allons-nous faire de lui ? souffla Anne. Il est bien vivant, celui-ci.

Constance se mordit les lèvres, les traits déformés par la haine face à ce mauvais tour du destin. C'était trop injuste. Qui aurait pu s'attendre à l'arrivée de jumeaux ?

Plissant les yeux, elle observa Letty. À demi inconsciente, la parturiente était persuadée d'avoir accouché d'un seul enfant. Un enfant mort-né...

Constance n'hésita pas une seconde de plus. Sa décision était prise. Cet enfant allait empêcher son fils de toucher son héritage. Letty croyait son fils mort-né. Pourquoi ne pas la conforter dans cette opinion ?

– Débarrasse-toi de lui, ordonna-t-elle à Anne. Tout le

monde dort. Va le jeter dans la rivière. Nul n'en saura rien.

Anne hésita. Elle s'occupait de Constance depuis son plus jeune âge et l'aimait tendrement. Elle était prête à tout pour elle. Mais un meurtre de sang-froid ? Le nourrisson s'agitait dans ses bras.

– Eh bien ? Qu'est-ce que tu attends ? reprit Constance. Débarrasse-toi de lui.

– Madame, je...

Constance se renfrogna. Puis elle s'avança vers Anne et la gifla avec une violence inaccoutumée.

– Tu m'entends ? Je te dis de nous débarrasser de lui !

– Il ne vous a fait aucun mal, madame. Monsieur Jonathan sera tout de même un homme fortuné. Et vous êtes une riche veuve, bien plus riche que vous n'auriez pu l'espérer lorsque vous viviez en Angleterre chez votre père. Vous ne...

– Comment oses-tu ? la coupa Constance en la fusillant du regard. Tu vas m'obéir, sinon, gare à toi ! Je pourrais te renvoyer en Angleterre sans un sou. C'est ce que tu veux ? Je pourrais écrire à mon père pour lui dire que tu es une menteuse, voire une voleuse. Tu ne retrouverais plus jamais de travail. Que deviendrais-tu alors ?

Anne fixa longuement Constance. Il en avait toujours été ainsi. Constance la menaçait des pires malheurs pour obtenir ce qu'elle voulait d'elle. Ensuite, elle redevenait la jeune fille délicieuse et souriante que tout le monde adorait. Seule Anne connaissait cette facette de la personnalité de sa maîtresse. Elle la savait capable de mettre toutes ses menaces à exécution.

– Très bien, concéda-t-elle, les épaules voûtées.

– Je savais bien que tu ne me laisserais pas tomber, répondit Constance avec un sourire enjôleur. D'ailleurs, je ne t'aurais jamais renvoyée en Angleterre. Que ferais-je sans toi ? Tu m'es si loyale...

Voyant que sa domestique ne semblait guère sensible à ses flatteries, Constance continua :

– Je te revaudrai ça, je te le promets.

Le cœur lourd, Anne s'éloigna, serrant le bébé dans ses bras. Dans le couloir sombre, en passant devant le portrait de la grand-mère de Letty, elle crut défaillir : Emily y posait avec Amelia, sa sœur jumelle. Sans faire de bruit,

Anne prit sa cape et quitta rapidement la maison, portant l'enfant contre elle.

Dans le parc, elle dut affronter les éléments déchaînés. Marchant sous la pluie battante, elle chercha à chasser toute pensée de son esprit. Il fallait qu'elle gagne la rivière.

Le cours d'eau se trouvait à presque un kilomètre de la maison et des dépendances. D'ordinaire, il s'agissait d'une belle promenade parmi les arbres. Mais sous la pluie et dans le noir, Anne peinait à chaque pas. La pensée de sa funeste mission la meurtrissait au plus profond de son âme.

Le bébé était plus calme, à présent. Elle s'efforça de ne pas penser à lui, de ne pas sentir ce petit corps blotti contre sa poitrine. Bientôt, percevant le bruit des eaux tourbillonnantes de la rivière, elle ralentit le pas. Comment pouvait-elle commettre un tel crime ? Même pour Constance, l'être auquel elle tenait le plus au monde ? Mais avait-elle le choix ? Sa maîtresse n'hésiterait pas à la châtier en cas de désobéissance. Arrivée au bord de la rivière, la domestique s'arrêta. Un éclair illumina les eaux noires et déchaînées. Elle ouvrit sa cape et en sortit l'enfant. Incapable de le jeter à l'eau, elle fondit en larmes. Elle ne pouvait tuer cet être innocent ! Pourtant, elle ne pouvait regagner la maison sans avoir accompli sa terrible mission.

Soudain, elle aperçut une lumière qui s'approchait d'elle. Quelqu'un arrivait muni d'une lampe tempête. Qui cela pouvait-il être ? Retenant son souffle, elle serra l'enfant contre elle. Ce n'était pas le moment de se faire remarquer.

Éperdue, elle regarda en tous sens, ne distinguant rien que les ténèbres. Que faire ? La lueur vacillante s'approchait et Anne ne savait toujours pas comment réagir. L'orage parut se calmer un instant, le vent tomba et la pluie cessa.

Une voix d'homme parvint alors à ses oreilles. À sa grande stupeur, elle se rendit compte qu'il chantonnait. Comment pouvait-on chanter au cœur d'un orage aussi terrible ?

À cet instant, l'enfant se mit à vagir. Aussitôt la voix se tut.

– Qui va là ? demanda l'inconnu à la cantonade.

Terrorisée, Anne agit sans réfléchir. Elle déposa l'enfant sur la rive et, sans regarder en arrière, elle s'enfuit dans les bois. Les cris de l'enfant résonnèrent longtemps tandis qu'elle se dirigeait vers la maison, priant pour que l'enfant soit sauvé, que cet inconnu l'emmène loin de Walker Ridge, un endroit où il pourrait vivre en toute sécurité.

Un grondement de tonnerre couvrit soudain les pleurs du bébé. N'entendant plus rien, Morgan Walker haussa les épaules et se dit que son imagination lui jouait des tours. Il avait d'ailleurs avalé quelques pintes de bière à la taverne. D'un pas chancelant, il reprit sa marche vers la maison de gardien de Walker Ridge.

Morgan était un cousin éloigné de Sam. Ils avaient en commun un arrière-grand-père. Il était en quelque sorte la brebis galeuse de la famille, un homme honnête mais désinvolte. Incapable d'économiser un sou. Un garçon séduisant qui préférait le jeu, la boisson et les filles faciles au travail. Orphelin depuis l'âge de douze ans, il avait grandi à Walker Ridge. John et Sam s'étaient occupés de gérer la plantation de tabac qui lui revenait jusqu'à sa majorité.

Malheureusement, Morgan n'avait aucun sens des affaires. En deux ans, il avait dilapidé tout son héritage. À vingt-trois ans, il s'était retrouvé criblé de dettes. Sam avait réussi à sauver la plantation de la vente aux enchères. Morgan était officiellement propriétaire de ces terres et de sa maison, mais Sam s'occupait de tout.

Il avait toujours été clair qu'il s'agissait d'un arrangement temporaire. Dès que Morgan serait assez mûr pour gérer son patrimoine, Sam lui céderait les rênes. Malheureusement, Morgan ne donnait aucun signe de vouloir changer de vie. En fait, si Sam ne lui avait pas attribué la maison de gardien et une rente, que le jeune homme dépensait à la taverne du village, Morgan serait sans doute devenu un vagabond.

Aux yeux de tous, sauf de Sam, il était la honte de la famille. Il ne voyait pas pourquoi il aurait dû fournir le moindre effort pour changer. Il avait repris sa marche quand il perçut plus clairement les cris du bébé. Il se figea. Son esprit embrumé par l'alcool chercha à distinguer ces cris. Il revint sur ses pas. À sa gauche, le paysage fut soudain illuminé par un éclair. À sa grande stupeur, le jeune homme aperçut alors l'enfant emmitouflé dans une couverture, au bord de l'eau.

Comprenant que le nourrisson était abandonné, il s'approcha prudemment et, avec les gestes lents d'un homme éméché, il souleva le petit être.

Il ne s'était pas trompé. L'enfant se mit à pleurer dans ses bras, effaçant ses derniers doutes. Désemparé, il scruta les alentours, en quête de quelque mère affolée. Mais personne n'apparut. Il était bel et bien seul sur la rive, en pleine nuit, au cœur d'un des orages les plus violents qu'il ait jamais connus, avec un nourrisson affamé dans les bras.

L'effet de l'alcool se dissipa en un clin d'œil. Soudain, il fut sobre et pleinement conscient de la situation. Son esprit tournait à plein régime. Plissant les yeux, il contempla les eaux sombres et bouillonnantes, en contrebas. Il n'y avait que deux explications plausibles à cette surprenante découverte : soit la mère de cet enfant s'était tuée en tentant de franchir la rivière, laissant bizarrement son enfant derrière elle, soit le pauvre petit avait été délibérément abandonné à son triste destin. Une idée encore plus sordide lui traversa l'esprit. Peut-être espérait-on que le bébé serait emporté par les eaux glaciales et déchaînées...

Morgan fut parcouru d'un frisson d'horreur et serra l'enfant contre lui. Puis, l'air déterminé, il prit sa lampe tempête et s'éloigna à longues enjambées.

Les sanglots du malheureux s'étaient calmés. Morgan se surprit à chantonner une berceuse pour tenter de le rassurer tandis qu'il se hâtait dans la nuit. Sa voix parut apaiser le bébé, qui hoqueta. Quelques minutes plus tard, en atteignant enfin son cottage, il s'aperçut que l'enfant s'était endormi.

Il déposa son précieux fardeau dans un fauteuil, près de la cheminée, et raviva les braises. Puis il alluma une lampe à huile et, écartant les pans de la couverture bleu et blanc, il regarda l'enfant de plus près.

De toute évidence, il s'agissait d'un nouveau-né d'à peine quelques heures. Il portait encore des traces de sang séché sur la peau. Son arrivée impromptue avait sans doute effrayé la personne qui avait apporté l'enfant, que ce soit sa mère noyée par accident ou un monstre au sinistre dessein.

Morgan parcourut des yeux le corps du nourrisson. Soudain son regard se posa sur un petit pied à six orteils. Outre les proches parents de Sam, il était le seul à connaître le sens de ce léger défaut. Il faisait partie de la famille, lui aussi.

Il se rappelait clairement cette nuit, cinq années plus tôt, où Sam et lui étaient partis à la chasse. Surpris par la nuit très loin de chez eux, en plein orage, ils avaient trouvé refuge dans une cabane et avaient allumé une flambée avant d'ôter leurs bottes mouillées. En remarquant les six orteils de Sam, Morgan s'était étonné.

– Je suis ravi que tu trouves cela bizarre et que tu ne considères pas cette particularité comme la marque du diable, avait répondu Sam avec un sourire. S'ils étaient au courant, certains le penseraient.

Sam avait fixé son pied droit d'un air pensif.

– Je suppose que je devrais me réjouir de ce sixième orteil. Cela a commencé avec mon grand-père, qui l'a transmis à mon père puis à moi. Disons que c'est une preuve de filiation.

Il se tourna vers Morgan et, les joues légèrement empourprées, avait ajouté :

– J'aimerais que tu n'en parles à personne. Les gens sont superstitieux. Je ne voudrais pas que mon père ou moi devenions sujets de crainte ou de mépris.

Morgan avait juré de garder le silence. Les horreurs liées à la peur du diable n'étaient pas si loin. Les sorcières de Salem ne remontaient qu'à une cinquantaine d'années et la peur du Malin demeurait vivace dans les campagnes reculées. Sam et sa famille préféraient donc ne pas ébruiter leur particularité physique.

Les yeux rivés sur le sixième orteil de l'enfant, Morgan secoua la tête. Cet infortuné ne pouvait être que le fils de Sam. Il savait pertinemment que Constance ne se réjouissait guère de la naissance prochaine du nouvel héritier. Sa gorge se noua. Sam était en voyage d'affaires à Philadelphie et avait laissé Letty seule avec Constance. Un horrible soupçon naquit dans l'esprit du jeune homme.

Il refusa d'abord de croire à une telle horreur. Cet

enfant était peut-être un bâtard de Sam... Mais Morgan chassa bien vite cette pensée. Si Sam avait eu une maîtresse, il l'aurait su. Nul n'ignorait que Sam adulait son épouse. De toute façon, il n'aurait pas mis deux femmes enceintes exactement à la même époque. La coïncidence était trop extraordinaire. Non, cet enfant ne pouvait être que le fils de Sam et de Letty. Un fils que quelqu'un avait laissé pour mort au bord de la rivière.

Hésitant et anxieux, Morgan dévisagea le nouveau-né. Que faire ? Si Constance était derrière cet acte odieux, mieux valait ne pas retourner chez elle avec l'enfant dont elle cherchait à se débarrasser. Mais il devait aussi penser à la réaction de Letty. Si ce bébé n'était pas le sien et bel et bien celui d'une maîtresse... Morgan ne voulait pas être celui par qui le malheur arrive. La culpabilité de Constance inquiétait le jeune homme. Si elle avait essayé de tuer cet enfant une fois, qu'est-ce qui l'empêcherait de recommencer ? Et qui croirait les accusations de Morgan, avec la réputation qu'il traînait comme un boulet ? Pour la première fois de sa vie, il regretta sa désinvolture.

Il devait tout à Sam et à sa famille. Pouvait-il les trahir en dénonçant publiquement les agissements criminels de Constance ? Et s'il se trompait ? Et si l'enfant n'avait six orteils que par pure coïncidence ? Sam n'avait peut-être rien à voir dans sa conception. Néanmoins, les premières habitations se trouvaient à plusieurs kilomètres de Walker Ridge. Seule une femme vivant sur la plantation pouvait avoir mis l'enfant au monde. Il fallait avoir une bonne raison pour abandonner ce nouveau-né. Un héritage, par exemple.

L'enfant se mit à gémir. Morgan le prit dans ses bras et le berça tendrement. Chassant ses pensées moroses, il regarda autour de lui, en quête de nourriture. Soudain, il se rappela un petit pot de lait qu'une esclave de la grande maison avait déposé dans son garde-manger le soir même.

Nourrir l'enfant se révéla une entreprise délicate. Il imbiba un linge propre de lait et le glissa entre les lèvres de l'enfant qui se mit à téter avidement. Ayant bu une bonne quantité du précieux liquide, il finit par s'endormir. Le déposant dans le fauteuil, Morgan réfléchit à la suite des événements.

Si Sam avait été présent, il se serait empressé de lui porter l'enfant. Sam aurait su quoi faire. Il aurait réglé le problème et aurait tiré cette histoire au clair. Mais son cousin ne serait de retour que dans quelques semaines. Il était hors de question de garder le bébé chez lui. Il soupçonnait qu'il y serait en danger. De plus, il n'avait pas la moindre idée de la façon de s'occuper d'un nourrisson.

En l'absence de Sam, il lui faudrait trouver un refuge temporaire. Mais en qui pouvait-il avoir confiance ?

Songeur, il plissa le front. Il se mit à arpenter la pièce, passant en revue ses relations. Il finit par choisir son cousin Andrew Walker. Il dirigeait une petite école aux environs de la bourgade de Petersburg, au bord du fleuve Appamattuck. Andrew était un homme honnête et très respecté. Quant à Petersburg, c'était l'endroit idéal, suffisamment éloigné de Walker Ridge pour mettre l'enfant à l'abri, mais assez proche pour que Morgan puisse le récupérer facilement au retour de Sam. Avec un peu de chance, il parviendrait à Petersburg en cinq jours. Avec un peu de chance...

Andrew et sa femme Martha étaient mariés depuis dix ans. Ils avaient eu plusieurs enfants mort-nés et commençaient à perdre tout espoir de devenir parents. La jeune génération des Walker ne semblait guère prolifique, admit Morgan avec un rictus de dépit. En tout cas, Andrew et Martha seraient ravis d'accueillir l'enfant abandonné aussi longtemps que nécessaire.

Il devrait leur faire promettre de ne rien révéler de sa particularité physique. Si Constance apprenait l'existence d'un bébé à six orteils, elle pourrait s'en prendre de nouveau à lui. Ses cousins comprendraient sans difficulté l'utilité de leur silence. Il suffisait de leur fournir les mêmes explications que Sam. Ils en concluraient que cet enfant était le fils naturel de Morgan et qu'il avait honte de cette tare.

En regardant le visage du nourrisson, il s'attendrit. Qu'importe ce qu'ils penseraient, du moment que le petit était en sécurité. Il n'avait plus à se soucier de sa réputation, déjà sévèrement entachée.

Sa décision prise, il prépara son voyage. Puisqu'il était en général trop ivre pour travailler, une absence de quelques jours n'attirerait guère l'attention. Tout le monde le croirait en train de cuver dans un coin ou dans les bras de quelque fille de petite vertu.

À l'idée d'emmener l'enfant chez ses cousins, il fut saisi de doutes. Se trompait-il en échafaudant de telles hypothèses pour expliquer la présence de l'enfant sur la rive, en pleine tempête ? Une chose était certaine. S'il n'avait pas croisé son chemin, le nourrisson paisiblement endormi serait mort de froid et de faim.

Décidé à ne pas prendre le moindre risque, il réfléchit toute la nuit, en proie à mille tourments. Il donna du lait à l'enfant, touché par la fragilité de cet être innocent dans ses bras.

Aux premières lueurs de l'aube, l'orage se calma un peu, mais il pleuvait encore. La journée s'annonçait morose. Morgan s'activa, sella son cheval, prépara des provisions pour le voyage et enfila son manteau de laine. Il alla prendre le bébé, emmitouflé dans une couverture. Soulevant un pan de celle-ci, il plongea le regard dans les petits yeux bleus de l'enfant.

– Toi, mon bonhomme, tu as vraiment de la veine, dit-il avec un sourire. Tu n'aurais pas fait long feu si je n'étais pas passé par là au bon moment.

L'enfant se mordit le poing.

– Vraiment, continua Morgan en s'éloignant de la maison, on peut dire que tu as eu de la chance. La plupart du temps, j'emprunte un autre chemin pour rentrer chez moi. Hier soir, pourtant... C'est le hasard qui l'a voulu. J'ai entendu tes cris. À quelques minutes près...

Morgan s'approcha de son puissant cheval et entreprit de monter en selle tout en tenant l'enfant d'un bras. Une fois installé, il serra l'enfant contre lui et se mit en route.

Ils cheminèrent un long moment en silence, puis Morgan se mit à murmurer :

– Décidément, tu es un veinard... Quand je pense à ce qui aurait pu t'arriver... (Morgan secoua la tête.) Je préfère ne pas y songer. Au fait, il va falloir te trouver un prénom. Tu n'as personne d'autre que moi, dans la vie. C'est donc à moi de te trouver un nom.

Morgan respira profondément et fixa l'enfant :

– Et si je t'appelais Charles ?

Le nourrisson se mit à agiter les bras.

– Cela te plaît ? fit Morgan en souriant. Alors tu t'appelleras Charles. Charles Walker.

Son sourire s'effaça.

– J'espère simplement que la chance continuera à te sourire, mon bonhomme. Le trajet s'annonce périlleux, et je ne suis pas si certain que mon cousin sera enchanté de nous voir. Comptons sur ta bonne étoile !

PREMIÈRE PARTIE
Laura

1

Virginie, été 1774

Une demoiselle de haut rang, au front pâle, aux joues roses, au regard perçant et au petit nez retroussé comme un pétale de rose.
Tennyson

– Laura, viens voir ! C'est bien la créature la plus étrange que j'aie jamais vue ! s'exclama Ellen Merrivale en se penchant par-dessus le bastingage du navire.

– Ellen, je t'en prie, fais attention, ma chère... Nous venons de traverser l'océan depuis l'Angleterre sans encombre. Il serait dommage de conclure notre périple par une catastrophe, répondit Laura en rejoignant sa jeune sœur sur le pont. Ah, je vois à qui tu fais allusion ! reprit-elle, une lueur émerveillée dans ses yeux noisette.

– C'est un Indien ? demanda Ellen, les joues empourprées d'enthousiasme. Un vrai sauvage ?

– Hum... J'en ai bien l'impression. J'ai lu qu'ils portaient des plumes sur la tête et de longues tresses noires ainsi que des espèces de couvertures bariolées sur les épaules. Cet indigène correspond ma foi à cette description.

Ellen se mit à rire, ses yeux bleus pétillants de malice.

– Pourquoi faut-il toujours que tu sois aussi sérieuse ?

– Et alors ? Traite-moi de bas-bleu, comme la vieille Lady Wells de notre village !

– Pas toi ! Lady Wells n'aurait jamais accepté de venir

en Amérique. Pas même pour une visite de quelques mois, comme nous.

Ellen adressa à sa sœur un regard de biais.

– Je ne parviens pas à croire que nous sommes arrivées en Amérique. Jusqu'au moment où le paquebot a quitté le port, j'étais persuadée que tu changerais d'avis.

Laura prit tendrement sa cadette par la taille.

– Hum... j'ai bien failli, en effet. Je n'ai cessé de me demander si nous ne commettions pas une grave erreur en quittant l'Angleterre pour venir séjourner à Walker Ridge. Jonathan Walker me paraît être un jeune homme convenable, et je suis sûre qu'il sera un excellent mari pour toi, mais...

Ses joues s'empourprèrent soudain.

– Il ne m'a pas encore demandée en mariage, c'est à cela que tu songes ? coupa Ellen.

– Oui, admit Laura. Pourtant, inutile de nier la véritable raison de notre venue. Sans franchir officiellement le pas, Jonathan s'est engagé. C'est un homme d'honneur... (Elle soupira.) Si seulement...

Ellen se pencha vers elle, pleine de compréhension.

– Quoi ? s'enquit-elle. Si seulement il n'était pas aussi âgé ? Ou si seulement je n'étais pas aussi jeune ? Tu regrettes qu'il vive en Amérique, et non en Angleterre ?

– C'est un peu tout cela, avoua Laura avec une moue dubitative.

Les deux sœurs ne se ressemblaient guère. Ellen était aussi blonde que Laura était brune. Toutes deux étaient pourtant élancées et menues, tout en ayant de délicieuses rondeurs féminines. Assurément, elles avaient un air de famille dans les traits, mais Laura arborait un teint de pêche encadré par des cheveux brillants et de grands yeux, tandis que le regard bleu d'Ellen s'accordait à merveille avec sa peau d'albâtre. Toutes deux avaient le même petit nez retroussé, des lèvres pulpeuses appelant les baisers et un menton volontaire. Ellen était ouverte, chaleureuse, tandis que Laura se montrait plus réservée. L'éclat topaze de ses prunelles lui conférait un brin d'exotisme. Laura, Lady Merrivale, veuve d'un baron, avait dix ans de plus que sa sœur. Pourtant, sous le soleil éclatant de cette matinée de juin, il aurait été difficile de déterminer laquelle des deux avait dix-huit ans.

Comme le disait souvent Ellen, Laura n'avait rien d'une veuve. D'ailleurs, l'intéressée avouait qu'elle n'en avait guère l'impression. Mais elle avait toujours été la plus pragmatique des deux et s'était occupée de sa cadette depuis la mort de leur mère, lorsque Ellen n'avait que six ans.

Edward Merrivale, leur père, était un aventurier désinvolte et charmant, qui oubliait trop souvent qu'il était marié et père de famille. Il se contentait de cloîtrer femme et enfants dans son domaine du Surrey pour aller mener la grande vie à Londres, aux tables de jeu et dans les bras des filles de joie. Le décès de son épouse n'avait modifié en rien ses mauvaises habitudes. Pour lui il était fâcheux que Sally ait choisi ce moment pour partir vers un monde meilleur, le laissant seul avec leurs deux filles. Sally savait pourtant qu'il ignorait tout de la façon d'élever les enfants.

Par chance, Laura se révéla être une excellente mère de remplacement et endossa le rôle de châtelaine de Limewood. La jeune fille avait l'habitude de s'occuper de tout depuis plusieurs années, car sa mère était gravement malade. Après l'enterrement, leur père partit pour Londres. Certes, n'étant pas totalement irresponsable, il avait fait appel à une vieille tante et l'avait installée au château. Mais, en réalité, c'était Laura qui dirigeait le foyer.

Laura n'en voulait guère à son père absent. Elle ne connaissait pas d'autre vie que la sienne. Elle déplorait sa désinvolture, mais n'était pas malheureuse auprès de sa sœur et de leur tante Mary. Au fil des années, elle s'était mise à regretter que son existence ne fût pas plus passionnante. Quand son père n'oubliait pas de leur envoyer de l'argent, elle devait régler les frais, passant aussi son temps à tenter de neutraliser la récalcitrante Meg, la cuisinière, ou convaincre le boucher qu'elle paierait sa facture le mois suivant. Souvent, elle se demandait comment elle allait acheter une nouvelle robe à sa sœur. Bien sûr, elle connaissait aussi des joies. Elle adorait chevaucher à travers la campagne verdoyante, sur les chemins de terre, ou se glisser dans le verger de Lord Well pour chiper une pomme ou une poire.

Pourtant, le soir, après s'être occupée de la maison, Laura contemplait les étoiles, aspirant à une autre vie.

Elle avait envie d'aller au bal, de connaître de nouvelles têtes, au lieu de prendre le thé avec les sempiternelles amies de sa tante ou de déjeuner chez le pasteur le dimanche. Parfois, elle se demandait ce que lui réservait l'avenir. Jamais dans ses rêves les plus fous elle n'aurait imaginé épouser un jour un séduisant aristocrate.

Certes, ce ne fut pas un mariage d'amour. Avec le recul, si elle avait pris le temps de réfléchir, si son père ne s'était pas montré aussi pressant, elle ignorait si elle aurait accepté d'épouser le baron Spencer Merrivale, son cousin éloigné. Tout s'était passé très vite. Au lendemain de ses dix-huit ans, elle avait vu avec stupeur son père rentrer... à l'agonie. Blessé lors d'un duel à cause d'une femme mariée, ses jours étaient comptés.

Mourant, il s'était mis à songer à l'avenir de ses filles. Les créanciers engloutiraient rapidement son maigre héritage. Ses enfants risquaient de se retrouver à la rue. Désespéré, il avait écrit au chef de famille, Lord Merrivale, pour implorer son aide.

Celui-ci, qui avait à peu près le même âge que son cousin et était de la même étoffe, fut reçu à Limewood. À l'époque, il venait de se séparer de sa dernière maîtresse et en avait assez des dames huppées et capricieuses de la capitale. La fraîcheur et la beauté juvénile de Laura éveillèrent vite son intérêt.

Spencer était veuf depuis presque vingt ans. Sa femme était morte en mettant au monde leur quatrième fils. Il avait donc des héritiers. Son aîné l'avait même fait grand-père. Homme riche, il n'avait nul besoin de se remarier. Mais Laura était sa cousine. Pas question de la séduire comme une maîtresse de plus.

Sans aller jusqu'à tomber amoureux de la jeune fille, il éprouvait un tendre sentiment pour elle. Lorsque Edward lui fit part de son inquiétude quant à l'avenir de ses enfants, Spencer s'étonna lui-même en proposant d'épouser Laura.

Éperdu de gratitude, pressé par le temps, Edward organisa le mariage pour le surlendemain. Laura se retrouva mariée à un inconnu. Un homme séduisant et cultivé, mais arrogant et autoritaire. Et de cinq ans l'aîné de son propre père.

Contemplant le port de Richmond, alors que le bateau

allait accoster en Amérique, Laura s'interrogeait sur le destin qui l'avait amenée jusqu'au Nouveau Monde. Son union avec Spencer n'avait pas été malheureuse. À sa façon, il s'était montré prévenant et généreux. Il avait volontiers accepté Ellen et tante Mary sous son toit, sans le moindre commentaire désobligeant sur les dépenses de sa jeune épouse.

Laura soupira. À bien des égards, le mariage n'avait pas changé sa vie. Spencer ne voyait aucune raison d'emmener sa jeune épouse à Londres. Par ailleurs, elle n'avait plus à se soucier de payer des factures, portait des toilettes à la dernière mode et vivait dans une somptueuse demeure entourée de domestiques. Mais elle était toujours aussi isolée. De temps à autre, le baron l'autorisait à donner un bal ou une soirée. Mais il s'absentait souvent. Laura, Ellen et tante Mary s'étaient vite retrouvées livrées à elles-mêmes. Parfois, la jeune femme oubliait même qu'elle était mariée.

Encore aujourd'hui, après huit ans de mariage et deux de veuvage, elle rougissait en songeant aux caresses intimes que lui imposait son mari. Ayant grandi à la campagne, Laura n'était pas totalement ignorante de ce qui l'attendait au soir de ses noces. Mais elle devait avouer que la découverte de l'amour physique avait été pour elle un grand choc.

La première nuit, Spencer s'était montré très doux. La perte de sa virginité ne s'était pas avérée l'épreuve terrifiante qu'elle s'imaginait. Douloureuse et gênante, tout au plus. Les premiers jours, son époux s'était montré très empressé, cherchant sans cesse à satisfaire ses instincts. Au fil du temps, elle avait perdu de son innocence et lui de sa fougue. Il était allé chercher l'aventure dans les bras d'autres femmes, plus expertes.

C'était tout aussi bien, songea-t-elle avec amertume. Jamais elle n'avait apprécié les attentions de son mari. Elles ne lui étaient pas pénibles, mais... pour être honnête, elle n'avait guère regretté que Spencer soit aussi souvent absent de Merrivale. Ainsi, au cours de ses six dernières années de mariage, elle n'avait eu à partager son lit qu'une dizaine de fois.

Deux ans auparavant, il était mort des suites d'un accident de chasse. La jeune femme en avait été attristée.

Spencer était un homme aimable, généreux, qui ne l'avait jamais maltraitée. Il s'était montré souvent indifférent, mais jamais méchant. En fait, Laura s'était sentie presque coupable du sentiment de liberté qui l'avait submergée après à peine trois mois de veuvage. Pour la première fois de sa vie, il n'y avait pas un homme pour la diriger, ni entraver ses mouvements. L'argent n'était plus un problème. Spencer n'était pas un pingre. Bijoux, domestiques, chevaux et voitures, rien ne manquait à son confort. En outre, en tant que veuve, elle conservait la propriété, ainsi qu'une rente généreuse. Ses relations avec les fils du défunt étaient distantes mais cordiales. Emmenant sa sœur et sa vieille tante, Laura s'était installée dans une maison plus petite du domaine, mais tout aussi somptueuse.

Laura aurait pu se contenter de couler des jours heureux, à recevoir ses amies, s'il n'y avait pas eu Ellen... puis la mort de tante Mary... Laura poussa un long soupir. Le bon sens et les conseils avisés de la vieille dame lui manquaient. Son décès avait beaucoup peiné les deux sœurs. Pendant des années, elle avait veillé sur elles avec bienveillance. Mais leur chagrin finit par s'atténuer. Au bout d'une année de deuil, Laura se rendit compte qu'Ellen était devenue une ravissante jeune fille.

Soudain, elle eut envie de procurer à sa cadette tout ce qu'elle n'avait pas eu. Une saison à Londres, bals et soirées mondaines, théâtre, promenades dans Hyde Park. Elle voulait qu'elle rencontre la haute société londonienne. La fortune de Laura et son titre ouvriraient toutes les portes à Ellen, qui ne manquerait pas de rencontrer de beaux partis.

Laura n'avait jamais parlé ouvertement de ses espoirs pour Ellen. Elle ne voulait que son bonheur. Pourtant, son cœur s'était gonflé de fierté quand, quinze jours après leur arrivée à Londres, en janvier, le fils aîné du duc de Montrose avait commencé à s'intéresser à la jeune fille. Malheureusement, ce riche héritier était peu avenant, et Ellen l'avait regardé avec gentillesse, mais rien de plus. En fait, elle avait jeté son dévolu sur un jeune homme élancé et très séduisant qui vivait en Amérique. Un dénommé Jonathan Walker.

Laura plissa le front d'un air soucieux. Elle aurait dû

être ravie de voir sa sœur tomber amoureuse d'un homme comme Jonathan. À bien des égards, il était le prince charmant dont rêvent les jeunes filles : grand, beau et riche. En fait, Laura ne lui trouvait aucun défaut. Pas même le fait qu'il vive en Amérique. En son for intérieur, elle considérait même ce détail comme un charme fascinant. Encore plus qu'Ellen, elle était littéralement suspendue à ses lèvres quand il leur racontait sa vie dans le Nouveau Monde.

Alors pourquoi cette contrariété ? Était-ce parce qu'elle surprenait parfois le regard d'azur de Jonathan posé sur elle un peu plus longuement que ne le voulait la bienséance ? Aurait-il préféré faire la cour à l'aînée plutôt qu'à la cadette ? Après tout, ce n'est que lorsqu'elle avait clairement laissé entendre qu'elle ne tenait nullement à se remarier qu'il avait commencé à s'intéresser à Ellen. Ellen avait peut-être raison. Elle avait dix-huit ans et lui trente-six, ce qui représentait une certaine différence d'âge, moins cependant qu'entre Laura et Spencer. Laura rougit. Elle devait bien l'admettre, il lui arrivait de temps à autre de trouver Jonathan un peu trop charmant. Comme s'il affichait une façade dissimulant sa vraie nature.

– Tiens ! Voici Jonathan et son valet Simmons ! s'exclama soudain Ellen à ses côtés.

Laura regarda par-dessus son épaule. L'élégant jeune homme s'approchait d'elles, un sourire charmeur au coin des lèvres, son valet sur les talons. C'était un petit homme sournois au teint mat qui mettait Laura mal à l'aise.

Jonathan ne portait pas sa perruque poudrée. Ses cheveux bruns étaient noués en catogan sur sa nuque. Sa veste d'un bleu vif et sa culotte étaient des plus élégantes. Il arborait des bas de soie et des boucles d'argent à ses chaussures, une chemise blanche à jabot. Dans la main gauche, il tenait une canne en ambre. Simmons demeura un peu en retrait, par égard pour son maître. Jonathan s'inclina poliment et déclara :

– Bonjour, mesdames, soyez les bienvenues en Amérique ! Je dois dire que, en quittant ce navire au bras de deux femmes ravissantes, je vais faire des envieux parmi les messieurs de notre colonie de Virginie.

Ellen rougit. Laura se contenta d'un sourire forcé.

– Quant à vous, monsieur, vous êtes bien trop prolixe de vos compliments, déclara-t-elle.

Jonathan afficha une expression peinée. Mais ses yeux bleus pétillaient de malice.

– Ma chère ! Comment pouvez-vous affirmer une chose pareille, alors que je me contente d'énoncer la stricte vérité ?

Même dans leurs toilettes toutes simples de voyage, les deux sœurs étaient resplendissantes. Ellen avait les cheveux relevés en un sage chignon, laissant deux anglaises pendre dans son cou. Elle portait une robe bleu pâle sur ses jupons jaunes. Elle tenait sa cape gris foncé sur un bras et avait à la main un réticule contenant un flacon de son parfum favori.

Sous le large bord de son chapeau, Laura avait noué ses cheveux bruns sur sa nuque à l'aide d'un ruban écarlate. Une fine dentelle crème ourlait le bord de sa robe marron qui recouvrait des jupons fauves. À la perspective de rencontrer la mère et le frère aîné de Jonathan, Laura s'était préparée avec soin, optant pour la tenue sobre qui sied à une jeune veuve. Elle ne se rendait pas compte à quel point la position de son chapeau mettait en valeur ses yeux en amande. Quant à son teint de pêche, il s'accordait à merveille avec la couleur de sa robe. Son corset soulignait sa taille fine et ses courbes généreuses.

Jonathan n'était pas insensible aux charmes de Laura. Il se réjouissait de ne pas s'être engagé solennellement auprès d'Ellen. Sa famille s'était réjouie de l'annonce d'une visite prolongée des deux sœurs dans les colonies. Qui pouvait présager ce qui allait advenir au cours de ces quelques mois ? Laura comprendrait peut-être que son veuvage n'était pas aussi agréable qu'elle le pensait. Quant à Ellen...

Jonathan savait qu'il s'aventurait en terrain dangereux en courtisant subtilement l'une tout en gardant l'œil rivé sur l'autre. Même à sa famille il n'avait pas précisé laquelle il souhaitait épouser. Il avait simplement évoqué qu'une union était envisageable, mais sans citer de nom. Sa lettre chantait les louanges de la baronne. Les Walker pouvaient fort bien s'imaginer que Laura était l'heureuse élue. Toutefois, en homme avisé, il avait réussi à brouiller les pistes en disant aussi grand bien d'Ellen. Ses proches étaient désorientés. Il avait bien l'intention de laisser les choses en l'état jusqu'à l'annonce de ses fiançailles avec l'une des deux sœurs.

Le fait qu'Ellen se crût amoureuse de lui risquait de soulever quelques problèmes s'il parvenait à ses fins avec Laura. Pourtant, il ne s'en souciait guère. Il connaissait quelques beaux partis qui ne demanderaient pas mieux que de distraire la jeune fille, surtout s'il choisissait le bon moment pour faire comprendre à Ellen qu'il s'était sans doute mépris sur la profondeur de leurs sentiments.

Ainsi, ne laissant rien paraître de ses pensées sur son beau visage, il posa le pied sur le quai, flanqué des deux jeunes femmes.

– Eh bien, mes chères amies, que pensez-vous du Nouveau Monde ? s'enquit-il d'un ton affable.

– C'est passionnant ! s'exclama Ellen. J'ai même aperçu un Indien !

Le quai grouillait de passagers et de marins. Voitures et charrettes chargeaient les bagages sous les hennissements des chevaux. Des cris résonnaient dans l'air matinal. Quelques soldats anglais à la tunique écarlate flânaient parmi la foule. Un couple de Quakers, vêtus de sombre, semblait attendre des voyageurs. Deux pêcheurs coiffés de rouge et portant de grosses bottes de cuir les rejoignirent, suivis d'un porteur d'eau coiffé d'un chapeau de feutre, pliant sous le poids de ses seaux de bois. De temps à autre, un Indien, le chef orné de plumes, fendait la foule bigarrée.

Une voiture attelée de deux superbes chevaux se présenta.

– Enfin, les voici ! annonça Jonathan. Ma famille est venue nous accueillir.

Laura sentit sa gorge se nouer. C'était stupide, elle le savait. Il n'y avait aucune raison pour que les Walker lui paraissent antipathiques, ni qu'ils n'apprécient pas les deux Anglaises. Elle respira profondément. Après tout, elle n'était plus la pauvre orpheline vulnérable, mais Lady Merrivale, la veuve d'un aristocrate respecté, à la tête d'une fortune confortable.

Ignorant sa nervosité, Laura vit un homme élancé aux cheveux poudrés aider galamment une femme vêtue d'une superbe toilette verte à descendre. L'homme au manteau fauve devait être Samuel, le demi-frère de Jonathan, et la femme qui l'accompagnait sa mère, Constance.

En voyant approcher ce couple élégant, Laura devina qu'elle avait vu juste. Bien qu'âgé de plus de soixante-dix ans, l'homme se tenait bien droit. Dans sa jeunesse, la mère de Jonathan avait dû être très belle. Constance Walker avait encore beaucoup de charme, malgré ses cinquante-trois ans. Ses formes étaient peut-être plus épanouies, mais elle se mouvait avec la grâce d'une jeune fille. Ses cheveux étaient poudrés et coiffés à la dernière mode. Ses jupons ondulaient doucement à chacun de ses pas tandis qu'elle marchait au côté de son beau-fils, plus âgé qu'elle.

Laura observait si intensément les parents de Jonathan qu'elle en ressentit des picotements. Une sorte de malaise inexplicable, comme si quelqu'un la couvait d'un regard hostile. Elle scruta les alentours pour repérer la source de cette impression désagréable, mais ne remarqua rien d'anormal. Ce n'était certainement pas la présence de Simmons qui la dérangeait. Elle haussa discrètement les épaules, bien décidée à ne pas se laisser troubler au moment de faire la connaissance de la famille Walker. Amusée, elle se demanda si elle n'allait pas, pour la première fois de sa vie, être prise d'un malaise.

Elle afficha un sourire. Quelle sotte ! Ces gens n'allaient pas la mordre, tout de même...

Pourtant, la sensation de trouble persista. Irritée, la jeune femme observa les gens autour d'elle. C'est alors qu'elle le vit... il se tenait dans la foule, presque en face d'elle. Affichant un air ironique sur un visage séduisant, il la fixait effrontément.

Le cœur de Laura s'emballa. Sa culotte en daim et sa veste de cuir laissaient supposer qu'il s'agissait d'un manœuvre. Il la toisa d'un air arrogant. Elle releva la tête, sans parvenir à détacher son regard de cet homme envoûtant. Quelque chose dans la finesse de ses traits, dans la puissance presque animale qui se dégageait de son corps la fascinait. Ses épais cheveux, noirs et bouclés, tombaient en cascade sur ses larges épaules et lui donnaient l'air d'un lion féroce. Un lion à la crinière sombre, prêt à bondir sur sa proie. Laura dut se faire violence pour le quitter des yeux. Son imagination lui jouait décidément des tours.

Se forçant à sourire, elle tourna le dos à cet homme mystérieux et se concentra sur la famille Walker. Pour qui se prenait-il, ce goujat, à la regarder ainsi ? Elle avait bien envie de le... De quoi ? De le frapper à l'aide de son réticule ?

Elle dut réprimer un gloussement. Oubliant un instant le bel inconnu, elle parvint à saluer poliment Samuel Walker et la mère de Jonathan. Elle apprécia d'emblée Sam, mais le regard dur et scrutateur de Constance ne lui disait rien qui vaille, de même que la lueur cruelle de son regard vert et sa bouche pincée. Elle avait déjà vu cette expression sur le visage de Jonathan, qui affichait cette moue boudeuse quand les choses ne se déroulaient pas à sa convenance. Jusqu'à présent, la jeune femme ne s'en était guère souciée. Mais, en voyant cette expression plus marquée chez Constance, elle ne pouvait que s'interroger sur la vraie nature de l'homme qu'Ellen voulait épouser.

Une fois les présentations terminées, et après qu'ils eurent échangé les banalités d'usage sur le voyage, la conversation s'orienta vers des sujets plus généraux. Laura et Ellen s'enthousiasmaient sur leurs premiers pas dans le Nouveau Monde. Elles décrivirent les paysages verdoyants qu'elles avaient admirés sur les rives du fleuve.

Sam Walker fut manifestement enchanté par leur réaction. Laura aimait son large sourire et ses yeux bleus pétillants. Malgré son âge avancé, c'était encore un homme charmant. Il avait le teint mat, le nez droit et fin, des lèvres charnues...

– J'espère que vous trouverez votre séjour à Walker Ridge encore plus agréable que votre remontée du fleuve, déclara-t-il avec un sourire de bienvenue. Letty, ma femme, est très agitée depuis l'annonce de votre arrivée. Elle aurait voulu être présente pour vous accueillir, mais elle avait encore quelques détails à régler. Nous espérons que vous serez bien chez nous.

– Bien sûr, renchérit Constance, il ne faut pas vous attendre à jouir du même confort qu'en Angleterre. Ici, tout est si provincial ! Enfin, vous parviendrez peut-être à vous amuser quand même. Pourvu que vous ne nous trouviez pas trop arriérés !

– Je suis certaine que ma sœur et moi serons enchantées, assura Laura. Jonathan nous a longuement parlé de la vie dans les colonies et nous sommes impatientes de découvrir votre domaine.

– Eh bien, je dois admettre que Walker Ridge est un endroit tout à fait exceptionnel, concéda Constance avec fierté. Même en Angleterre, il est difficile de trouver plus belle demeure.

Un sourire hautain aux lèvres, elle ajouta :

– Le vicomte Darnley et sa délicieuse épouse nous ont rendu visite l'an dernier et nous nous sommes follement amusés. Vous les connaissez ? Sans doute. Après tout, votre regretté mari était baron, non ?

Elle émit un petit rire précieux.

– Ma chère, je suis enchantée que mon fils ait invité une baronne et sa jeune sœur. J'avoue que mes amies sont vertes de jalousie. Bien sûr, elles vont toutes vouloir vous rencontrer.

Sans s'en rendre compte, Laura se retrouva au bras de Jonathan, tandis que Constance laissait Sam bavarder avec Ellen. Laura ne prêtait guère attention aux babillages futiles de Constance, mais elle ne pouvait s'empêcher de souhaiter que Letty ressemblât à Sam. Sinon son séjour risquait de lui paraître bien long.

Ils avaient presque atteint la voiture quand Constance se figea et étouffa un cri. Les traits déformés par la colère, elle saisit le bras de son fils et siffla :

– Qu'est-ce qu'il fait là, celui-là ?

Laura suivit son regard. Son cœur cessa de battre. Le mystérieux inconnu qui la regardait se tenait au bout du quai, un sourire désinvolte au coin des lèvres.

– Qui est cet homme ? murmura-t-elle malgré elle à Jonathan.

– Oh, ce n'est que le bâtard de la famille. Charles Walker, répondit-il d'un air méprisant.

2

Entendant le commentaire désobligeant de Jonathan, Sam Walker lui adressa un regard réprobateur.

– Tu es donc resté en Angleterre assez longtemps pour oublier que nous sommes dans le Nouveau Monde et que tout homme a droit à ses racines ? Charles devrait-il être marqué à vie par des circonstances malheureuses, dont, en outre, il ne saurait être tenu pour responsable ?

Jonathan se raidit face au ton glacial de son aîné.

– Tu ne lui en veux pas de nous avoir soutiré frauduleusement une dizaine d'hectares ? marmonna-t-il dans sa barbe.

– Non, répliqua Sam. Je suis parfaitement conscient des conditions dans lesquelles Charles est entré en possession d'une parcelle de nos terres. À présent, cessons d'évoquer ces querelles en présence de nos ravissantes invitées.

Il sourit à Ellen, qui avait les yeux écarquillés.

– Veuillez nous excuser. Il s'agit d'une vieille querelle familiale. Nous nous sommes montrés suffisamment impolis. Soyez assurées qu'il nous arrive d'être plus galants en aussi charmante compagnie.

L'atmosphère se détendit, mais cet échange un peu vif entre les deux frères ne donna guère envie à Laura de connaître davantage le dénommé Charles. De nombreuses questions demeuraient toutefois en suspens. Quelles étaient donc les circonstances de sa naissance ? Et comment avait-il obtenu cette parcelle de terrain ? Pourquoi Sam semblait-il prendre sa défense s'il était le mouton noir de la famille ? Se rappelant le regard arrogant que Charles lui avait adressé, Laura se dit que Jonathan devait avoir raison, pour une fois. Assurément, Charles Walker n'avait rien d'un gentleman.

Plus ils s'approchaient de la puissante silhouette au pantalon de cuir, plus la jeune femme était nerveuse. Malgré elle, elle crispa les doigts sur le bras de Jonathan, rassurée de se trouver dans un lieu public.

Laura ignorait l'origine de cette angoisse, mais une lueur étrange dans le regard de Charles lui indiquait qu'il n'était guère impressionné par son élégance et son titre. Elle releva fièrement la tête. Résolue à ignorer cet importun, elle engagea une conversation animée avec Jonathan, évoquant les bals auxquels ils avaient assisté à Londres. Elle ne se rendait même pas compte de ce qu'elle racontait. La présence du ténébreux Charles était trop troublante. La jeune femme sentait encore son regard perçant rivé sur elle.

Ils atteignirent enfin le bout du quai. Sam Walker salua son parent avec chaleur.

– Bonjour, Charles. Je ne m'attendais pas à te trouver ici. La dernière fois que Morgan m'a donné de tes nouvelles, tu étais dans l'arrière-pays, à négocier avec les Indiens. Tu as bien travaillé, mon garçon ?

À trente-quatre ans, Charles n'avait plus rien d'un garçon. Sous sa veste de cuir, qu'il portait avec une élégance nonchalante, on devinait un corps mince et ferme. Son expression était fermée. Il avait un visage impénétrable, avec des sourcils noirs, des yeux d'un bleu étincelant et une bouche sensuelle.

Soudain, leurs regards se croisèrent. Laura sentit son cœur s'emballer. Par pitié ! Personne ne l'avait jamais foudroyée ainsi. Le mépris de cet homme était presque palpable, mais elle avait cru déceler une lueur étrange et indéfinissable dans l'azur de ses prunelles.

Ignorant son envie de s'enfuir à toutes jambes vers le bateau, Laura se ressaisit et redressa la tête. Pour qui la prenait-il donc, ce rustre ?

Sam s'éclaircit la gorge, rompant le charme envoûtant de cet instant. Laura faillit tomber à la renverse en voyant l'expression de Charles changer du tout au tout lorsqu'il posa les yeux sur le vieil homme. Un sourire charmeur apparut au coin de ses lèvres et ses yeux bleus se mirent à pétiller.

– Je suis ravi de vous voir, Sam, déclara-t-il d'une belle voix grave. Quant à mon expédition... elle ne s'est pas révélée très fructueuse, je le crains. Comme vous le savez, Logan a rejoint Cornstalk, obligeant plusieurs tribus indiennes à se liguer contre eux. Ils ne cessent de piller les campagnes depuis le massacre de la famille Logan, en avril. Je suis surtout allé là-bas à la demande du gouverneur pour voir s'il y avait une possibilité de négocier la paix, mais... (Charles haussa les épaules.) Je me suis révélé aussi piètre conciliateur que marchand.

L'occasion était trop belle pour Jonathan.

– Je dois avouer que j'ai été fort surpris que Lord Dunmore envoie une personne de ton rang pour discuter avec ces sauvages. Tu sembles davantage porté sur les créatures moins farouches.

Charles lui adressa un sourire froid :

– Quant à moi, je me suis souvent demandé comment tu expliquais tes pertes d'argent.

Contenant sa rage avec peine, Jonathan fit un pas en avant. Sa mère le rappela à l'ordre en déclarant à Charles :

– Comment oses-tu t'adresser à mon fils sur ce ton ?

Elle foudroya Sam du regard.

– Et vous, allez-vous le laisser insulter votre seul frère ?

Sam secoua la tête.

– Je vous l'ai répété mille fois, Constance. Je n'ai aucune intention d'intervenir dans leurs querelles. En l'occurrence, c'est Jonathan qui a jeté la première pierre. À présent, avant d'imposer plus longtemps à nos invitées notre grossièreté, je suggère que nous prenions congé de Charles et que nous nous mettions en route. (Il se tourna vers Charles.) Vu les circonstances, je pense que nous repousserons les présentations à une date ultérieure.

Celui-ci inclina poliment la tête et, posant un dernier regard insistant sur Laura, il tourna les talons et s'éloigna d'un pas vif. Soulagée, Laura poussa un long soupir, comme si elle venait d'échapper de peu à la mort. Soudain, elle se rendit compte qu'elle était toujours agrippée à la manche de Jonathan. Gênée, elle le lâcha et déclara d'un ton faussement enjoué :

– Eh bien ! Vous nous aviez promis une foule d'expériences palpitantes en Amérique. J'ignorais qu'elles commenceraient dès notre descente du bateau. J'ai cru l'espace d'un instant que vous alliez en venir aux mains avec cet insolent.

Jonathan éclata de rire, ravi de voir l'imposante silhouette de Charles disparaître. Il prit la main de la jeune femme, les yeux pétillants de malice, et y déposa un baiser furtif.

– Ce n'est pas exactement le genre d'aventures que j'avais en tête pour vous et votre sœur, mais je suis ravi que vous ne m'en vouliez pas trop de mes manières. Charles n'est pas mon ami. Il existe bien des différends entre nous. Je suis affligé de vous avoir imposé ce spectacle lamentable. Vous me pardonnez ?

Il adressa un regard langoureux à Ellen.

– Vous aussi, ma chère ?

Ellen lui sourit, hésitante, les yeux écarquillés.

– C'était plutôt choquant, non ?

Lissant les plis de sa jupe, Laura déclara :

– Certes, mais ne nous attardons pas sur cet incident fâcheux. Quant à vous pardonner... Il n'y a rien à pardonner. Ce n'était qu'un hasard malencontreux.

Elle se tourna vers le frère de Jonathan.

– N'en parlons plus. Sam Walker va nous accompagner jusqu'à la voiture et nous oublierons tout de Charles Walker. Je doute qu'il soit assez téméraire pour se montrer à nouveau sur notre chemin.

– Oh, il est téméraire, assura Jonathan. À mon avis, il n'y a rien qu'il ne juge trop dangereux pour lui.

Sam paraissait troublé.

– Je suis désolé que Charles vous ait fait aussi mauvaise impression, intervint-il. Il est sans doute un peu direct, mais ce n'est pas un mauvais bougre.

Jonathan leva les sourcils.

– Sur ce point, nous ne sommes pas d'accord, cher frère.

Sam ouvrit la bouche pour lui répondre, mais Constance lui coupa la parole.

– Ça suffit ! J'en ai assez d'entendre prononcer le nom de cet individu. Depuis sa naissance, il ne cesse d'être un fardeau pour notre famille. Je regrette de le dire, Sam, mais il est comme son ivrogne de père. Vous avez beau affirmer que Morgan n'a pas avalé une goutte d'alcool depuis trente ans, Charles et Morgan entacheront toujours la réputation des Walker.

Ayant terminé sa diatribe, Constance afficha un large sourire :

– Mais je m'égare... À présent, occupons-nous de la baronne et oublions ce rustre de Charles.

Sam s'inclina et, avec un sourire prudent, ouvrit la marche vers la voiture. Il raconta à ses invitées la fondation de Richmond, en 1637, idéalement située à l'embouchure du fleuve. Il parvint à effacer le souvenir de Charles. Les yeux topaze de Laura scintillaient de curiosité tandis qu'elle écoutait le récit de son hôte. La ville s'étendait sur plusieurs collines, au nord du fleuve. La voiture s'engagea dans les ruelles de Richmond, autrefois modeste poste de commerce où les colons prenaient leurs terres aux Indiens en échange de quelques breloques sans valeur.

En songeant aux Indiens, Laura se rappela les paroles de Charles Walker. Un peu mal à l'aise, elle demanda soudain :

– Croyez-vous que les Indiens auxquels Charles Walker faisait allusion puissent s'attaquer à nous ?

Jonathan émit un ricanement moqueur, mais ce fut Sam qui répondit posément :

– Tout est possible, car nous vivons en pleine campagne, loin de tout. Mais je ne pense pas que vos craintes soient justifiées, Lady Merrivale. Ces pillages ont eu lieu très loin de chez nous, dans la vallée de l'Ohio. Je doute que ces tribus s'aventurent jusqu'ici.

Il lui adressa un sourire rassurant.

– Toutefois, par le passé, nous avons essuyé quelques attaques. Nous avons même perdu plusieurs membres de notre famille. Mais les Walker ont toujours entretenu des liens cordiaux avec les autochtones. Walker Ridge est un endroit sûr. La plantation est vaste et bien gardée. Nous avons de nombreux esclaves et domestiques, ainsi que des ouvriers qui travaillent pour moi. Nous sommes trop forts pour que les Indiens envisagent sérieusement un assaut.

– À moins que Charles Walker ne les soulève contre nous, intervint Jonathan d'un air grave.

– Je croyais que nous avions décidé de ne plus parler de Charles, répondit Sam, agacé.

Charles Walker n'aurait guère été étonné d'entendre Jonathan l'agonir d'insultes. Après tout, l'expérience lui avait cruellement appris que le jeune homme était un être foncièrement vil et destructeur. Il n'y avait rien d'autre à attendre de lui que mensonges et sous-entendus.

Charles s'efforçait de ne pas penser trop souvent à son animosité contre l'héritier des Walker. Toutefois, Jonathan et la haine qu'il suscitait en lui ne lui laissaient guère de répit. Même l'image de cette créature ravissante agrippée au bras de Jonathan ne parvenait pas à chasser les sombres pensées du jeune homme lorsqu'il avait vu s'éloigner la voiture des Walker.

Comme la plupart des membres de sa famille, il savait que Jonathan était de retour d'Angleterre en compagnie d'une baronne. Constance avait annoncé la nouvelle à qui voulait l'entendre dès qu'elle avait reçu la lettre de son fils. Elle ne parlait plus que de la baronne, qui devait séjourner chez elle avec sa jeune sœur, précisant que la dame était veuve, ce qui présageait des fiançailles prochaines.

Charles n'accordait guère d'importance aux bavardages de Constance. Il éprouvait pour elle un mépris à peine moins marqué que celui qu'il nourrissait à l'égard de Jonathan. Il n'ignorait pas que celui-ci était parti pour l'Europe dans le but de trouver une épouse digne de son rang. Aussi ne fut-il pas surpris d'apprendre qu'il avait réussi à mettre le grappin sur une aristocrate. En fait, Jonathan était l'héritier de l'une des plus grandes fortunes de Virginie, ce qui ne faisait qu'ajouter à son charme. D'ailleurs, il était fort bel homme. Charles avait appris à ses dépens combien Jonathan était charmant. Si charmant, songea-t-il en entrant dans la taverne du village, une lueur meurtrière dans les yeux, que bien des épouses foulaient aux pieds leur contrat de mariage pour se jeter à son cou.

Il fronça les sourcils face à la serveuse qui se précipita vers la table qu'il avait choisie, dans un coin sombre de la pièce enfumée. Il s'écroula sur une chaise en chêne et chassa ses pensées moroses. Pourtant, l'image de cette femme élancée au chapeau penché sur le côté revenait sans cesse à sa mémoire. La baronne, sans doute, songea-t-il avec un rictus de mépris. La fiancée de Jonathan...

La jeune femme avait fortement impressionné Charles. Il s'imaginait une femme plus mûre, plus rigide, pleine de condescendance. Il ne parvenait pas à croire qu'une créature aussi charmante puisse accompagner un gredin tel que Jonathan. Elle n'avait rien d'une veuve, avec ses airs d'ingénue. À se demander si son malheureux époux n'était pas moine...

Remarquant enfin la présence de la serveuse, Charles sourit et commanda une bière. Puis il étira ses longues jambes et s'efforça de penser à autre chose. Mais quand la jeune femme revint avec une chope pleine de breuvage mousseux, il se posait encore des questions sur la baronne de Jonathan. Il gardait à l'esprit le souvenir indélébile de la jeune femme, accoudée au bastingage.

Dès le premier coup d'œil, il avait deviné qui elle était. Il avait appris par Morgan que Sam et Constance allaient chercher Jonathan et ses invitées au port, ce matin-là. Il avait une bonne raison de se trouver sur le quai. Ce même navire lui livrait un étalon de premier choix, élément indispensable pour entamer un élevage de chevaux pur-sang. Il tenait à exploiter les terres qu'il avait réussi à soutirer à Jonathan huit ans plus tôt.

Dans la cale du navire se trouvaient le superbe étalon ainsi que deux juments arabes d'excellente lignée. Leur arrivée en Virginie constituait l'apogée du rêve de Charles. Il avait compté les jours qui le séparaient de la livraison grâce à un intermédiaire contacté à Londres qui s'était chargé de la sélection des bêtes.

La rencontre de Jonathan lui laissait un goût amer, gâchant tout son plaisir. En voyant la baronne sourire à Jonathan, Charles s'était senti envahi de sensations étranges. Il n'enviait personne, pas même l'héritier de Walker Ridge. Mais en voyant cette femme superbe rire et bavarder gaiement avec sa jeune sœur, il avait reçu un coup au cœur. La pensée que Jonathan puisse posséder cette beauté fragile réveillait les vieux démons qui l'habitaient. Sa haine s'en trouva décuplée.

Il s'en voulait de ces sentiments indignes. Il ne fallait

pas envier son ennemi. Il devait admettre qu'il aurait préféré que cette jeune femme soit venue en Amérique pour lui. Ce regret engendra chez lui un profond mépris pour la jeune femme et pour lui-même. Savait-elle qui se cachait derrière l'homme qu'elle voulait épouser ? À moins qu'elle s'en moque éperdument ? Du moment qu'il était riche, qu'importe qu'il fût un vaurien, un menteur, un débauché... ou qu'il ait du sang sur les mains.

Charles poussa un long soupir. En quoi ce mariage le regardait-il ? La baronne n'ignorait sans doute rien de la vraie nature de son fiancé. Et s'il devait en croire l'expression hautaine qu'il avait décelée sur son beau visage, elle était de la trempe de Jonathan Walker.

Au prix de mille efforts, il parvint tout de même à bannir la jeune femme de son esprit. Que le diable les emporte ! songea-t-il en vidant sa chope d'une gorgée. Ces deux êtres étaient aussi méprisables l'un que l'autre et il les détestait.

Décidé à aller voir ses chevaux, il quitta la taverne et s'éloigna à longues enjambées vers le quai. Il arriva juste au moment où les bêtes allaient être déchargées.

Charles inspecta méticuleusement les trois chevaux, solidement harnachés et déposés sur la terre ferme à l'aide d'un système de poulies. Ils avaient bien supporté le voyage, mais ils étaient un peu maigres et leur robe avait grand besoin d'être lustrée. Toutefois, ils avaient la grâce des chevaux de noble lignée. Les juments, l'une marron, l'autre noire, semblaient elles aussi en bonne santé. Il leur restait à atteindre l'Antre du diable, le modeste domaine de Charles, au bord du fleuve, où il pourrait leur prodiguer les soins nécessaires.

Charles observa nerveusement les alentours, se demandant où Morgan et Hugh étaient passés. Ils avaient promis de venir l'aider. Soudain, il aperçut deux silhouettes élancées qui venaient vers lui. Le plus jeune était vêtu un peu comme lui, en cuir, et le plus âgé portait un costume sobre, une petite cravate nouée avec soin et un tricorne sur ses cheveux poudrés. Tous deux arboraient un catogan.

À leur vue, Charles esquissa un sourire. Le jeune Hugh était son meilleur ami. Morgan, le père de Hugh, et sans doute aussi le sien, même s'il ne l'avait jamais avoué, avait toujours veillé sur lui. Il avait souvent entendu le récit de ce jour où il s'était présenté chez les parents adoptifs de Charles, tenant un nourrisson dans les bras. Morgan n'avait jamais révélé qu'il était le père de l'enfant, mais il n'avait jamais expliqué comment il s'était retrouvé avec un nouveau-né sur les bras, pas plus qu'il n'avait évoqué la mère du bébé.

Malgré leur ressemblance physique – ils avaient les mêmes traits que la plupart des Walker –, Charles doutait que Morgan fût son père naturel. Celui-ci n'avait aucune raison de nier un tel fait. Tout le monde croyait dur comme fer que Charles était un bâtard de Morgan. Pourquoi ne pas l'avouer, au lieu de garder le secret absolu sur cette histoire ? Même si Charles avait renoncé à résoudre l'énigme de ses origines depuis longtemps, il se demandait de temps à autre quel était le rôle exact de Morgan dans sa venue au monde. Qui était son vrai père ? Et pourquoi l'avait-il renié toutes ces années ?

Une plaisanterie de Hugh le tira de sa rêverie.

– C'est pour emmener ces canassons chez toi que tu nous as demandé de venir ? lança-t-il avec un sourire taquin.

– Des canassons ? répéta Charles en feignant la colère. Tu n'as pas honte de dénigrer ainsi les plus beaux spécimens que l'Amérique ait jamais vus sur son sol ?

Son regard admiratif se posa sur l'étalon. Hugh poussa un soupir d'aise.

– Ne prends pas la mouche. Je suis envieux, voilà tout. Même après ces semaines de voyage, on décèle ses qualités. D'ici le printemps, tu verras des éleveurs venir de loin pour faire saillir leurs juments. Quant à tes juments... tu devras envoyer une prime à ton intermédiaire londonien. Il a bien travaillé.

– Hugh a raison, renchérit Morgan en examinant d'un œil expert les chevaux, qui commençaient à s'agiter. Ils forment un superbe trio, et je pense que ton investissement sera payant d'ici peu.

Les cheveux bruns de Morgan étaient striés de gris et des rides marquaient son beau visage. Mais il avait gardé sa vivacité et sa démarche souple. Le poids des ans ne se faisait pas trop sentir.

Hugh et lui se ressemblaient comme deux gouttes

d'eau. Ils étaient de la même taille. Le fils avait hérité de la carrure, des cheveux noirs, ainsi que des légendaires yeux bleus des Walker. Âgé de vingt-sept ans, Hugh était l'aîné des quatre enfants de Morgan. Depuis toujours, il adulait Charles. Le fait qu'il soit peut-être son demi-frère ne faisait qu'ajouter à son prestige aux yeux du jeune homme. Leur amitié était inébranlable.

– Je suis ravi que tu approuves ma décision, répondit Charles en couvant ses chevaux des yeux. J'espère que tes prévisions se réaliseront.

Lorsque Charles eut réglé les formalités, chacun des trois hommes se chargea d'un cheval et ils quittèrent le quai. Ils se rendirent dans une écurie située à la sortie de la ville d'où ils partiraient le vendredi suivant. Non loin de là se dressait une taverne dans laquelle Charles séjournait lors de ses déplacements professionnels à Richmond. Quand les bêtes furent en sécurité, les trois hommes s'y rendirent.

Ce n'est que lorsqu'ils furent confortablement installés dans un salon particulier de l'auberge que Charles évoqua sa rencontre avec Jonathan. Une chope de bière était posée devant chacun d'eux. Morgan fumait sa longue pipe. L'odeur du tabac de Virginie emplissait la pièce.

Tripotant nerveusement l'anse de sa chope, Charles déclara :

– Si vous étiez arrivés quelques minutes plus tôt, ce matin, vous auriez aperçu la fameuse baronne de Jonathan.

Morgan se redressa.

– Tu l'as vue... avec Jonathan ?

– Il y avait aussi Constance Walker, et Sam, ajouta Charles.

– Comment est-elle ? demanda Hugh d'un ton désinvolte. Elle a de grandes dents, je parie.

Fixant la table, Charles répondit posément :

– Pas du tout en fait. Elle est plutôt gironde. À tel point que j'ai bien envie de vérifier si elle est aussi appétissante qu'elle en a l'air.

– Charles, tu ne songes tout de même pas à... commença Morgan, visiblement inquiet.

Charles se tourna vers lui, une lueur meurtrière dans ses yeux d'azur.

– À quoi ? À rendre à Jonathan la monnaie de sa pièce ? Tu ne peux pas nier qu'il l'aurait bien mérité.

– Charles, il ne faut pas, insista Morgan, soudain très pâle. Je sais que cette triste histoire avec Jenny était un drame, et Dieu sait si je condamne l'attitude de Jonathan dans cette affaire, mais il faut chasser ces idées de vengeance de ton esprit. Tu ne peux continuer à te torturer pour des choses que tu ne peux modifier. Il ne faut pas te punir pour des décisions prises autrefois. Oublie le passé. Sinon, tu vas te détruire, mon garçon.

C'est bien ce qui avait failli arriver, songea-t-il amèrement. Il souffrait depuis tant d'années de sa lâcheté. Il n'avait jamais osé révéler à quiconque les circonstances mystérieuses de la découverte de Charles. Sam et Letty vieillissaient, eux aussi. L'hiver précédent, Morgan avait souffert d'une maladie du poumon qui ne présageait rien de bon. Il avait songé à la mort. Il allait lui falloir parler bientôt. Sinon, il risquait d'emporter le secret de Charles dans sa tombe.

Ignorant les conseils avisés de son aîné, Charles reprit :

– Si, ce faisant, je peux anéantir Jonathan, cela vaut la peine.

– Père a raison, intervint Hugh. Je sais que tu pleures encore Jenny, mais cela fait sept ans qu'elle est morte. J'avoue que j'adorerais voir Jonathan payer pour ses méfaits, mais pas à tes dépens.

– Alors nous devons tous continuer à faire comme s'il n'avait pas séduit ma femme, après à peine deux ans de mariage ? répliqua Charles. Ou qu'il l'a engrossée avant de l'abandonner de sorte qu'elle a dû m'affronter seule à mon retour d'Angleterre ? Il faut oublier que ma pauvre Jenny s'est pendue quelques heures avant mon retour ? Il faut oublier que, au bout de huit longs mois d'absence, je suis rentré chez moi pour trouver ma tendre épouse déshonorée ?

Les yeux de Charles étaient noirs d'une fureur contenue à grand-peine.

– Jonathan Walker l'a tuée comme s'il l'avait étranglée de ses mains.

– Il n'y a jamais eu de preuves, déclara Morgan. Il passait régulièrement chez toi en ton absence, mais il n'y avait pas forcément anguille sous roche. N'oublie pas que de nombreux voisins et amis en faisaient autant. Ce n'est pas parce que quelques commères ont affirmé les avoir vus faire du cheval ensemble qu'ils étaient amants.

– Tu as des doutes sur l'identité de son séducteur ? lança Charles. Tu crois qu'il s'agissait d'un autre ? Tout le monde sait que, avant qu'elle ne tombe amoureuse de moi, son père et Sam songeaient à lui faire épouser Jonathan. Nul n'ignore combien Jonathan était furieux quand nous nous sommes mariés et qu'il me déteste depuis toujours.

– Peut-être, fit Hugh en haussant les épaules, mais si tu étais aussi persuadé de sa culpabilité, pourquoi ne t'es-tu pas vengé juste après l'enterrement ?

Charles esquissa un sourire cruel qui donna la chair de poule au jeune homme.

– Le tuer ? répéta-t-il. Oh non, je n'ai aucune envie de tuer Jonathan. Je veux simplement lui prendre ce qu'il a de plus précieux. Je veux qu'il vive longtemps, et qu'il souffre le martyre. Qu'il soit plein d'amertume et de regrets. Qui sait, peut-être cette baronne est-elle l'arme fatale que je recherche depuis si longtemps...

3

Quelques jours plus tard, c'est avec plaisir que Laura quitta Richmond. Lorsque les Walker se mirent enfin en route, après que Constance eut exhibé ses prestigieuses invitées partout en ville, elle mourait d'envie de retrouver un peu de calme. Elle ne supportait déjà plus la manière dont Constance la présentait comme « mon amie la baronne, Lady Merrivale ». Certes, elle possédait ce titre, mais la mère de Jonathan éprouvait un plaisir malsain à le souligner pour se mettre en valeur.

Ce n'était pas le seul détail qui l'ennuyait. Jonathan et sa mère ne semblaient s'intéresser qu'à elle, délaissant Ellen à tel point que la jeune fille semblait être la cinquième roue du carrosse. De plus, tout le monde envisageait une union entre les deux familles comme si cela allait de soi. Pire, elle-même passait pour la fiancée attitrée de Jonathan !

L'expression profondément blessée d'Ellen lui fendait le cœur. Déterminée à découvrir à quel petit jeu malsain se livrait Jonathan, elle avait décidé de l'interroger la veille de leur départ pour Walker Ridge. Le sachant seul dans un petit salon, elle le rejoignit et ferma la porte derrière elle.

– Je me trouve dans une situation un peu délicate, déclara-t-elle sans préambule. J'aimerais savoir quelles sont vos intentions envers ma sœur.

– Mes intentions envers Ellen ? répéta-t-il doucement, un sourire charmeur au coin des lèvres.

Posant son journal, il rejoignit Laura et lui prit la main. Il se pencha pour déposer un délicat baiser sur sa peau nacrée.

– Mais ce sont celles que j'avais en Angleterre. Pourquoi cette question ? Quelque chose vous tracasse ?

Laura scruta son visage. Il semblait sincère. Elle aurait juré que ses yeux bleus ne mentaient pas et que son expression dénotait un intérêt authentique. Alors pourquoi doutait-elle de lui ? Se mordant les lèvres, elle dégagea sa main. Elle ne savait que faire. Elle ne pouvait lui reprocher ouvertement de ne pas témoigner assez d'empressement envers Ellen. Elle n'osait pas lui expliquer que sa mère et lui donnaient une impression erronée à leur entourage quant à l'identité de sa fiancée éventuelle. Elle ne pouvait pas non plus se plaindre d'entendre Constance claironner son titre, de peur de paraître impolie envers son hôtesse.

Avec un soupir, elle murmura :

– Je voulais en avoir la certitude. Si vous veniez à changer d'avis, j'aimerais que vous m'en fassiez part avant que nous quittions Richmond. Il serait très fâcheux que nous découvrions à Walker Ridge que nous nous sommes trompés sur l'intensité de vos sentiments.

– Je puis vous assurer que mes sentiments n'ont pas changé. Si cela se produisait, vous en seriez la première informée, murmura-t-il d'une voix suave. J'ignore ce qui vous tourmente, ma chère. Après tout, n'était-ce pas là le but de votre visite ? Ne souhaitiez-vous pas qu'Ellen et moi puissions faire plus ample connaissance ? C'est d'ailleurs la raison pour laquelle il n'y a encore eu aucune annonce officielle... ni de fiançailles. Si je me souviens bien, il était convenu que nous pourrions tous deux changer d'avis.

Laura fronça les sourcils. Il avait raison. Pourtant, elle était loin d'être rassurée. Soucieuse, elle prit congé du jeune homme.

Jonathan la regarda s'éloigner, pensif. Il allait devoir se montrer plus prudent. Si Laura soupçonnait qu'elle était sa proie, elle allait s'enfuir et prendre le premier bateau pour l'Angleterre avec sa sœur, le laissant sans fiancée.

Il ne tenait pas particulièrement à se marier, mais il était temps pour lui de fonder une famille, d'avoir un héritier. Toutefois, la rente généreuse léguée par son père ne suffisait plus à ses besoins, car il avait la passion du jeu. Il avait plusieurs fois joué de malchance au poker, comme cette fameuse nuit où il avait perdu une parcelle de terre au profit de Charles. Ses revers ne faisaient qu'amplifier sa frénésie.

À plusieurs reprises, Sam avait dû éponger ses dettes. Mais son frère aîné lui avait affirmé au printemps qu'il n'interviendrait plus en sa faveur, et qu'il allait devoir apprendre à gérer son patrimoine. Or il était hors de question qu'il renonce à son vice. C'est ainsi que l'idée de se marier lui était venue.

Il n'avait pas vraiment besoin d'une riche héritière, mais plutôt d'une épouse. Le testament de son père confiait la gestion du domaine aux mains expertes de Sam. Jonathan devait toucher une grosse somme à l'occasion de son mariage. À contrecœur, il en avait conclu que le mariage représentait la solution à ses problèmes. Après avoir toisé d'un regard critique les demoiselles de la région, il avait décidé de partir pour l'Angleterre en quête d'une fiancée digne de son rang, mais aussi pour mettre en œuvre un projet destiné à augmenter ses richesses.

Il songea aux mousquets et aux balles qu'il avait rapportés d'Angleterre, dissimulés parmi des marchandises plus inoffensives, outils divers et breloques servant de monnaie d'échange avec les Indiens. Ces mousquets lui feraient réaliser un énorme profit, notamment grâce aux troubles qui éclataient dans la vallée de l'Ohio. Les indigènes seraient prêts à lui donner de nombreuses fourrures en échange de ces armes.

Jonathan sourit. Bien sûr, personne ne pourrait le rendre responsable de ces trafics illicites. Il était un Walker. Un homme de son milieu ne saurait procurer des armes aux Indiens. Il avait pris soin de ne pas s'impliquer directement dans cette affaire. Simmons, son domestique, s'était chargé de tout. Lui s'était contenté de payer. D'ailleurs, si par malheur il était mis en cause, il pouvait encore compter sur son frère aîné pour le tirer de ce mauvais pas, comme toujours, afin de protéger la réputation des Walker.

Il fut interrompu dans ses pensées par quelques coups discrets frappés à la porte. Jonathan fronça les sourcils en voyant entrer Simmons.

Le visage fermé, le domestique s'inclina et murmura :

– Tout est arrangé, monsieur. Les Thacker acceptent de me rencontrer près de Green Springs.

– Ils savent que tu suivras de près notre convoi ?
Simmons hocha la tête.
– Oui. Ils croient que j'agis seul et comprennent qu'ils ne doivent se montrer sous aucun prétexte. Notre entrevue doit demeurer secrète.
Jonathan se frotta pensivement le menton.
– Tu es sûr que l'on peut leur faire confiance ? Ils ne jouissent pas d'une excellente réputation.
Simmons esquissa un sourire froid.
– Ce sont des cousins éloignés, des crapules, certes, mais pour eux, les liens du sang sont sacrés. Ils ne me trahiront pas.
– Et toi, tu ne me trahiras pas non plus ? demanda Jonathan d'une voix doucereuse.
– Étant donné que vous avez le pouvoir de me faire pendre haut et court en révélant ce que vous savez sur moi, je doute que cela se produise.
– Je dois avouer que tu es un outil précieux, mon cher, déclara Jonathan. Tant que tu m'obéiras, je ne vois aucune raison pour que je parle à quiconque de la disparition mystérieuse de ton ancien maître.
Une lueur indéfinissable dans ses petits yeux noirs et vicieux, Simmons répondit :
– Ne craignez-vous pas qu'un jour je me rebelle et que je vous fasse disparaître à votre tour ?
– Non, car, vois-tu, je sais de quoi tu es capable. Ce pauvre Ned Jenkins, lui, l'ignorait. Tu as joué de malchance lorsque je t'ai surpris en train d'escamoter son cadavre en pleine nuit. Bien sûr, nous savons tous deux que j'ai remis une lettre à mon notaire de Williamsburg au cas où il m'arriverait malheur.
Il se leva et tapota l'épaule de son valet.
– Mais oublions ce sujet épineux. Pensons plutôt à l'argent que nous allons empocher lorsque les Thacker reviendront au printemps, après avoir commercé avec les Indiens.

Le lendemain matin, Laura se réveilla en proie à mille tourments. Lorsque la voiture quitta l'auberge, à l'aube, elle avait toutefois réussi à chasser ses sombres pensées pour se réjouir de ce voyage.
Le convoi des Walker était imposant. Outre les Walker

et les Merrivale, une dizaine d'esclaves et trois domestiques les accompagnaient. Simmons, retenu par quelques commissions pour Jonathan, les rejoindrait au bout de quelques jours.

Les trois femmes voyageaient dans un véhicule confortable, tandis que les deux hommes étaient à cheval, Jonathan sur un étalon fougueux, Sam sur une tranquille jument. Laura constata, un peu gênée, qu'ils étaient armés de carabines, de même que les domestiques. Jonathan et Sam portaient également un pistolet. Jonathan lui avait parlé des dangers que l'on croisait sur la route, de personnes qui disparaissaient mystérieusement, de maris assassinés, de femmes violées et de biens pillés.

Selon le temps et l'état des routes et des rivières, leur voyage durerait plusieurs jours. Laura était impatiente de découvrir le vrai Nouveau Monde, l'aventure. Jamais Ellen et elle n'avaient vécu une expérience aussi palpitante.

À mesure qu'ils s'éloignaient de la ville, les maisons se faisaient de plus en plus rares. Le premier soir, lorsqu'ils s'arrêtèrent au bord d'un ruisseau, Laura n'avait pas aperçu la moindre habitation depuis plusieurs heures.

Heureuses de pouvoir se dégourdir les jambes, Ellen et Laura flânèrent dans le campement, observant les tentes et les feux de camp. Elles finirent par se réfugier sous une toile pour échapper aux insectes avides. Sam les avait prévenues de ne pas s'aventurer loin du campement et de regarder où elles posaient les pieds car les serpents à sonnette abondaient dans la région. Une fois à l'abri, les deux sœurs contemplèrent la forêt qui semblait se refermer sur elles à mesure que la nuit tombait. Elles se promirent de respecter les consignes de Sam.

Après cinq jours de voyage, l'enthousiasme de Laura pour la nature et les nuits à la belle étoile s'émoussa quelque peu. Mais les deux jeunes femmes gardaient le moral, considérant cette expédition comme une aventure pleine de surprises.

Laura fut agréablement surprise par Constance. Loin de la ville, elle cessait de prendre des poses affectées et se montrait plus aimable. Elle leur racontait des anecdotes sur Walker Ridge. Puis ce fut au tour de Laura et d'Ellen de raconter leurs souvenirs londoniens. Constance avait soif de détails sur les derniers spectacles en vogue, les scandales et autres potins. Laura ne put s'empêcher de sourire en voyant le plaisir presque enfantin de Constance face à ces ragots. Finalement, la mère de Jonathan n'était peut-être pas si désagréable.

À sa grande satisfaction, Jonathan et Constance s'occupaient enfin d'Ellen. Le soir, il emmenait la jeune fille en promenade au bord de l'eau. À leur retour, Laura remarquait les yeux brillants de bonheur de sa sœur. Peu à peu, elle sentit ses soupçons s'envoler quant aux intentions réelles de Jonathan. Ses doutes provenaient certainement de la fatigue du voyage. Elle s'était fait des idées, songeait-elle ce soir-là en se préparant à aller se coucher. Elle écouta à peine le babillage incessant d'Ellen à propos de Jonathan. Avant de sombrer dans le sommeil, elle se demanda si Jonathan et Constance se comportaient ainsi parce qu'il n'y avait personne à impressionner... Elle fit la grimace. Quelle mauvaise langue !

La journée suivante s'annonça belle et claire. Ils se mirent en route à sept heures, dans une atmosphère déjà étouffante et moite. En aidant Laura à monter en voiture, Sam leva les yeux vers le ciel et déclara :

– Pas un nuage. Je ne serais pas étonné qu'un orage éclate d'ici ce soir.

Constance poussa un long soupir.

– Seigneur ! S'il pleut, le chemin sera vite embourbé. J'espère que vous vous trompez, Sam. Pourvu que l'orage n'éclate pas avant que nous soyons installés pour la nuit. Même si nous devons nous arrêter plus tôt.

Les prévisions de Sam se vérifièrent. À quatre heures, il se mit à pleuvoir. Bientôt, des éclairs zébrèrent le ciel et des coups de tonnerre résonnèrent au loin. Le chemin de terre n'était plus qu'un bourbier impraticable.

Son chapeau dégoulinant de pluie, Jonathan s'approcha de la voiture et déclara :

– Nous ne sommes pas loin de Green Springs. Il y a des pâturages pour les animaux. Autant y passer la nuit, le temps que l'orage s'éloigne. Ainsi, le chemin sera plus praticable.

La robe jaune de Laura lui collait à la peau. Aussi se réjouit-elle d'arriver à destination. Elle quitta l'atmosphère étouffante de la voiture pour se glisser sous la tente. L'orage s'était calmé. Les domestiques s'affairaient à la préparation du repas. Constance surveillait les opérations dans sa tente tandis que Sam et Jonathan s'assuraient que leur chargement n'avait pas trop souffert des intempéries. Laura et Ellen s'enfoncèrent dans les bois, en quête d'un peu d'intimité. Elles n'avaient rien à craindre car elles percevaient les bruits familiers du campement tout proche.

Laura marchait en tête, guettant la présence éventuelle de serpents, talonnée par Ellen. Soudain, Laura entendit un son étrange derrière elle. Elle fit volte-face et écarquilla les yeux en voyant sa sœur entre les bras d'une silhouette vêtue de cuir.

L'homme portait une carabine en bandoulière et avait un énorme couteau glissé dans la ceinture. Il avait de longs cheveux sales et mal coiffés, les joues mal rasées. D'une main crasseuse, il bâillonnait la jeune fille apeurée, l'empêchant de donner l'alerte.

Laura ne prit pas le temps de réfléchir. Étouffant un cri de fureur, elle se précipita vers eux. Les mains sur les hanches, dans un geste rageur, elle dévisagea l'agresseur de sa sœur.

– Lâchez-la immédiatement, sale brute ! Sinon vous aurez affaire à moi !

Soudain, elle sentit le contact froid d'un objet métallique dans son dos et se figea.

– T'as entendu, Clem ? Elle est pas gironde, cette poulette ? railla une voix traînante.

La gorge nouée, Laura croisa le regard terrifié d'Ellen. Elle réfléchit à toute vitesse. Laura savait parfaitement qui étaient leurs agresseurs. Il s'agissait des bandits sans pitié dont Jonathan lui avait parlé et qui s'attaquaient aux voyageurs. Elles ne s'étaient pas méfiées car leur convoi était important et bien armé. Sam et Jonathan ne s'étaient pas imaginé que les brigands auraient l'audace de se jeter sur quiconque s'éloignerait de quelques mètres.

– À ta place, je ne crierais pas, ma jolie, souffla la voix dans l'oreille de la jeune femme. Sinon, Clem va tordre le cou de la petite. Et moi, je vais être obligé de percer un trou dans cette belle robe jaune...

Le dénommé Clem esquissa un sourire narquois, révélant des dents noircies et cariées. D'une main, il tira la tête d'Ellen en arrière. Laura était pétrifiée.

Elle n'eut pas le temps de réfléchir car son agresseur la poussa brutalement en avant.

– Suis mon frère et ne dis pas un mot ! Avance !

Laura obéit à contrecœur. Seule, elle aurait peut-être tenté sa chance, mais la vie d'Ellen était en jeu. Le visage blême et affolé de la jeune fille hantait son esprit.

Ils marchèrent longtemps à travers bois. Laura eut l'impression que leur périple ne s'arrêterait jamais. Chaque minute les éloignait davantage du campement. La jeune femme commençait à perdre espoir. Les autres allaient pourtant s'inquiéter de leur absence. Mais la nuit tombait. Même en plein jour, on aurait du mal à retrouver leur trace.

N'ignorant pas le sort funeste qui les attendait dès que leurs ravisseurs décideraient de faire halte, Laura chercha un moyen de s'échapper. Non seulement elles allaient se faire violer par ces êtres immondes, mais sa sœur et elle ne survivraient pas à cette mésaventure. Elles ne verraient même sans doute jamais le jour se lever, songea-t-elle avec un frisson d'effroi. Une fois que ces monstres seraient satisfaits, ils les tueraient sans pitié et leurs dépouilles souillées seraient abandonnées au cœur de la forêt.

Jugeant qu'ils ne risquaient plus rien, les agresseurs éclatèrent de rire et se félicitèrent de la réussite de leur opération. Laura découvrit enfin le visage du complice. Il n'avait rien de rassurant.

Comme son compagnon, il avait de longs cheveux gras qui encadraient un visage négligé. Il avait des yeux noirs et froids. Une affreuse balafre lui barrait la joue droite, descendant de la tempe au menton. Sa culotte en daim était aussi sale que celle de son complice.

Il n'était pas grand, mais trapu et puissant. Ses bras musclés saillaient sous le tissu douteux de sa chemise. Le désespoir de Laura était à son comble. Ellen et elle étaient perdues.

N'acceptant pas son terrible destin, elle préféra demeurer vigilante, tant qu'il restait une mince lueur d'espoir de s'échapper. Sans Ellen, elle aurait pu s'enfuir à toutes jambes et tenter sa chance, mais elle ne pouvait abandonner sa sœur à son triste sort. Ellen semblait abattue, résignée, vide de toute expression.

La nuit venait de tomber quand les ravisseurs s'arrêtèrent enfin. Laura ignorait tout de l'endroit où ils se trouvaient. Manifestement, il s'agissait du campement des deux hommes. Deux chevaux malingres étaient attachés à un arbre. Quelques sacs étaient posés au bord de la rivière.

– Avec Clem, on a suivi votre convoi tout l'après-midi, expliqua l'agresseur d'un ton désinvolte. On a laissé nos affaires ici et on était juste partis en reconnaissance quand on vous a trouvées sur notre chemin, mes petites cailles.

Laura reprit courage.

– Vous avez l'intention de demander une rançon ? s'enquit-elle. Jonathan Walker paiera volontiers pour nous récupérer saines et sauves.

– Une rançon ? répéta le brigand d'un ton moqueur. En voilà une bonne idée ! J'aurais dû y penser moi-même.

Il plissa les yeux.

– Vous me prenez pour un imbécile ? Les Walker ne négocient avec personne. Ils préféreraient nous abattre d'un coup de fusil que de discuter avec nous. On a déjà eu affaire à eux par le passé.

– Surtout avec ce maudit Charles, ajouta Clem d'un ton amer. Il nous déteste, nous, les Thacker. D'ailleurs, c'est ce bâtard qui a infligé cette vilaine balafre à Udell.

Clem cracha bruyamment.

– Nous, on ne discute pas avec les Walker, répéta-t-il.

Malgré les circonstances, Laura se sentit rassurée en entendant prononcer le nom de Charles. Ainsi, il avait réussi à blesser ce brigand. À la bonne heure ! songea-t-elle en regrettant qu'il ne l'ait pas tué par la même occasion.

– J'ai l'impression que vous allez devoir vous habituer à nous, mes jolies, annonça Clem avec un regard lubrique. Si vous êtes gentilles avec nous, on vous laissera peut-être partir.

Laura ne broncha pas, cherchant à dissimuler sa terreur.

– Vous avez l'intention de nous libérer ? demanda-t-elle prudemment, dégoûtée de le voir s'approcher d'elle.

Elle riva son regard dans le sien. Il esquissa un sourire cruel.

– Bien sûr. Soyez bien gentilles avec nous, ne nous posez pas de problème et on vous laissera partir.

Laura savait qu'il mentait. Elles allaient mourir, mais elle ignorait quand.

Clem relâcha son emprise sur Ellen, qui se laissa lentement tomber à terre. Laura se précipita vers elle et la prit par les épaules.

– Ellen ! Tu vas bien ?

Sa sœur s'agrippa à elle et approcha ses lèvres de l'oreille de son aînée.

– Nous devons nous enfuir, souffla-t-elle entre deux sanglots. Ils me croient terrorisée et ne se méfient pas de moi. Profitons-en.

Laura hocha discrètement la tête, jubilant intérieurement. Ellen jouait la comédie à merveille ! Dieu merci ! Ensemble, elles allaient trouver une solution. Enlacées, elles firent mine de s'effondrer.

– Arrêtez ! gronda Udell en les séparant.

Il brandit sa carabine d'un air menaçant et foudroya Ellen du regard.

– Tu vas la boucler, sinon...

Ellen parut sur le point de défaillir. Ses sanglots redoublèrent et elle se mit à se balancer de gauche à droite comme une possédée, le regard vague.

– C'est mieux.

Il bouscula Laura et ordonna :

– Allez chercher du bois et préparez-nous à manger. Vous trouverez tout le nécessaire dans les sacs.

Sous la garde de l'imposant Clem, les deux femmes rassemblèrent des brindilles et du bois mort. Les mains tremblantes, Laura parvint à allumer une flambée entourée de pierres.

Les sacs ne contenaient pas grand-chose, mais les deux sœurs firent chauffer du café, ainsi que des haricots dans une marmite. Elles firent aussi griller des épis de maïs. Les deux hommes se contentaient de les regarder en buvant du whisky, les dévorant des yeux. De temps à autre, l'un d'eux éclatait d'un rire gras et lubrique. Laura sentait la tension monter à chaque seconde. D'après leurs commentaires salaces, ils déshabillaient les deux femmes des yeux. Le temps commençait à leur manquer. Il fallait partir au plus vite, avant qu'il ne soit trop tard.

Elle scruta les alentours. Il faisait nuit noire. Seules les flammes orangées projetaient des lueurs dorées contre le ciel sombre. La forêt les enveloppait de ses arbres menaçants, au cœur d'un silence lugubre.

– On peut dire qu'on a déniché de belles poulettes, déclara Clem d'une voix traînante. Qu'est-ce que t'en dis, mon vieux ? La mienne est plus belle que la tienne ?

Udell sourit. Les flammes dansaient sur son affreuse cicatrice. Il se lécha les babines d'un air lubrique.

– Difficile à dire. Va falloir les déshabiller pour le savoir.

Laura crispa la mâchoire et le foudroya du regard, bien décidée à lui compliquer la tâche.

Soudain, Ellen se mit à crier. À sa grande stupeur, Laura s'aperçut que Clem l'avait attrapée par la cheville et l'attirait vers lui. La jeune fille se débattait frénétiquement, mais Clem semblait jouir de la peur qu'il éveillait en elle.

Aveuglée par la panique, Laura saisit une pique de fer et, sans se soucier qu'elle fût brûlante, frappa la tête de l'agresseur de toutes ses forces. Celui-ci émit un râle de douleur et s'écroula en avant, relâchant la jeune fille.

Udell n'en croyait pas ses yeux. Bouche bée, il fixa le corps inerte de son frère allongé près de lui. Ellen profita de ces quelques secondes pour lui assener un coup de marmite avec toute l'énergie du désespoir. Le contenu vola en tous sens. Blessé à la tempe, le brigand hurla de douleur et porta les mains sur le ragoût qui lui brûlait la peau et les yeux.

Laura prit sa sœur par la main.

– Viens vite !

Ellen n'eut pas besoin de se le faire répéter. Ensemble, elles s'enfoncèrent dans les bois, prenant leurs jambes à leur cou, mues par la peur.

Les branchages leur meurtrissaient le visage et déchiraient leurs vêtements dans leur course éperdue. Mais elles coururent comme si elles avaient le diable à leurs trousses.

À bout de souffle, épuisée, Laura ralentit le rythme. Elle tenait toujours sa sœur par la main. Elles fondirent en larmes et rirent en même temps.

Immobiles dans la nuit, elles se reposèrent un instant, guettant le moindre signe de leurs poursuivants. De longues minutes s'écoulèrent.

– Tu crois que nous les avons semés ? chuchota Ellen à l'oreille de Laura.

– Je l'ignore. Je n'entends rien. Clem est sans doute assommé. Je n'y suis pas allée de main morte. Quant à l'immonde Udell, j'espère bien qu'il aura des problèmes de vue pour le reste de ses jours avec le ragoût brûlant qu'il a reçu en plein visage.

Une brindille craqua tout près d'elles. Elles se raidirent, imaginant les deux hommes à leurs trousses, assoiffés de vengeance. Quelques instants plus tard, elles reconnurent un cerf qui s'éloigna dans les fourrés.

– Oh ! J'ai eu si peur ! s'exclama Ellen.

– Moi aussi, avoua l'aînée.

Elles dressèrent une nouvelle fois l'oreille, mais seule une chouette se fit entendre.

– Tu crois que nous leur avons vraiment échappé ? demanda Ellen.

– Je le pense, répondit Laura, l'air grave. Mais nous sommes perdues. Je n'ai pas la moindre idée de l'emplacement du campement. Nous ferions mieux de ne pas bouger jusqu'à l'aube. En fait, je crois que nous sommes vraiment perdues, conclut-elle, morose.

– On peut dire que c'est une aventure palpitante, reprit la jeune fille en gloussant nerveusement.

Entre rire et larmes, Laura l'étreignit.

– On peut le dire ! Et ne viens pas me raconter que tu t'ennuies !

Au fil des minutes, elles se persuadèrent qu'elles avaient faussé compagnie à leurs ravisseurs.

– Nous ferions mieux de dormir un peu, suggéra Laura. On ne peut pas continuer à avancer en pleine nuit dans les bois. Demain, nous y verrons plus clair.

Les deux femmes s'installèrent sur la mousse. Laura s'appuya contre un tronc d'arbre et prit sa sœur dans ses bras, déterminée à chasser de son esprit toute image de serpent à sonnette, d'ours, de bêtes sauvages qui abondaient dans la région, selon les récits de Jonathan. Il y avait aussi des loups... et des Indiens sur le sentier de la guerre. Trop épuisée par les événements de la soirée, elle ne put s'empêcher de sombrer dans le sommeil.

La lumière du jour ne fit pas grand-chose pour améliorer leur situation. Laura scruta les alentours. Des arbres, des vignes, une végétation luxuriante les enveloppait de toutes parts. Elle se sentit submergée par une vague de désespoir. Avaient-elles échappé aux Thacker pour périr au cœur d'une nature hostile ?

Elle se ressaisit aussitôt. Il n'en était pas question.

Ellen bâilla en s'étirant.

– Je meurs de soif. Et j'ai faim ! Qu'allons-nous faire, Laura ?

L'aînée plissa le nez.

– Je l'ignore, mais nous ne pouvons rester ici. Les Thacker sont sans doute partis à notre recherche. J'espère que Jonathan et son frère aussi. Nous devons aller de l'avant en espérant trouver un chemin qui nous mènera à quelque habitation. Prions le ciel pour croiser les Walker avant les Thacker !

Pendant trois longues journées, elles ne virent aucun signe des brigands. Elles ne rencontrèrent pas non plus les Walker. Elles purent se désaltérer à l'eau des rivières et des ruisseaux et rafraîchir leur peau dévorée par les moustiques.

Par chance, en cette saison, elles trouvèrent en abondance baies et fruits. Toutefois, leur estomac gargouillait en permanence, surtout la nuit, quand elles rêvaient de succulents rôtis et de pain frais.

Au matin du quatrième jour, Laura leva un regard inquiet vers le ciel embrasé, se demandant ce que leur réservait cette journée. Les deux jeunes femmes étaient de plus en plus faibles. Dans la nuit, elles avaient entendu le cri effrayant de quelque bête sauvage. La veille, en se gavant de mûres, elles avaient aperçu un ours malveillant. Qu'importe si l'animal avait eu peur, lui aussi. Sa seule apparence était redoutable. Elles s'étaient enfuies à toutes jambes sans demander leur reste.

Se guidant grâce à la position du soleil, elles étaient parties vers l'est. Le convoi des Walker devait être loin. Il était inutile de chercher à le retrouver. Le plan de Laura était simple. En allant vers l'est, elles finiraient par trouver l'océan Atlantique, à moins qu'elles ne parviennent à un village. Une fois sur la côte, elles croiseraient une habitation. À moins qu'elles ne meurent d'épuisement...

Avant qu'il ne fasse trop chaud, elles se mirent en route, l'estomac criant famine. Il fallait marcher pendant les premières heures de la journée, avant que l'humidité ne rende leur progression trop pénible. L'après-midi, elles se reposaient dans un coin ombragé jusqu'à la nuit tombée, où elles se remettaient en route.

La journée fut à l'image des précédentes. Vers midi, elles s'arrêtèrent au bord d'un ruisseau pour se désaltérer et s'asperger le visage d'eau claire. Puis elles s'endormirent près d'un massif de magnolias.

Laura ne sut jamais ce qui l'avait réveillée, mais son cœur s'emballa soudain. Affolée, elle parcourut la vallée du regard. Puis, en baissant les yeux, elle aperçut une paire de mocassins.

Prise de panique, elle se leva d'un bond et observa l'impressionnante silhouette vêtue de daim, suivie d'une autre tout aussi imposante. Les Thacker ! Mais les visages des intrus se précisèrent et elle sentit son cœur cesser de battre. Il ne s'agissait pas des Thacker, mais d'un être infiniment plus dangereux pour sa tranquillité d'esprit : Charles Walker.

4

Cette rencontre n'était pas fortuite, loin de là. Hugh et Charles Walker recherchaient les deux jeunes femmes depuis le lendemain de leur disparition.

Avec Morgan, ils avaient quitté Richmond avec leurs chevaux deux jours après le convoi des Walker. Charles se doutait qu'ils finiraient par les rattraper. Ils trouvèrent d'abord Simmons, le valet de Jonathan, conduisant une voiture très chargée. Celui-ci ne semblait guère empressé de profiter de leur compagnie. En haussant les épaules, Charles avait continué son chemin. Ils auraient vite rattrapé le convoi si les pur-sang n'avaient pas été aussi fatigués. Charles préférait ne pas trop les solliciter, surtout les deux juments, qui étaient pleines. En chemin, ils aperçurent des traces du passage des Walker.

Depuis le début, Charles était impatient de les rejoindre. Il appréciait beaucoup Sam et adorait provoquer Jonathan. Mais il avait une autre raison de vouloir les croiser. Il devait admettre qu'il mourait d'envie de revoir cette petite femme hautaine aux grands yeux de chat...

Il ne parvenait pas à oublier la baronne, ce qui l'agaçait au plus haut point. Le souvenir de sa silhouette venait le hanter à tout moment de la journée. La nuit, elle se glissait entre ses bras, langoureuse, et l'envoûtait de ses caresses et de ses baisers.

Ainsi, il mourait d'envie de revoir la jeune femme. En apercevant le campement de Sam, quatre jours plus tôt, il avait senti son cœur chavirer. Mais son bonheur avait fait place à une sourde angoisse quand il avait appris la terrible nouvelle : la baronne et sa sœur avaient disparu.

Hystérique, Constance lui narra la mésaventure. Sam

et Jonathan étaient déjà partis à la recherche des deux Anglaises.

Charles comprit tout de suite qu'elles n'avaient pu disparaître sans raison. Jamais elles n'auraient eu la témérité de s'éloigner du campement, après tous les avertissements qu'elles avaient reçus.

Les autres les croyaient égarées dans les bois, mais Charles n'était pas de cet avis. Il avait remarqué l'intelligence de la jeune femme. Il savait d'instinct qu'elle ne commettrait pas d'imprudences. Et si elle ne s'était pas simplement égarée... Sa gorge s'était nouée.

Il avait envisagé plusieurs hypothèses, plus inquiétantes les unes que les autres. Si ses soupçons s'avéraient, Sam et Jonathan perdaient leur temps en les cherchant aux alentours du campement. À présent, elles devaient être loin. Du moins si elles étaient encore en vie...

Après concertation, il fut décidé que Morgan resterait avec les membres du convoi tandis que Charles et Hugh entameraient à leur tour des recherches. Ils sillonneraient la campagne à pied, emportant quelques provisions. Charles s'était muni d'un arc et de flèches, afin de pouvoir chasser sans trahir sa présence auprès d'ennemis éventuels. Il préféra laisser ses pur-sang en sécurité. Bien des endroits étaient inaccessibles à cheval et les bêtes risquaient de se fatiguer inutilement.

Sam et Jonathan revinrent au campement au moment où Charles et Hugh se mettaient en route. Malgré les circonstances, Jonathan ne put dissimuler son aversion pour Charles. Sam, lui, était ravi de le voir. Charles évoqua les deux possibilités qui lui venaient à l'esprit : un enlèvement par les Indiens ou par des brigands. Sam approuva le plan du jeune homme. Hugh et lui continueraient les recherches pendant que les autres gagneraient Walker Ridge.

Jonathan était furieux d'être ainsi exclu des recherches. Se rappelant amèrement le rendez-vous arrangé entre Simmons et les Thacker dans la région, il garda le silence. Il connaissait ces deux lascars. Les jeunes femmes devaient être mortes. Il comptait bien se venger, mais mieux valait attendre d'avoir tiré bénéfice de la vente avant de s'en prendre aux Thacker. La perte des deux Anglaises le touchait dans son orgueil. Il en voulait terriblement aux Thacker, d'autant qu'il ne pouvait prendre le risque de révéler quoi que ce soit.

Dissimulant ses émotions, il avait dévisagé Charles et demandé la permission d'accompagner les deux hommes.

Froidement, Charles l'avait toisé et avait répondu :

– Tu as passé trop de temps à Londres pour nous être d'une quelconque utilité. D'ailleurs, tu n'as jamais aimé la nature. Tu ne suivrais pas notre rythme. Nous n'avons pas besoin d'un élégant citadin qui nous retarderait plus qu'autre chose.

Les poings crispés, Jonathan avait fait un pas dans sa direction.

– Je vais t'enseigner les bonnes manières !

Charles s'était contenté de sourire, une lueur malicieuse dans ses yeux bleus.

– Quand tu voudras. Puisque tu te crois meilleur que moi...

Jonathan s'était figé. Sa mère s'était agrippée à son bras, implorante, le suppliant de ne pas risquer sa vie en se battant contre Charles. Puis, celui-ci s'était préparé à partir en compagnie de Hugh.

Malgré cette dispute, Sam avait serré la main de Charles et avait déclaré :

– Je prie pour votre réussite.

– En général, je réussis ce que j'entreprends. Si ces femmes sont quelque part, nous les trouverons. Je vous le garantis. Je m'inquiète plutôt de savoir dans quel état.

Sam avait tristement hoché la tête. Charles s'était enfoncé dans les bois, Hugh sur les talons. Il ne fut pas facile de trouver la trace des deux femmes. Jonathan et Sam avaient effacé tous les indices éventuels. Au bout de quelques heures, ils avaient enfin découvert ce qu'ils cherchaient : un lambeau de tissu jaune accroché à une branche.

Ils n'avaient relevé que peu de traces : l'empreinte d'un petit pied menu, au bord de la rivière, un fil bleu, quelques cheveux blonds pris dans un buisson. Très concentrés, ils avaient fait appel à leur expérience et avaient suivi la trace des disparues. Enfin, à la nuit tombée, ils avaient atteint le campement d'où les deux sœurs s'étaient enfuies. Il faisait trop sombre pour continuer les recherches. À contrecœur, ils avaient décidé de passer la nuit sur place.

Le lendemain matin, ils s'étaient remis en route, l'air maussade, suivant les traces bien visibles des deux femmes. Le fait que les ravisseurs les aient abandonnées ne présageait rien de bon. Ils redoutaient de tomber à tout moment sur une macabre découverte.

À l'issue de la deuxième journée de recherches, Charles avait repris espoir. Les ravisseurs n'avaient de toute évidence pas suivi leurs victimes très longtemps. Peu à peu, Charles avait écarté l'idée de retrouver le cadavre affreusement mutilé de la baronne dans les sous-bois.

Charles était de plus en plus conscient de son admiration pour les deux Anglaises. Elles étaient peut-être délicates, sophistiquées et fragiles, mais elles avaient dû faire preuve de beaucoup de courage pour fausser compagnie à leurs ravisseurs.

Malgré son optimisme, ce ne fut que lorsque Hugh et lui découvrirent les rescapées endormies au pied d'un arbre que toute angoisse s'envola. Elles étaient saines et sauves.

Cependant, songea-t-il avec ironie, elles ne paraissaient pas enchantées de les rencontrer. À en juger par l'expression de son visage, la baronne aurait sans doute préféré n'importe quel autre sauveteur que Charles Walker. Au moins, il ne pouvait taxer la jeune femme d'hypocrisie. Elle ne l'aimait pas, et les circonstances un peu particulières de leurs retrouvailles ne changeaient rien à l'affaire.

Dissimulant avec peine son admiration pour elle, il marmonna :

– Je suis désolé que vous n'ayez pas été secourue par votre charmant hôte, chère baronne. Mais je dois dire que si Jonathan était parti à votre recherche, vous n'auriez jamais été retrouvée.

– Qu'importe qui nous a trouvées, répliqua Laura d'un ton cassant tout en lissant les plis de sa robe froissée. Ce qui compte, c'est que nous soyons tirées de ce mauvais pas. Je vous en remercie de tout mon cœur.

En dépit de la sincérité de cette gratitude, elle ne put réprimer une réflexion cynique.

– Parce que vous nous cherchiez vraiment, n'est-ce

pas ? Vous ne nous avez pas croisées par hasard, comme ces immondes Thacker ?

Charles se renfrogna aussitôt. Hugh retint son souffle.

– Udell Thacker ? C'est lui qui vous a enlevées ? s'enquit Charles.

Laura aida sa sœur à se relever et répondit :

– Oui, je crois qu'il s'appelait ainsi, Udell Thacker. Et le crétin qui l'accompagnait se nommait Clem. Des amis à vous, je suppose ? conclut-elle avec un sourire narquois.

Hugh réprima un rire et détourna la tête.

– Pas exactement, rétorqua Charles, contrarié par tant d'insolence.

Vu les circonstances, il s'attendait à plus de reconnaissance. Il aurait dû se douter que la baronne prendrait un malin plaisir à le provoquer. Il ne fallait pas se laisser impressionner.

Affichant un air innocent, il déclara :

– Avez-vous apprécié votre entrevue avec eux ? Il paraît que d'autres... dames les trouvent fort impolis.

Laura le foudroya du regard, soudain très lasse de ce petit jeu.

– Pas du tout, et vous le savez très bien ! Dès le départ, ils se sont montrés particulièrement odieux et repoussants !

– Vous avez de la chance d'être encore en vie, intervint Hugh. En général, quand une femme tombe entre leurs griffes, elle ne s'en remet pas. Et celles qui survivent...

Il hésita puis demanda :

– Ils ne vous ont pas... ?

Il s'éclaircit la gorge, cherchant ses mots.

– Vous n'avez pas été... ?

Laura secoua la tête, sachant à quoi il faisait allusion.

– Non. Ils ne nous ont pas violentées, mais uniquement parce que nous nous sommes enfuies sans leur en laisser le temps.

Les yeux rivés sur Hugh, Ellen déclara timidement :

– Laura a été formidable ! Elle a frappé cet affreux Clem sur la tête avec une pique.

– N'oublie pas que tu as lancé du ragoût brûlant au visage d'Udell, ajouta Laura en serrant sa sœur contre elle. Sinon il nous aurait peut-être rattrapées.

– Voilà une initiative avisée, commenta Charles, admirant les deux femmes malgré lui.

Elles étaient courageuses de faire si peu de cas d'une expérience aussi pénible. De toute évidence, elles étaient terrifiées et épuisées. Et affamées, à n'en pas douter. Elles semblaient amaigries et fatiguées, une lueur étrange dans le regard. Leurs vêtements pendaient lamentablement sur leurs corps décharnés. Pourtant, elles réagissaient comme si rien ne s'était passé.

– Vous avez fait preuve de bravoure. Peu de femmes, encore moins des citadines, auraient eu votre sang-froid.

Laura lui adressa pour la première fois un sourire franc.

– Merci, dit-elle doucement, vous êtes très courtois.

Ce sourire éblouit Charles, qui se sentit envahi d'un émoi troublant. Il la dévisagea un long moment, puis se détourna.

– Nous allons passer la nuit ici, déclara-t-il en inspectant le site. Vous avez besoin de repos et d'un bon repas.

Ellen se mit à rire en tapant des mains.

– Oh oui ! Nous n'avons cessé de rêver de nourriture, ces derniers jours.

Charles lui sourit. Il appréciait cette jeune fille spontanée.

– À moins que je ne tue quelque gibier, vous devrez vous contenter d'une galette de maïs.

– Cela me conviendra parfaitement, répondit Ellen, dont les yeux bleus pétillaient d'impatience. Je dévorerais n'importe quoi, sauf des baies.

– Reste ici avec ces dames, ordonna Charles à Hugh. Je vais voir ce que je peux trouver à manger.

Il posa son fusil contre un arbre, près de son sac, et prit son arc à la main avant de disparaître dans les bois.

En le voyant s'enfoncer dans la pénombre, Laura eut envie de protester. Quelque chose en lui avait le don de faire ressortir les pires aspects de sa propre personnalité. Pourtant, en le voyant partir, elle s'inquiéta pour lui. Cherchant à se ressaisir, elle se tourna vers le jeune homme et lui sourit.

– Vous nous avez sauvées et nous ne savons même pas à qui nous avons l'honneur de parler, déclara-t-elle.

– Hugh Walker, madame. Charles et moi, nous sommes un peu cousins. Du moins d'après mon père. Tous les Walker de Virginie sont un peu parents.

– Eh bien, je suis ravie de vous rencontrer, Hugh Walker, assura Laura d'un ton chaleureux. Voici ma sœur, Ellen. Vu les circonstances, vous pouvez vous dispenser de m'appeler madame. Je me prénomme Laura.

Hugh la regarda fixement, plein d'admiration. La baronne était différente de celle qu'il s'imaginait. Elle n'était ni hautaine, ni âgée et surtout elle était très belle.

Il esquissa un sourire un peu nonchalant.

– Je serais très flatté que vous me considériez comme un ami.

Il se tourna vers Ellen :

– Et je suis enchanté de faire votre connaissance, Ellen.

La jeune fille releva fièrement la tête.

– Mademoiselle Merrivale, je vous prie !

Laura l'observa, stupéfaite. Sa sœur n'était pourtant pas du genre à faire valoir les privilèges dus à son rang. Pourquoi se comportait-elle ainsi avec ce charmant jeune homme ?

Une lueur traversa le regard de Hugh tandis qu'il observait Ellen avec attention. Soudain, il prit conscience de la beauté de la jeune Anglaise.

– Très bien, répondit-il, amusé. Mademoiselle Merrivale. Mais appelez-moi monsieur.

Ellen haussa les épaules.

– Très bien. Ce problème étant réglé, je suppose que vous devriez faire quelque chose, monsieur ? À moins que vous ne préfériez passer votre temps à bavarder avec nous ?

Hugh n'était pas offusqué par ce comportement méprisant.

– Et que désirez-vous que je fasse, mademoiselle ? demanda-t-il, plein de sarcasme. Nous ne sommes pas dans le salon de la reine, il me semble.

Ellen retint son souffle, indignée. Cet homme bien trop séduisant se moquait d'elle. Mortifiée par son attitude contradictoire, elle s'emporta :

– En effet, mais vous ne comptez tout de même pas rester planté là en attendant Charles ?

– Charles ? répéta-t-il en fronçant les sourcils. Monsieur Walker, plutôt ?

Vexée, elle se détourna. Retrouvant ses esprits, Laura intervint :

– Je suis certaine que Charles n'y verrait aucune impertinence, s'empressa-t-elle de déclarer en adressant un regard lourd de sens à sa sœur. En fait, je trouve que le moment est mal choisi pour faire des manières. Ces deux messieurs nous ont sauvé la vie. Nous leur sommes redevables.

Ellen hocha la tête, honteuse.

– J'ignore ce qui m'a pris, déclara-t-elle à l'adresse de Hugh. Je n'ai pas l'habitude d'être aussi insupportable. Me pardonnerez-vous ?

Elle esquissa un sourire contrit.

– Appelez-moi Ellen, je vous en prie.

Hugh baissa les yeux vers elle. Même fatiguée et le visage maculé de terre, elle était irrésistible. Quant à son sourire... Il eut l'impression que son cœur battait à tout rompre. Ellen posa doucement la main sur la sienne, le ramenant à la réalité.

L'air inquiet, elle s'enquit :

– Vous allez bien ? Vous semblez... bizarre.

– C'est à cause de votre sourire, expliqua le jeune homme. Vous ne devriez pas sourire à un homme sans prévenir.

– Oh, comme c'est gentil ! s'exclama-t-elle gaiement. Je peux vous appeler Hugh ?

– J'en serais très honoré, répondit-il en s'inclinant.

– Quand vous aurez réglé la question des prénoms, nous pourrons peut-être installer un campement ! lança Laura, attendrie.

Ellen et Hugh rougirent, comme s'ils venaient de s'apercevoir qu'ils n'étaient pas seuls.

– Ce ne sera pas le grand luxe, je le crains, prévint-il. Nous avons dû emporter très peu de matériel. Asseyez-vous donc. Je vais m'occuper de tout.

– Nous allons vous aider, répondit Laura. Nous irons chercher du bois.

Charles réapparut à la nuit tombée, tenant une cuisse de chevreuil sur l'épaule. Un pot de café chauffait sur le feu de camp, de même que des galettes de céréales. Hugh et les deux femmes étaient absorbés par leur conversation. Ils ne remarquèrent la présence de Charles qu'au dernier moment.

Hugh se leva d'un bond et posa machinalement la main sur le couteau qu'il portait à la ceinture. En reconnaissant Charles, il sourit, soulagé.

– Je ne t'avais pas entendu approcher.

– Si cela avait été un Indien ou un Thacker, tu n'aurais pas réagi non plus, répliqua Charles d'un ton sec.

– Tu as raison. J'aurais dû me montrer plus vigilant.

Charles émit un grognement et posa sa proie à terre.

– Voilà de quoi rassasier les plus affamés, annonça-t-il. Nous garderons les restes pour demain matin.

Le repas fut l'un des plus succulents que Laura ait dégustés. La viande était goûteuse, le café fort et réconfortant, les galettes de céréales fondantes à souhait. Les deux jeunes femmes avaient envie de tout dévorer, mais leurs sauveteurs leur conseillèrent de ne pas trop manger sur un estomac vide. Laura se régala, puis Charles lui prit son assiette.

– Cela suffit. Dans une heure ou deux, vous pourrez manger encore.

Repue, Laura s'adossa à un tronc d'arbre et soupira d'aise. Ils se trouvaient loin de Walker Ridge et de toute habitation. Cependant, elle ne se souciait guère des dangers du voyage en cet instant. Il faisait nuit noire, mais le feu de camp était rassurant. La peur et la faim avaient disparu. Pour la première fois, elle se sentait protégée.

Elle porta le regard vers la zone d'ombre où elle distinguait à peine la silhouette de Charles. Elle ne l'appréciait guère. Quand il ne l'agaçait pas, il se moquait d'elle. Pourtant, il avait quelque chose de sécurisant. Toute sa vie, Laura avait protégé les autres. Il lui était agréable de se laisser aller pour une fois. Dès qu'ils seraient arrivés à Walker Ridge, elle ne verrait plus cet homme. D'ailleurs, elle ne l'aimait pas du tout.

Charles se leva, s'approcha du feu et retourna les quartiers de viande disposés sur des branches d'érable. Il ajouta du bois vert aux braises, faisant monter des spirales de fumée autour des morceaux. Il s'appliqua à sa tâche pendant plusieurs minutes, sa silhouette éclairée par les flammes. Quand il fut satisfait du résultat, il se tourna vers Hugh.

– Dans quelques heures, la viande sera fumée. Au changement de tour de garde, il faudra ajouter du bois. Tu préfères prendre le premier tour ?

– Qu'entendez-vous par là ? demanda Laura, interloquée.

– Cela signifie que l'un de nous deux va rester en alerte pour s'assurer qu'Udell Thacker ne vient pas vous rendre une petite visite de courtoisie.

– Ah ! fit-elle, effrayée au souvenir des nuits qu'elle avait passées dans les bois avec sa sœur. Je n'y avais pas songé. Vous croyez qu'ils nous poursuivent encore ?

Charles secoua la tête.

– Non. À mon avis, ils vous croient mortes et sont déjà partis en quête d'autres victimes.

Il lui sourit, révélant des dents d'une blancheur étincelante, tandis que les flammes projetaient des ombres dansantes sur ses traits sombres.

– Des proies plus faciles, ajouta-t-il.

Laura sentit ses joues s'empourprer. Jamais un homme n'avait produit un tel effet sur elle. Chaque fois qu'il la regardait ainsi, une onde de chaleur lui picotait le ventre. Quelque chose en lui la déconcertait, mais elle ignorait s'il s'agissait de sa voix, de sa façon de se mouvoir ou de ses yeux d'un bleu intense où brillait une lueur mystérieuse. Il ressemblait presque à un tigre...

Elle ne put réprimer un bâillement.

– Ma foi, je suis plus épuisée que je ne le soupçonnais, déclara-t-elle.

Se laissant guider par une petite voix intérieure, elle ignora délibérément Charles pour se tourner vers Hugh.

– Je vais bien dormir, sachant que vous veillez sur nous, déclara-t-elle.

Charles émit un grommellement narquois et alla s'allonger au pied d'un arbre.

– J'ai l'impression que la baronne a fait son choix, Hugh. À toi le premier tour de garde. Réveille-moi quand tu seras fatigué.

Sur ces mots, il se glissa sous une couverture et s'endormit.

Furieuse de s'être laissée aller à ces enfantillages, Laura

s'installa au côté de sa sœur. La fumée éloignait les insectes. Enveloppée dans une couverture fournie par les deux hommes, la jeune femme ne tarda pas à sombrer dans le sommeil. L'image de Charles vint hanter ses rêves.

À son grand désarroi, le premier visage qu'elle aperçut en se réveillant, le lendemain matin, fut celui de Charles. D'autant plus qu'elle avait passé la nuit à rêver de lui dans des situations aussi explicites qu'embarrassantes. Un peu gênée, elle se redressa et repoussa une mèche de cheveux de son visage. Faisant mine de ne pas remarquer la présence de Charles, elle bâilla et se frotta les yeux. Enfin, elle le regarda.

Charles était assis contre un tronc d'arbre, à quelques mètres. Ses yeux bleus aux longs cils soyeux étaient rivés sur elle. Le sang de la jeune femme ne fit qu'un tour. Certes, ce n'était pas la première fois qu'un homme la contemplait, mais pas de cette façon. Charles n'exprimait ni intérêt ni politesse. Il paraissait franchement hostile. Il semblait sur le point de lui tordre le cou.

Laura ne se trompait pas. Charles l'aurait volontiers étranglée, mais seulement après lui avoir fait l'amour pendant des heures, des jours, voire des mois. Son désir pour elle le mettait dans une rage folle. Il s'agissait d'une riche Anglaise, d'une baronne, et de surcroît, la fiancée de Jonathan. Pourtant, il l'imaginait frissonnant de désir entre ses bras. Il rêvait à la saveur de ses lèvres pulpeuses.

Pendant son tour de garde, il avait pu détailler à loisir les formes de cette jeune femme en robe jaune, endormie et insouciante. Le tissu maculé de boue épousait la forme parfaite de ses hanches, tandis que son souffle enflait sa poitrine généreuse au rythme régulier de sa respiration. Les flammes venaient baigner ses traits délicats dans une lumière dorée, mettant en valeur son menton volontaire et ses lèvres décidées. Il ne voulait pas céder à son charme, mais plus rien n'existait que cette femme allongée tout près de lui. Malgré ses efforts pour maîtriser sa passion, son sexe gonflé de désir lui rappelait qu'il n'avait pas possédé une femme depuis fort longtemps. Il en voulait à la baronne, à Jonathan et à lui-même. Pour lui, la nuit avait été interminable.

Aux premières lueurs de l'aube, Hugh s'était réveillé, suivi d'Ellen. Malgré la grimace boudeuse de la jeune fille, tous deux étaient partis cueillir des mûres, laissant Charles et Laura seuls au campement. Charles aurait préféré remplacer son cousin, mais il avait remarqué le regard enamouré du jeune homme pour Ellen et s'était ravisé.

Il fit la moue. Hugh visait haut. Trop haut. Mais ce n'était pas à lui de briser les illusions de son cousin. C'est du moins le prétexte qu'il trouva pour rester avec Laura. Ellen était douce et charmante, mais elle n'avait pas le magnétisme de sa sœur. Même endormie, celle-ci avait des yeux de chat.

Quand Laura eut enfin compris qu'ils étaient seuls, elle s'enquit, mal à l'aise :

– Où sont Hugh et Ellen ?

– Ils sont partis cueillir des mûres, expliqua Charles en se levant. Ne vous inquiétez pas, duchesse. Vous ne resterez pas longtemps entre mes griffes.

– D'abord, répliqua-t-elle, furieuse, je ne suis pas duchesse. De plus, je m'appelle Merrivale. Appelez-moi Lady Merrivale !

Il lui décocha un regard pénétrant qui la troubla au plus profond d'elle-même.

– Et pas Laura, comme Hugh ?

La jeune femme comprenait enfin la réaction de sa sœur envers le jeune homme et se mordit les lèvres.

– Mais non, appelez-moi Laura.

Elle se leva, en prenant soin d'ignorer son compagnon, et alla se débarbouiller dans l'eau de la rivière. Puis elle revint près du feu. Elle se versa un gobelet de café brûlant. Tournant le dos à Charles, elle se mit à contempler les arbres. Un silence pesant s'installa entre eux. Se sentant obligée de dire quelque chose, Laura prit la parole :

– Ellen et moi vous devons la vie. Il ne faut pas nous prendre pour des ingrates. Nous vous sommes extrêmement reconnaissantes de ce que vous avez fait pour nous.

– Vraiment ? fit Charles, tout près d'elle.

Laura fit volte-face, les yeux écarquillés. Le regard de Charles exprimait une sourde colère. Il lui prit son gobelet et le projeta rageusement à terre. Puis il attira la jeune femme dans ses bras et la plaqua contre lui.

– Puisque nous somme seuls... souffla-t-il tout près de sa bouche. Voyons jusqu'où vous êtes prête à me remercier.

5

Laura devinait ce qui allait s'ensuivre : Charles allait l'embrasser, et il ne ferait preuve d'aucune douceur. Ses intentions se lisaient dans son regard lubrique et sans équivoque. Mais elle était trop surprise, trop troublée… et trop curieuse pour esquisser le moindre geste de résistance. Lorsque la bouche gourmande de Charles se posa brutalement sur la sienne, elle ferma les yeux. À sa grande honte, elle fut parcourue d'un long frisson de désir.

En un instant, elle se rendit compte que, malgré ses années de vie conjugale, elle était aussi innocente qu'une jeune fille. Jamais elle n'avait connu un tel émoi en présence d'un homme. Charles s'empara d'elle, la serrant entre ses bras puissants. Elle sentait ses seins plaqués contre son torse, ses cuisses contre les siennes. Quant à sa bouche... c'était un pur délice, un péché, un plaisir interdit et brûlant, exaltant et dangereux, traître et envoûtant.

Il ne montrait pourtant ni douceur, ni tendresse. Au contraire, son baiser était plein d'ardeur et de virilité. Oubliant toute bienséance, Laura s'abandonna à l'ivresse du moment, à ces sensations inconnues, à cette chaleur troublante, à ces mains sur son visage. Lorsqu'il approfondit son baiser, elle n'était plus que désir.

Avec un grognement presque bestial, Charles glissa sa langue dans la bouche de la jeune femme et l'explora avidement en une caresse chaude et humide. Jamais il n'avait goûté un nectar aussi doux. Non seulement cette femme éveillait en lui un désir irrésistible, mais elle lui procurait des émotions plus profondes. Elle attisait des douleurs qu'il croyait oubliées depuis longtemps. Il faillit perdre le contrôle de lui-même. Réprimant un élan de tendresse, Charles décida de ne plus songer qu'à son désir. Plus rien n'existait que ce corps souple et cette bouche offerte. Il n'y avait plus ni passé ni avenir, simplement l'instant présent...

Il se trouvait au bord du précipice. Dans quelques secondes, il ne pourrait résister à l'envie de lui arracher sa robe et de la prendre contre un tronc d'arbre. Cette pensée le ramena subitement sur terre.

Au prix d'un effort surhumain, il la repoussa. Pantelant et ivre de rage, il déclara :

– À présent, nous sommes quittes ! Le baiser d'une femme qui cède à mes avances par simple gratitude, même vous, duchesse, n'est pas aussi agréable que je l'imaginais, ajouta-t-il d'un ton méprisant.

Abasourdie, Laura saisit à peine le sens de ses paroles. Puis elle comprit peu à peu. Alors, malgré son attirance pour lui, la colère la submergea.

– Vous n'êtes qu'une brute présomptueuse et arrogante ! cracha-t-elle en le foudroyant à son tour du regard. Comment osez-vous penser une seconde que je vous aie cédé ou que je me laisserais caresser par un rustre uniquement pour lui témoigner ma reconnaissance ?

Un sourire cruel apparut sur les lèvres de Charles.

– Vous voulez que je vous embrasse encore, histoire de nous prouver à tous les deux que vous ne dites que des bêtises, duchesse ?

– Je ne suis pas duchesse ! répliqua-t-elle, ulcérée, et mourant d'envie de le gifler. Feu mon mari était baron, ce qui fait de moi la baronne Merrivale. Même un arriéré tel que vous est capable de comprendre une chose aussi simple. Quant à m'embrasser, ajouta-t-elle par orgueil, cela ne ferait que confirmer le portrait que Jonathan m'a dressé de vous. Selon lui, vous êtes un bâtard, un bâtard sans vergogne et sans morale qui profite de la situation pour abuser d'une femme dont il a la responsabilité.

– Comme vous y allez, duchesse ! Et moi qui croyais que les Anglaises étaient des femmes convenables et bien élevées, railla-t-il.

À en juger par la lueur qui illuminait son regard, il s'amusait follement. Se quereller avec Laura était presque aussi agréable que de l'embrasser. Et beaucoup moins dangereux.

Laura respira profondément. Cet homme était décidément impossible ! De toute évidence, elle n'aurait jamais le dernier mot. Charles était trop aveuglé par son arrogance pour comprendre qu'elle était en train de l'insulter. Affichant son air le plus hautain, elle déclara :

– Nous autres Anglaises avons l'habitude d'exprimer franchement nos opinions. Il n'y a rien de mal à traiter un scélérat de scélérat.

Charles leva les sourcils.

– Vous ne m'avez pas traité de scélérat, duchesse, mais de bâtard.

– Et je suis prête à le crier sur tous les toits !

– Vous ne m'aimez pas beaucoup, fit-il avec un regard moqueur.

– C'est le moins que l'on puisse dire ! rétorqua-t-elle d'un ton doucereux. En fait, je vous méprise.

Charles aurait sans doute continué à la provoquer si Hugh et Ellen n'étaient pas réapparus. D'après leur expression, ils avaient entendu les paroles de la jeune femme. Ébauchant un sourire forcé, Laura déclara d'un ton enjoué :

– Ah ! Vous voilà ! Je commençais à me demander s'il ne vous était pas arrivé quelque chose de fâcheux.

Ellen portait un petit récipient plein de mûres.

– Je voulais en cueillir assez pour emporter des provisions, expliqua-t-elle. Nous avons mis longtemps à en trouver.

Elle sourit à Hugh.

– Selon Hugh, un ours avait déjà écumé les meilleurs endroits.

Un silence pesant s'installa. Ils mangèrent les fruits et levèrent le camp. Bientôt, ils se mirent en route à travers bois.

Charles avançait d'un pas régulier, mais marquait des haltes le plus souvent possible pour ne pas fatiguer les deux femmes. Elles cherchaient à dissimuler leur lassitude, mais leur épreuve les avait affaiblies. Hugh ouvrait la marche, suivi par Ellen. Charles observait le dos un peu raide de Laura qui cheminait devant lui. Comme Ellen, elle avait noué ses longs cheveux en une tresse qui lui tombait jusqu'aux reins. Il était comme hypnotisé par le doux balancement de cette tresse. Laura était décidément la créature la plus dangereuse qu'il ait jamais croisée. Elle l'avait ensorcelé.

Le souvenir de ses douces lèvres sur les siennes hantait sa mémoire. Ses paroles blessantes et son comportement méprisant ne parvenaient pas à la rendre moins désirable. Cette aversion exacerbait au contraire son appétit, de même que le fait qu'elle soit sur le point d'épouser Jonathan. Celui-ci lui avait volé sa femme. Il allait lui rendre la monnaie de sa pièce. Quoi de plus naturel ?

Charles avait du mal à oublier sa soif de vengeance. D'autant que celle-ci lui permettrait d'obtenir ce qu'il désirait maintenant le plus au monde. Il ne cherchait pas à se masquer le fait qu'il désirait la baronne. En réalité, il ne parvenait pas à séparer les deux aspects du problème : son désir de vengeance à l'encontre de Jonathan et son désir pour cette tigresse. Pourtant, il n'était pas certain de pouvoir la laisser partir une fois qu'il l'aurait faite sienne.

Il fronça les sourcils. Soudain, il la détesta autant qu'elle semblait le détester.

Durant les jours qui suivirent, Hugh fut sans doute le seul à remarquer l'air fermé et l'humeur massacrante de son cousin, d'ordinaire enjoué. Laura devinait son mépris et sa froideur, ce qui la tourmentait. Pourquoi se mettait-il dans cet état ? Après tout, c'était lui qui l'avait embrassée. Il correspondait parfaitement à la description de Jonathan : brutal, impoli, détestable et goujat. Il ne méritait même pas qu'elle s'attarde sur lui. Pourtant, elle ne parvenait pas à songer à autre chose qu'à leur baiser si passionné.

De plus, ils ne pouvaient se contenter de s'ignorer. Les circonstances ne le leur permettaient pas. Laura savait qu'elle dépendait de Charles. Son attitude pleine de mépris lui coûtait. Elle s'en voulait terriblement de le traiter ainsi chaque fois qu'elle le voyait revenir avec de la nourriture ou qu'il lui tendait galamment la main pour l'aider à franchir un ruisseau. Chaque nuit, emmitouflée dans sa couverture, rassasiée grâce à Charles, elle se morfondait de remords, sachant qu'il veillait sur elle à tout instant.

Pire que la culpabilité et la honte qui la tenaillaient, elle devait supporter la présence envoûtante de cet homme et ses nuits étaient peuplées de rêves érotiques. Ces fantasmes l'humiliaient. Pourtant, elle n'y pouvait rien. Jamais son propre mari n'avait réussi à éveiller en elle de telles sensations. Elle attendait donc avec impatience la fin de leur voyage pour voir Charles disparaître de sa vie.

Ce périple n'était supportable que grâce à la double présence d'Ellen et de Hugh. Jeunes chiots pleins d'enthousiasme et d'énergie, ils partageaient en dépit des circonstances une amitié insouciante. Ils riaient sans cesse et se taquinaient autour du feu, penchés l'un vers l'autre. Laura se réjouissait de constater que la jeune fille appréciait Hugh.

Laura sourit. Comment ne pas tomber sous son charme ? Non seulement il était gentil, attentionné et courtois, mais, de plus, c'était un garçon fort séduisant, affable et plein d'humour. On ne pouvait pas en dire autant de son cousin, songea-t-elle avec amertume. Enfin... Charles était lui aussi séduisant. Elle ne pouvait le nier.

Par accord tacite, Charles et Laura évitaient de montrer leur animosité. Pendant la journée, il était facile de dissimuler leur différend. Ils se contentaient d'une conversation polie. Mais le soir, quand ils s'arrêtaient pour la nuit...

Laura redoutait les soirées et les moments d'intimité forcée autour du feu de camp. Charles s'installait toujours juste en face d'elle. Fascinée, elle regardait les lueurs dorées des flammes caresser son visage hâlé, ses larges épaules, ses cheveux noirs... Il aurait ressemblé à un Indien s'il n'avait eu ces yeux d'azur qui exprimaient tour à tour l'amusement et la froideur.

Au fil des jours, Laura commença à bien connaître l'histoire des Walker. Hugh et Charles étaient d'excellents conteurs et captivaient les jeunes femmes grâce à leurs récits fabuleux. Autrefois, un Walker était devenu pirate et avait écumé les mers. Un autre était tombé éperdument amoureux d'une princesse indienne mais avait dû céder aux injonctions de sa famille pour épouser une femme blanche. Un autre, encore, avait tué un fauve à mains nues. Enfin, ils évoquèrent le drame qui avait touché Sam et Letty lorsque leur fils unique était mort-né.

– Comme c'est triste ! commenta Ellen tandis que Hugh concluait son récit, au huitième jour de leur périple. Sam Walker semble si gentil ! Je suis certaine que sa femme l'est tout autant. C'est terrible de perdre un enfant après tant d'années d'attente. Ce fils qu'ils avaient tant désiré...

– Quand on pense que l'unique héritier de Sam est à présent son demi-frère, notre cher cousin Jonathan... ajouta Charles.

– Jonathan Walker est un homme charmant, intervint Laura d'un ton sec. Il est facile de critiquer lorsque les principaux intéressés ne sont pas là pour se défendre.

Charles lui adressa un regard moqueur.

– Quelle épouse merveilleuse vous ferez ! Toujours prête à remettre à sa place le malotru qui aura osé médire de lui.

– Je ne pense pas que telle était l'intention de ma sœur, affirma Ellen en adressant un regard nerveux à son aînée. Jonathan est notre hôte. C'est grâce à lui que nous sommes venues en Virginie. Il serait terriblement impoli de le remercier de son hospitalité en disant du mal de lui.

Troublée, Laura nota que la jeune fille ne prenait pas la peine de rétablir la vérité quant à l'identité de la promise. Ce n'était pas la première fois, d'ailleurs. De toute évidence, Ellen n'avait aucune intention d'informer les deux hommes de ses projets.

Un souci de plus en perspective, songea Laura.

Charles se contenta de sourire à Ellen.

– Au temps pour moi, chère petite, déclara-t-il. Je jure sur l'honneur que je ne prononcerai pas une parole désobligeante sur votre merveilleux hôte pendant tout le voyage.

– Merci, répliqua Ellen, enchantée. À présent, racontez-nous comment le père de Hugh vous a emmené chez son cousin Andrew. Cela me paraît bien mystérieux.

Hugh faillit avaler son café de travers et se tourna vers Charles, l'air inquiet.

– Heu... je ne voulais pas lui raconter... c'est sorti tout seul, au cours de la conversation, expliqua-t-il.

– Comment cela, c'est sorti tout seul ? demanda Charles avec un sourire sardonique. Tu ne connais cette jeune personne que depuis une semaine et vous semblez déjà très proches. Au point de lui raconter les scandales qui frappent notre famille.

Les joues d'Ellen s'empourprèrent.

– Nous vivons des circonstances particulières, bredouilla-t-elle pour défendre Hugh. Il est naturel que nous fassions connaissance plus rapidement. Hugh ne cherchait qu'à me divertir. Si ce passé vous gêne, j'en suis navrée. Parlons d'autre chose.

– Cela ne me gêne en rien, affirma Charles. Mais je ne trouve pas que mes origines, du moins l'absence de mes racines, soient un sujet passionnant. Je suggère que tu parles d'autre chose à l'avenir, Hugh.

Cette réaction éveilla la curiosité de Laura, qui décida de tirer les vers du nez de Hugh à la première occasion. Elle voulait tout savoir sur Charles. Cette occasion se présenta le lendemain, alors qu'ils cherchaient un coin ombragé pour faire la sieste. Charles décida d'aller à la chasse pour compléter leur frugal repas. Il s'éloigna donc, laissant les deux femmes aux bons soins de son cousin.

Ils parlèrent de la pluie et du beau temps, puis Laura déclara d'un air innocent :

– Vous savez, je me demande pourquoi Charles a refusé d'évoquer cette anecdote concernant votre père et son cousin. Qu'y a-t-il de si honteux ?

Hugh s'agita, mal à l'aise, impatient de révéler ce qu'il savait, mais lié par l'avertissement de Charles.

– Rien du tout, répondit-il. C'est simplement un sujet délicat.

Ellen leva vers lui un regard bleu irrésistible.

– Oh, Hugh, je vous en prie ! Racontez-nous cette histoire !

Voyant qu'il hésitait, elle ajouta :

– Est-il exact qu'il ignore l'identité de ses parents ?

Elle rougit violemment.

– Oh, mon Dieu, je suis vraiment incorrigible !

Hugh lui sourit et secoua la tête :

– Mais non. Comme vous l'avez expliqué, nous vivons des moments un peu particuliers. Les règles de la politesse ne s'appliquent pas à la lettre en de telles circonstances.

« Les origines de Charles alimentent les ragots depuis de nombreuses années, avoua Hugh d'un air grave. La plupart des gens croient que mon père, Morgan, est aussi celui de Charles. Il serait un bâtard, et c'est pour cette raison que mon père ne l'aurait jamais reconnu.

– Vous voulez dire qu'il est votre demi-frère ? s'enquit Laura, le souffle coupé.

– Je n'en ai pas la certitude, corrigea Hugh, hésitant. C'est un mystère, car mon père refuse d'en parler.

– Mais c'est impossible ! s'exclama Laura. Charles doit bien avoir une idée de l'identité de ses parents !

– Mon père est le seul à connaître la clé du mystère, fit Hugh avec une moue désabusée. Il se terre dans le silence. On dit que mon père s'est simplement présenté un beau matin d'avril chez son cousin Andrew, avec un bébé enveloppé dans une couverture. Andrew et Martha, sa femme, n'avaient pas d'enfants. Ils n'ont posé aucune question lorsque mon père leur a confié l'enfant, le temps, disait-il, de prendre certaines dispositions.

– Des dispositions ? demanda Laura en fronçant les sourcils. Comment cela ?

– Je l'ignore. Mais cela ne s'est jamais produit. Charles a grandi chez Andrew et Martha. D'après ce que j'ai entendu dire, ils furent des parents adoptifs merveilleux, du moins le peu de temps où ils se sont occupés de lui.

– Que leur est-il arrivé ? s'enquit Ellen.

Hugh poussa un soupir.

– Martha a succombé à une fièvre maligne lorsque Charles avait dix ans, et Andrew fut tué par les Indiens l'été de ses seize ans. Aussitôt, Charles a pris la route pour retrouver les assassins d'Andrew, ajouta-t-il fièrement. Il les a traqués seul. Puis il s'est rendu dans leur campement et leur a demandé lequel d'entre eux avait massacré Andrew.

Hugh secoua la tête, encore subjugué par le courage de son cousin.

– Le chef de la tribu fut si impressionné par sa témérité qu'il lui a permis de rencontrer l'assassin. Ils ont combattu à mort au couteau. Étant donné que Charles est toujours en vie, vous devinez qu'il a assouvi sa vengeance.

– Il a tué un homme de sang-froid ? fit Laura, manifestement choquée.

Hugh croisa son regard.

– Vous ne comprenez pas. Après la mort de Martha,

Andrew s'était entièrement consacré à Charles. Il était tout pour lui. Andrew était un homme bon, un érudit, un instituteur passionné par son métier. Il a transmis tout son savoir à Charles. C'était aussi un être plein de compassion, qui ne refusait jamais le gîte ou la table à quiconque. Même aux Indiens. Et ils l'ont remercié en le tuant dans son école, un après-midi, avant d'y mettre le feu. Ce sauvage pour qui vous avez tant de pitié a assassiné puis mutilé l'homme que Charles aimait comme un père. Comment réagir autrement ?

Laura détourna les yeux. Elle comprenait la réaction de Charles. De toute évidence, nul ne pouvait s'attaquer à lui sans en payer le prix.

Ellen fixa Hugh, l'air interrogateur.

– Il n'avait que seize ans ?

Hugh hocha la tête.

Un silence gêné s'installa.

– Je me demande pourquoi votre père refuse de révéler les origines de Charles, hasarda Laura à brûle-pourpoint. Après toutes ces années, les esprits se sont calmés, surtout si c'est lui son vrai père.

– Et sa mère ? Qui peut-elle être ? ajouta Ellen, pensive.

– Aucune idée, répondit Hugh. En fait, chaque fois que l'on ose aborder cette question délicate, Morgan quitte la pièce et refuse d'en parler.

– Et j'aimerais bien que tu en fasses autant, déclara Charles derrière eux, surgissant des sous-bois.

Laura rougit.

– Oh, n'en veuillez pas à Hugh, implora Ellen. C'est notre faute. Nous ne voulions pas nous montrer indiscrètes.

Charles marmonna quelques paroles inintelligibles, puis la conversation dériva. Ellen et Laura étaient captivées par le mystère qui entourait leur compagnon de route. Ce soir-là, alors qu'ils étaient installés autour du feu pour la veillée, Ellen déclara timidement :

– Nous sommes sincèrement navrées d'avoir importuné ce pauvre Hugh, tout à l'heure, pour connaître votre histoire, Charles, surtout s'il s'agit d'un sujet douloureux.

Sous le charme de la jeune fille, comme toujours, Charles répondit :

– Cela n'a rien de douloureux, mais je trouve que cela ne présente aucun intérêt, voilà tout.

– Mais c'est une histoire si étrange, intervint Laura. À en croire le récit de Hugh, votre vie commence au moment où Morgan vous a confié à Andrew et à Martha.

– Peut-être, fit Charles en haussant les épaules. C'est loin. Je n'y pense plus. Ma famille non plus, d'ailleurs. Un homme doit faire sa vie tout seul.

Il adressa à Laura un regard de biais qui la troubla au plus profond d'elle-même.

– Cela fait bien longtemps que je me passe de père et de mère. Je suis un adulte.

– N'oublie pas, ajouta Hugh, que, sans ta naissance, qui que soient tes parents, mon père serait peut-être encore la honte de la famille. Quant à moi, je ne serais sans doute pas là non plus.

– Que voulez-vous dire ? s'enquit Ellen, les yeux écarquillés.

– Avant l'apparition de Charles, mon père passait son temps à boire et à dilapider sa maigre fortune.

– Je n'arrive pas à croire que Morgan était le scélérat que l'on décrit chez les Walker, affirma Charles.

– Il a changé après votre naissance ? demanda Laura, les sourcils levés.

Charles soupira et remua les braises de la flambée.

– C'est ce que l'on prétend. La tante Millicent, la sœur d'Andrew, affirme que, après qu'il m'a confié à mes parents adoptifs, il est devenu un autre homme. Il a cessé de fréquenter les tavernes et les filles de joie. Encore aujourd'hui, il ne boit pratiquement plus une goutte d'alcool. C'est aussi à cette époque qu'il a commencé à travailler pour Sam comme un forcené. Et cela continue. On dirait qu'il se ronge les sangs de culpabilité et qu'il se tue au travail pour Sam pour se laver de quelque faute.

Hugh s'esclaffa :

– Sam raconte encore combien il était étonné, en rentrant d'Angleterre, quatre ans plus tard, de trouver un jeune homme travailleur et rangé, au lieu du paresseux qu'il avait laissé en emmenant sa femme en voyage, après le drame ayant frappé leur fils.

– Quatre ans ! s'exclama Laura. Sam Walker a passé quatre ans en Angleterre ?

– Il paraît, reprit Hugh, que Sam est rentré chez lui par surprise, le surlendemain de la tragédie. Quand il a vu la tombe de son enfant mort-né, il a pris sa femme éplorée par la main et l'a emmenée en Angleterre par le premier bateau. Bien sûr, il ne comptait pas s'absenter aussi longtemps, précisa-t-il à l'adresse d'Ellen, qui buvait ses paroles. Notre cousin Jeremiah dit que la pauvre Letty ne pouvait se résoudre à revenir en Virginie, là où son enfant était mort. Sam a donc confié ses affaires à un homme de foi pour jouer les gentlemen anglais, jusqu'à ce que sa femme soit enfin prête à rentrer chez elle.

– Tout le monde sait que Morgan s'est toujours fié au jugement de Sam, précisa Charles. Je me suis demandé si, après m'avoir déposé à l'abri chez Andrew et Martha, il ne voulait pas retourner à Walker Ridge pour discuter de la situation avec Sam.

– C'est possible, fit Hugh. Mais si telle était son intention, il a eu la mauvaise surprise de constater que, durant son absence, Sam était déjà parti pour le Vieux Continent. Ta naissance étant un mystère, il n'a pas voulu consigner son histoire par écrit en envoyant une lettre à Sam.

– Et quand Sam est enfin rentré à Walker Ridge, quatre ans avaient passé et il était trop tard pour discuter, conclut Charles.

Laura ne sut que dire en observant les traits sombres de Charles. Elle en avait le cœur brisé. Pas pour l'homme dur et implacable qu'il était devenu, mais pour l'enfant perdu qu'il avait dû être. Ce devait être une grande douleur que d'ignorer jusqu'à l'identité de ses parents et d'être le sujet des pires ragots.

Charles croisa son regard et crispa les lèvres.

– Je pense que votre intérêt pour mon passé est enfin satisfait, dit-il d'une voix traînante. Et veillez à ce que votre cœur de pierre ne s'attendrisse surtout pas sur mon sort, duchesse. Votre pitié est la dernière chose dont j'aie besoin.

Laura le foudroya du regard. Sa compassion s'envola tandis qu'elle avait envie de le gifler. Elle se leva d'un bond et lissa rageusement sa robe.

– Avoir pitié de vous ? fit-elle avec dédain. Il ne manquerait plus que cela ! C'est à Sam Walker et à sa femme que va ma compassion. Car leur fils est mort alors que vous, vous êtes en vie !

DEUXIÈME PARTIE

Charles

La personne la plus facile à tromper n'est autre que soi-même.
Edward Bulwer-Lytton

6

Allongée sur le sol, cette nuit-là, Laura était mortifiée. Ses paroles avaient été d'une extrême dureté. Incapable de trouver le sommeil, elle se maudit, cherchant à oublier cette soirée. Mais le souvenir de ses propos cruels la taraudait.

Pourquoi ? se demanda-t-elle. Jamais elle ne s'était montrée aussi haineuse envers quiconque. Calme, sereine, polie, elle ne prononçait jamais un mot plus haut que l'autre. Pourtant, en présence de Charles Walker... Une parole un tant soit peu moqueuse, un haussement de sourcils, un air maussade, et elle se transformait en une virago de la pire espèce ne cherchant qu'à le blesser. Elle fit une grimace de dégoût. De toute façon, les flèches qu'elle lui décochait ne risquaient pas de traverser la carapace de froideur dont il s'entourait. Si seulement cet horrible voyage pouvait se terminer, elle serait enfin libérée de sa présence troublante. Peut-être que, une fois à Walker Ridge, elle parviendrait avec le recul à le considérer sous un jour plus favorable.

Tapi dans l'ombre, Charles était à quelques mètres d'elle, sous un arbre, la main posée sur la crosse de son fusil. Il percevait le moindre de ses mouvements tant il était conscient de sa présence.

Il avait espéré que ce baiser exorciserait son obsession pour la baronne, que cette mésaventure mettrait fin à son attirance inexplicable pour la jeune femme. Mais non. Elle ne le fascinait que davantage, ce qui l'agaçait au plus haut point.

Il chercha à déceler le pire aspect de sa personnalité. N'était-il pas capable de révéler le plus vil en chacun de ses semblables ? Les contradictions de Laura le stupéfiaient. Elle se montrait gentille et serviable, du moins envers Hugh et Ellen, ne faisant aucun caprice, ne se plaignant jamais. En fait, son seul défaut était de troubler son esprit.

Leur périple touchait à sa fin. Malgré lui, Charles redoutait l'instant où ils franchiraient la grille de Walker Ridge. Alors, la baronne ne serait plus sous sa responsabilité. Il songea avec une moue sardonique qu'il s'était habitué à sa présence, à sa gracieuse silhouette, à son rire cristallin, à la lueur de son regard quand elle était en colère, à ses sourires, qui le mettaient en joie, même s'ils ne s'adressaient jamais à lui !

Elle réservait ses faveurs à cette crapule de Jonathan, et il n'y pouvait rien. Cette perspective le minait. Il sentait encore le contact de son corps contre le sien, l'ardeur de son baiser… Jonathan n'avait pas le droit de goûter à son tour ces délices.

Pourquoi aurait-il cette femme superbe, alors qu'il ne la méritait pas ?

Penser à Jonathan décuplait sa haine. Son cousin lui avait enlevé ce qu'il aimait le plus au monde. En trouvant sa femme morte, enceinte d'un autre homme, Charles avait cru devenir fou.

Il avait mis des mois à se remettre de la disparition de Jenny. Enfin, il pouvait y penser sereinement. S'il avait été attiré par le corps de Jenny, Jonathan était aussi mû par le désir de frapper Charles en plein cœur. Après avoir perdu une parcelle de son terrain, il avait juré de se venger. En séduisant Jenny, il lui avait rendu la monnaie de sa pièce. Qu'importe s'il savait que la jeune femme s'était suicidée par sa faute. Charles ne voulait pas seulement se venger à cause de l'adultère. Il voulait que Jonathan endure les mêmes souffrances que lui.

Charles plissa les yeux. Non, il n'allait pas séduire cette

femme comme une vulgaire catin : il allait l'épouser. Ce serait une belle revanche ! Jonathan vivrait en sachant que l'homme qu'il détestait le plus au monde avait épousé celle qu'il avait choisie.

Néanmoins, Charles avait conscience que la vengeance n'était pas sa seule motivation. Le souvenir du baiser avec Laura le troublait. Il se réjouissait de faire sienne cette petite sorcière aux yeux de topaze.

Le lendemain matin, Laura attribua la bonne humeur de Charles à la fin prochaine de leur périple. Si tout allait bien, ils arriveraient à destination le lendemain.

Elle aurait dû s'en réjouir, mais elle aussi avait le cœur lourd. Bien sûr, elle avait envie d'arriver à Walker Ridge et de ne plus être obligée de supporter la présence de Charles, mais...

Elle n'était pas la seule à faire grise mine. Ellen non plus ne semblait pas déborder de joie. Elle riait beaucoup moins. Le petit groupe se mit en route en silence. Seul Charles affichait une mine radieuse.

Laura ne cessait de l'observer, se demandant ce que dissimulait ce regard d'azur. Il était en droit d'être satisfait. N'avait-il pas réussi à ramener les deux femmes à bon port ?

Ils s'arrêtèrent de bonne heure pour la nuit.

– Inutile de nous fatiguer pour rien, déclara-t-il. Vous serez à Walker Ridge demain vers midi. Autant passer la nuit ici.

C'était un endroit idyllique, une prairie verdoyante traversée d'un petit ruisseau. Vigne vierge et mûriers abondaient parmi les chênes et les saules. L'herbe était moelleuse. Ils ramassèrent du bois puis Charles partit à la chasse, confiant les deux femmes à son cousin.

Pour s'occuper, Ellen et Laura cueillirent des mûres. Hugh demeura en retrait, guettant le moindre signe suspect.

Brisant un long silence, Ellen déclara soudain :

– Tu dois te demander pourquoi je n'ai jamais précisé que c'était moi qui devais épouser Jonathan.

Laura s'interrompit et se tourna vers sa sœur, qui se concentra sur sa cueillette.

– Eh bien, je me suis posé la question, en effet, répondit-elle. Tu veux bien m'expliquer ?

– Oh, Laura ! s'exclama-t-elle. C'est si compliqué que je n'y comprends rien moi-même.

Elles se turent quelques instants puis Laura reprit :

– Tu as changé d'avis ? Tu ne souhaites plus devenir la femme de Jonathan ?

– C'est difficile à expliquer, répondit la jeune fille. En quittant Londres, j'étais certaine d'être amoureuse de Jonathan et je ne voulais rien d'autre qu'être sa femme. (Elle s'interrompit, le visage tourmenté.) Mais, une fois arrivée en Virginie, j'ai eu l'impression que Jonathan avait changé. Sa mère et lui se sont montrés très gentils avec moi, durant le voyage. Mais, pendant notre séjour à Richmond, ils m'ont négligée. Ils ne présentaient à leurs amis que la baronne Merrivale, comme si je n'existais plus.

Laura parut consternée.

– Oh, Ellen ! Je suis désolée que tu aies eu cette impression ! Moi qui croyais me faire des illusions !

– Eh bien, j'avais la même idée que toi. Tu ne m'empêcheras pas de croire que Jonathan et sa mère auraient préféré que je reste cloîtrée dans ma chambre, à l'auberge.

– Tu te trompes, protesta Laura. J'admets que Jonathan et Constance ne t'ont pas vraiment mise en valeur auprès de leurs amis. Tu sais combien les gens sont impressionnés par un titre de baronne. Cela m'étonne un peu de la part de Jonathan, mais sa mère et lui ont voulu se vanter auprès de leur entourage. Ils ne voulaient pas t'écarter. D'ailleurs, tu ne peux avoir cessé de l'aimer uniquement à cause de ce malentendu. Après tout, il est très gentil.

– Depuis quand prends-tu la défense de Jonathan ? demanda Ellen d'un ton acerbe. Tu n'as jamais approuvé ce mariage. Tu n'as pas voulu que je l'épouse en Angleterre, me conseillant même d'attendre d'être certaine de mes sentiments.

– Je sais, avoua Laura avec un soupir. Mais pourquoi avoir fait croire à Hugh et à Charles que c'était moi la fiancée de Jonathan ?

Ellen ne répondit pas tout de suite. La tête penchée en avant, elle se concentra sur sa cueillette.

– Tu vas me prendre pour une folle, déclara-t-elle enfin. Je suis amoureuse de Hugh Walker.

Elle leva vers sa sœur un visage blême.

– S'il apprenait que je dois épouser Jonathan, il serait furieux. Non seulement parce que je lui ai caché la vérité, mais parce qu'il n'a guère d'estime pour lui. Tout comme Charles.

Ses yeux s'embuèrent de larmes.

– Ah, Laura ! Que faire ?

La jeune femme avait le cœur brisé. Certes, elle avait remarqué la complicité qui unissait Ellen et Hugh. Mais elle n'aurait jamais soupçonné une idylle. Trop perturbée par son propre désir pour Charles, elle ne s'était guère souciée de ce qui pouvait se passer dans la tête de sa jeune sœur. Et Ellen était sur le point d'annoncer officiellement ses fiançailles avec Jonathan... Seigneur ! Quelle catastrophe ! Dissimulant son embarras, elle prit la jeune fille par les épaules.

– Ne pleure pas. Ce n'est pas si terrible. Nous avons échappé à ces odieux Thacker. En réfléchissant bien, nous trouverons une solution.

– Comment fais-tu pour rester aussi sereine ? demanda Ellen en hoquetant. Tu ne commets donc jamais le moindre faux pas ?

Laura se mordit les lèvres. Que dirait sa sœur si elle était au courant du regrettable baiser de Charles ?

Embrassant Ellen sur la joue, elle lui murmura :

– Je ne suis pas une sainte, tu le sais. Mais, pour l'heure, ce n'est pas le problème.

Elle plongea son regard dans celui de la jeune fille et lui demanda d'un air grave :

– Est-ce que Hugh... ? Enfin, a-t-il... ? Avez-vous discuté de vos sentiments réciproques ?

– Oh non ! Il est toujours resté convenable. Il me considère même comme une petite sœur et ne cesse de me taquiner.

– Es-tu certaine d'être amoureuse de lui ? N'aurais-tu pas le béguin à cause des circonstances de votre rencontre ? La situation est romanesque. Tu vois peut-être en Hugh un héros sans te demander quel homme se cache derrière cette façade.

Ellen secoua négativement la tête.

– Notre aventure n'a rien de romanesque, je t'assure ! C'est vrai, le premier jour, je les considérais tous deux comme des héros, mais ensuite, j'ai appris à connaître Hugh.

– Mais Jonathan ? Il y a encore quelques semaines, tu te croyais amoureuse de lui ?

Ellen soupira.

– Je sais. Je comprends ton scepticisme.

Soudain, son visage s'illumina.

– Cette fois, c'est différent, reprit-elle, radieuse. Ce que je ressens pour Hugh m'a fait comprendre combien Jonathan m'était indifférent. Moi, petite provinciale, je me retrouvais dans la capitale pour la première fois. J'avais peur de tout. Je ne connaissais pas grand monde. Certes, les jeunes gens se montraient galants, mais les filles me toisaient d'un air supérieur. Je me sentais comme une moins que rien. Au moment où j'allais te supplier de me ramener à la maison, cet Américain très séduisant et fortuné dont toutes les jeunes filles rêvaient a commencé à s'intéresser à moi. J'ai honte de l'admettre, mais j'étais très flattée de voir ces pimbêches devenir vertes de jalousie quand je me promenais à son bras. Je n'ai pas réfléchi.

– Et maintenant ? demanda sèchement sa sœur.

Ellen hocha vigoureusement la tête.

– Oui, j'ai réfléchi. Et je suis follement amoureuse de Hugh. Je veux l'épouser. Qu'importe l'avenir qu'il me réserve. Je me moque qu'il soit pauvre et qu'il ne me couvre pas de bijoux. Je n'ai pas besoin d'une somptueuse demeure pleine de domestiques. Au cours des dernières années, j'ai appris que je pouvais me passer de frivolités. Laura, je l'aime tant ! Je ne pourrais jamais vivre sans lui.

– Tu en es sûre ? Vraiment ?

Ellen sourit face aux inquiétudes de sa sœur.

– Oui !

Elle semblait si convaincue que Laura ne put que la croire. Elle se réjouissait d'ailleurs que la jeune fille soit tombée amoureuse d'un homme honorable. Pourtant, cette union n'irait pas sans difficultés. Par chance, il n'y avait pas eu de fiançailles officielles entre Jonathan et elle. Mais toutes deux étaient invitées à Walker Ridge dans le but inavoué de ce mariage. Comment annoncer à ses hôtes qu'il leur fallait partir sur-le-champ ? Et puis partir... mais pour où ?

– Ellen, tu es peut-être amoureuse de Hugh, mais lui ?

Ressent-il la même chose pour toi ? demanda-t-elle brusquement. Tu prétends qu'il ne t'a pas fait part de ses sentiments et qu'il te traite comme une enfant. Il ne t'est pas venu à l'esprit qu'il aimait peut-être une autre femme, voire qu'il était déjà marié ?

– Il ne l'est pas, répliqua-t-elle avec un large sourire. J'ai posé la question à Charles.

– Je vois. Mais même s'il n'aime pas une autre femme... cela n'implique pas qu'il soit amoureux de toi, fit-elle remarquer aussi gentiment que possible.

– Oh, mais il le sera, assura Ellen avec certitude, une lueur malicieuse dans le regard. Jusqu'à présent, il ne m'a vue qu'en haillons. Quand nous serons à Walker Ridge, j'ai la ferme intention de lui montrer que je ne suis plus une gamine.

– Et Jonathan ? Tu as l'intention de séduire un homme alors que tu es invitée chez ton fiancé supposé ?

Laura savait que sa sœur était très jeune et un peu gâtée. Elle ne pouvait s'imaginer que les choses se passeraient sans encombre.

– Je n'avais pas considéré le problème sous cet angle, avoua Ellen, la mine triste. Que faire ? gémit-elle en regardant en direction du jeune homme, qui montait la garde. Je suis incapable de renoncer à lui. Il faut que tu m'aides ! Trouve une solution. Je t'en supplie !

– Ellen, je...

– Je t'en supplie ! implora-t-elle.

Laura respira profondément. Jamais elle n'avait vu sa sœur si désespérée. La jeune fille avait toujours été enjouée et insouciante tout en restant raisonnable. Laura avait devant elle une jeune fille aux joues creuses, le cœur brisé. Elle avait déjà tant souffert par la faute de son aînée. Si celle-ci n'avait pas insisté pour effectuer ce voyage en Amérique... Elle avait toujours protégé sa cadette. Comment lui tourner le dos dans une situation aussi délicate ?

– Que veux-tu que je fasse ? lui demanda-t-elle à contrecœur. On ne peut tout de même pas...

Ellen essuya ses larmes.

– Et si nous laissions les choses telles qu'elles sont pendant un moment ? proposa-t-elle d'une voix tremblante. Faire semblant que tu vas épouser Jonathan ?

– Moi ? Mais tu es folle ! s'exclama Laura. Ellen, tu sais que je ferais n'importe quoi pour toi. Mais tu es inconsciente. Une fois à Walker Ridge, nous ne pourrons jamais faire croire aux autres que je suis la fiancée de Jonathan...

– Jonathan ne s'en souciera pas, murmura Ellen. De toute façon, il semble apprécier ta présence davantage que la mienne.

– C'est faux ! Tu le sais très bien.

– Mais non. À Richmond, j'ai ouvert les yeux.

– Ellen, je ne peux pas... Jonathan va se douter qu'il y a anguille sous roche. Que tu l'ignores pour jeter ton dévolu sur un autre ! Parce que telle est ton intention, n'est-ce pas ? Tu vas l'ignorer ? Rassure-moi. Tu ne comptes pas séduire deux hommes en même temps, j'espère ?

– Bien sûr que non ! répliqua Ellen, un peu vexée. Pour moi, ce n'est pas un jeu ! J'aime Hugh Walker. Tout ce que je veux, c'est un peu de temps pour qu'il tombe amoureux de moi. Est-ce trop te demander ?

– Eh bien, vu les circonstances, oui, répondit franchement Laura. Nous sommes les invités de Jonathan, et il est persuadé que tu vas l'épouser.

Ellen secoua la tête.

– Si je me souviens bien, c'est toi qui m'as conseillé de ne pas me fiancer en Angleterre. Le but de ce voyage était de me permettre de décider si je voulais l'épouser ou non. Ma décision est prise. Je ne veux pas me marier avec Jonathan Walker.

– Dans ce cas, l'attitude la plus honorable est de faire part de ta décision à Jonathan et de regagner Richmond au plus vite.

Ellen fit la grimace.

– Ne dis pas cela ! Si nous agissons ainsi, je ne verrai plus jamais Hugh. Attendons quelques jours. Laissons les autres croire ce qu'ils voudront. Je t'en prie !

Laura était attendrie par la détresse de sa sœur. Après tout, quel mal y avait-il à laisser passer quelques jours si cela rendait sa sœur heureuse ? Elles finiraient par être obligées de clarifier la situation et de présenter leurs excuses à Jonathan et à sa mère. En attendant...

– Très bien, concéda-t-elle. J'accepte de ne rien dire pendant quelques jours.

Voyant le visage d'Ellen s'illuminer de nouveau, elle tendit le doigt en guise d'avertissement.

– Mais tu vas devoir te débrouiller avec Jonathan et lui apprendre que tu as changé d'avis.

Ellen se jeta au cou de son aînée.

– Je savais que tu ne me laisserais pas tomber ! Tu es la meilleure des sœurs !

– Et la plus folle, aussi, ajouta Laura.

À son retour au campement, Charles trouva les deux femmes assises près du feu, en train de faire chauffer des galettes de céréales. Il brandit une dinde bien grasse avec fierté.

– Ce soir, nous allons nous régaler ! annonça-t-il.

Il ne mentait pas. La volaille mit plusieurs heures à rôtir, mais chaque bouchée était délectable. Ils firent un excellent repas.

Après sa conversation avec sa sœur, Laura s'attendait à passer une mauvaise nuit, à ressasser ses sombres pensées. Mais ce ne fut pas le cas. À peine couchée, elle s'endormit profondément jusqu'au lendemain matin.

Ils se mirent en route, le cœur léger. Charles sifflotait gaiement en s'enfonçant dans les bois.

Le paysage était vallonné et très boisé, strié de nombreux cours d'eau. Ils sillonnèrent des forêts de sycomores et de chênes majestueux, de pacaniers et de lauriers. Plus tard, ils longèrent une rivière bordée de peupliers. Au bout de quelques heures, le soleil était au zénith. Bientôt, ils quittèrent les bois pour emprunter un petit sentier longeant un vaste champ de tabac.

C'était là le premier signe de civilisation qu'ils aient vu depuis longtemps.

– Où sommes-nous ? demanda Laura en se tournant vers Charles. Le savez-vous ?

– Apparemment, vous ne croyez guère en mes capacités, répondit-il d'un air goguenard. Bien sûr que je sais où nous sommes. Dans quelques minutes, nous apercevrons le fleuve James et Walker Ridge.

Charles ne mentait pas. À l'extrémité du champ de tabac se dressait l'imposante demeure, au sommet d'une colline. Au loin scintillaient les eaux argentées du fleuve. Le domaine comptait tant de dépendances qu'il ressemblait à un village. Laura s'étonna de la superficie de la propriété, perdue en pleine nature. Les champs de tabac s'étendaient à perte de vue. À gauche de la maison, un verger, ainsi qu'un superbe jardin paysager entouraient la bâtisse en brique. Une pelouse parsemée d'arbres dévalait la pente jusqu'à la rivière.

Le groupe hâta le pas jusqu'à une allée qui menait à la maison. Plusieurs domestiques vinrent au-devant d'eux, surgissant des dépendances. Laura percevait leurs exclamations d'enthousiasme. Soudain, les portes du manoir s'ouvrirent à leur tour. Jonathan et Sam apparurent sur le perron, suivis de Constance et d'une femme plus âgée, sans doute Letty, la femme de Sam.

Le visage du vieil homme s'illumina de bonheur. Jonathan descendit les marches pour se précipiter vers les voyageurs. Il prit Laura dans ses bras et la souleva de terre.

– Chère amie ! s'exclama-t-il. Depuis des jours, nous ne dormions plus, nous demandant ce que vous étiez devenues.

Oubliant la présence des autres, il déposa un baiser sur sa joue.

– Vous n'imaginez pas combien nous nous sommes rongés d'angoisse.

Gênée, consciente de la présence de Charles et d'Ellen à ses côtés, Laura se raidit dans les bras de Jonathan. Elle regretta la promesse faite à sa sœur. Le comportement de Jonathan à son égard confirmait les soupçons d'Ellen. La jeune femme en fut contrariée, même si elle savait que sa sœur était amoureuse d'un autre homme. En d'autres circonstances, sa cadette aurait souffert de l'attitude cavalière de son fiancé supposé. Laura se dégagea de son étreinte, les lèvres pincées de colère. Elle avait l'habitude de se montrer franche, et elle jugeait Jonathan par trop familier. Elle le foudroya du regard :

– Je puis vous assurer que vos angoisses n'avaient certainement rien de comparable avec celles de ma sœur et moi ! rétorqua-t-elle d'un ton glacial.

7

On mena Laura et Ellen dans deux suites somptueuses, à l'étage de l'immense maison, dignes d'un château anglais. Les chambres spacieuses étaient meublées avec goût, de même que leurs petits salons attenants. Chacune des sœurs disposait de ses appartements indépendants.

Le plancher de chêne était orné d'élégants tapis orientaux. Laura choisit la chambre aux rideaux jaune pâle, qu'elle trouva plus estivale. Le lit en acajou était surmonté d'un baldaquin crème en soie, brodé de boutons de roses. La chambre d'Ellen était décorée dans des tons roses et crème.

Letty Walker accompagna les deux rescapées pour leur faire visiter leurs quartiers.

– J'imagine que vous mourez d'envie de prendre un bon bain, leur déclara-t-elle avec gentillesse.

Laura et Ellen toisèrent ce qui leur restait de vêtements et éclatèrent de rire.

– Comment avez-vous deviné ? demanda Laura avec entrain.

– Eh bien, mes chères, il m'est arrivé une mésaventure similaire quand j'étais jeune, répondit-elle. Sam et moi nous sommes perdus dans les bois. Nous avons mis trois jours à regagner la maison. Je ne rêvais que d'un bain et de vêtements propres. Il doit en être ainsi pour vous également. Je me trompe ?

– Pas du tout, confirma Laura. Ellen et moi ne pensons qu'à nous plonger dans l'eau chaude et parfumée pendant au moins une journée entière.

Letty s'esclaffa. Laura la trouvait de plus en plus sympathique. Ses soixante-douze ans semblaient peser sur ses frêles épaules et son doux visage était encadré de cheveux blancs. Elle avait un regard bleu plein de chaleur.

Laura lui était reconnaissante de l'avoir arrachée aux bavardages incessants de Constance.

– Mais oui, ma chère Constance, avait-elle lancé en entraînant les deux jeunes femmes dans le couloir. Je suis certaine que nos invitées sont d'accord avec vous, mais elles ont sans doute envie de se rafraîchir un peu.

Vexée, Constance avait pincé les lèvres sans protester. Laura et Ellen avaient donc pris congé des messieurs, et Letty les avait accompagnées à l'étage.

– Nous espérons que vous ne vous attarderez pas aussi longtemps, reprit la vieille dame en les taquinant. Je vais dire à la cuisinière de vous préparer le plus exquis des soupers. Vous n'avez pas dû vous régaler pendant cette mésaventure.

– C'est très gentil à vous, répondit Ellen avec un sourire. Mais surtout, pas de mûres, je vous en supplie !

– C'est promis, mon enfant, assura Letty en ouvrant la porte. Les domestiques ont défait vos malles et vos effets sont rangés dans les armoires. Lady Merrivale, Lisa va s'occuper de vous. Quant à vous, mademoiselle, c'est la jeune Rose que nous vous avons assignée. Elle n'a que seize ans, mais elle est gentille et pleine de bonne volonté. Au moindre problème, prévenez-moi. À présent, je vous laisse, conclut-elle en inspectant une dernière fois la pièce du regard.

Se glissant langoureusement dans l'eau parfumée à la lavande, Laura poussa un soupir d'aise. La baignoire était grande et profonde, spécialement fabriquée à la taille de Sam Walker. Jamais Laura n'aurait cru savourer un plaisir aussi simple.

Par chance, Ellen disposait elle aussi d'une salle de bains. Elle pouvait prendre tout son temps pour frotter sa peau claire et se frictionner les cheveux. La femme de chambre vint à plusieurs reprises ajouter de l'eau chaude. Quand Laura sortit enfin de l'eau, elle s'appliqua une poudre parfumée sur le corps et enfila un peignoir ambre. Puis elle brossa ses longs cheveux soyeux, songeant à leur état au bout de deux semaines d'errance.

Elle posa enfin la brosse en argent sur la coiffeuse en acajou et étouffa un bâillement. Ellen passa la tête dans la chambre.

Pimpante et fraîche, les cheveux humides attachés à

l'aide d'un ruban de soie blanche, elle arborait un peignoir bleu pâle ourlé de dentelle.

– N'était-ce pas divin ? Je n'aurais jamais cru qu'un bain puisse être une telle bénédiction !

– Moi non plus, avoua Laura en riant. Et si ce grand lit est aussi confortable qu'il en a l'air, plus jamais je ne quitterai cette chambre.

Son estomac se mit à gargouiller.

– Sauf pour manger, bien sûr.

Comme en écho à ses paroles, Lisa frappa à la porte et entra, portant un plateau d'argent chargé de gourmandises. Dès que la jeune domestique l'eut posé sur la table basse, les deux sœurs se précipitèrent pour découvrir de fines tranches de viande froide, des légumes, des gratins, de la salade du jardin, une tarte aux abricots avec de la crème fraîche, sans oublier du café corsé et des biscuits fondants.

Lisa se réjouit de leurs mines gourmandes.

– Madame a pensé que vous auriez peut-être un peu faim, expliqua-t-elle.

– Tu ne peux imaginer à quel point, répondit Laura en croquant un radis avant de se servir généreusement. Ta maîtresse est une fée !

Quelques heures plus tard, Laura descendit le majestueux escalier, ses cheveux bruns relevés en chignon, avec quelques boucles dans son cou. Ses jupons soyeux bruissaient à chacun de ses pas sous sa robe. Elle sentit sa gorge se nouer à l'idée de revoir Charles Walker. Cette perspective l'excitait et l'effrayait tout à la fois.

Elle savait qu'elle était particulièrement en beauté pour une femme qui venait de passer deux semaines dans la nature. En arrivant au bas des marches, elle crispa les doigts sur son éventail au délicat motif fleuri. Durant leur périple, elle n'avait guère songé à son apparence. À présent, elle se demandait quelle serait la réaction de Charles en la voyant aussi élégante. La pensée de ses yeux bleus rivés sur elle la fit frémir. Son décolleté laissait deviner la naissance de ses seins.

Furieuse contre elle-même, elle releva fièrement la tête. Après tout, elle était la baronne Merrivale et portait une robe parfaitement convenable pour une femme de son rang. Ce n'était pas un modeste paysan qui allait la décontenancer. Elle franchit d'un pas décidé le seuil du salon.

Le salon rouge était une vaste pièce chaleureuse ornée d'un lustre en cristal et dont les fenêtres donnaient sur le parc verdoyant. Un tapis aux tons chauds décorait le parquet ciré, assorti aux rideaux rouges. D'élégants meubles en acajou étaient disposés dans la pièce, parmi les trois divans de satin doré, ainsi que plusieurs fauteuils de cuir rouge.

C'était là que la famille se réunissait avant le souper. Les hommes buvaient du rhum, les femmes du porto. Nerveuse, Laura était descendue avant sa sœur, qui peaufinait sa toilette. Les Walker soupaient à dix-neuf heures, or il était à peine dix-huit heures. Le salon devait être vide. Elle se trompait.

Un homme élancé, aux larges épaules, regardait par la fenêtre, tournant le dos à la jeune femme. En voyant son costume bordeaux fort bien coupé, à la dernière mode, ses cheveux bruns dénués de poudre noués par un ruban de soie noire, Laura crut avoir affaire à Jonathan. Elle s'affola. Après son accueil par trop empressé et la promesse faite à sa sœur, elle redoutait de se retrouver seule en compagnie de son hôte. Elle faillit s'esquiver sur la pointe des pieds, espérant qu'il ne l'aurait pas entendue entrer. À l'instant où il se retourna, le cœur de la jeune femme s'emballa. Il s'agissait de Charles Walker, tel qu'elle ne l'avait jamais vu.

Il était aussi élégant qu'un lord anglais. Le visage dégagé, son teint hâlé ressortait sur le blanc de son col. Son gilet de soie crème au motif discret était digne des grands salons londoniens. Ses chaussures étaient ornées de boucles d'argent. Il était d'une élégance à couper le souffle. Pourtant, elle continuait à désirer le Charles qu'elle avait connu, le diable aux yeux d'azur vêtu de daim, ses cheveux tombant sur ses épaules musclées, et sa barbe de plusieurs jours.

Ils se dévisagèrent longuement, n'osant rien dire. Puis Charles secoua la tête comme s'il émergeait de quelque transe. Esquissant un sourire démoniaque, il s'inclina poliment et murmura :

– Duchesse...

Laura faillit briser son éventail, mais elle parvint à se ressaisir.

– Je constate que l'habit ne fait pas le moine, répliqua-t-elle d'un ton glacial.

– En effet, duchesse, concéda-t-il d'un ton suave. Culotte en daim ou gilet de satin, vous me trouverez toujours aussi odieux, je le crains.

Une lueur malicieuse dans son regard amusa la jeune femme qui s'esclaffa et le rejoignit près de la fenêtre.

– Si vous ne cherchiez pas à me provoquer sans cesse, je vous trouverais peut-être moins odieux, déclara-t-elle d'un ton enjoué.

– Je crois que vous vous méprenez sur celui de nous deux qui provoque l'autre, répliqua-t-il en levant les sourcils.

– Moi ? Provocante ? répéta-t-elle, ahurie.

Charles reprit son sérieux. Une émotion indéchiffrable scintilla dans ses prunelles. Il s'approcha de la jeune femme et lui caressa la joue du bout des doigts.

– Oh oui, duchesse, souffla-t-il d'une voix rauque. Vous êtes très provocante.

Fascinés l'un par l'autre, ils oublièrent instantanément le présent, les effluves fleuris qui flottaient dans la pièce, la douce lumière des derniers rayons de soleil. Laura ne sentait plus que cet homme viril et les battements effrénés de son cœur en émoi. Sa bouche était toute proche.

Soudain, une porte s'ouvrit, rompant le charme de cet instant magique.

– Ah, vous êtes là, chère baronne ! lança Constance en surgissant dans le salon.

En voyant Charles s'éloigner vivement de Laura, elle s'arrêta.

– Charles... ajouta-t-elle, l'air mécontent. J'ignorais votre présence. Je vous croyais parti pour Fairview avec Hugh.

– Non, répondit-il. J'ai décidé de passer la nuit ici.

Il adressa un regard de biais à Laura.

– J'ai une affaire à régler avant de suivre Hugh vers l'Antre du diable.

Constance plissa le nez.

– C'est vraiment un drôle de nom pour une maison,

commenta-t-elle. Vous auriez pu trouver une dénomination plus appropriée.

– Mais c'est on ne peut plus approprié, vous ne croyez pas ? fit Charles d'un ton sardonique. Ne me surnommiez-vous pas la progéniture du diable, quand j'étais jeune ?

Constance respira profondément, cherchant à se calmer.

– Peut-être, admit-elle, l'air pincé. On peut dire que vous n'êtes pas un garçon facile. Je me demande comment Sam et Letty vous supportent.

– Comme vous dites, ma chère Constance, nous supportons très bien sa présence, déclara Letty, sur le seuil. Nous aimons ses plaisanteries et nous avons une grande affection pour lui.

Affichant un sourire plein de tendresse, elle entra dans un froufrou de jupons. Elle tendit la main vers Charles, qui s'inclina galamment. Il semblait bien plus sincère qu'avec elle, songea Laura, un peu amère.

– Vous prendrez toujours ma défense, n'est-ce pas, cousine Letty ?

Elle lui tapota gentiment la joue.

– Pourquoi pas ? Vous n'êtes ni aussi cruel ni aussi dangereux que certains le prétendent.

Charles se mit à rire.

– Madame, je vous prie de ne pas ruiner ma réputation de brute. Je travaille très dur pour la sauvegarder.

– Trop dur, parfois, intervint Sam avec un sourire chaleureux.

Il était tout aussi élégant que Charles, avec son costume pourpre et son gilet brodé. Il portait ses cheveux noués en arrière. Quelques mèches grisonnantes ne faisaient que rehausser son charme. Après avoir salué ses convives, il se tourna vers Laura.

– J'espère que votre chambre est à votre convenance, chère baronne. Nous souhaitons que votre sœur et vous soyez satisfaites de votre séjour, surtout après votre rencontre fâcheuse avec les frères Thacker.

Constance frissonna.

– Ce sont des monstres sanguinaires ! s'exclama-t-elle. Il serait temps que quelqu'un nous en débarrasse. Parfois, j'ose à peine m'endormir dans mon propre lit de peur de les voir surgir.

– Ce serait envisageable ? s'enquit Laura, les yeux remplis d'effroi.

– Bien sûr que non, intervint Letty d'un ton cassant, adressant un regard sévère à sa jeune belle-mère.

Tournant le dos à Laura, Letty déclara :

– Vous n'avez rien à craindre durant votre séjour, ma chère. Walker Ridge est peut-être isolé, mais nous avons un personnel très nombreux. Les Thacker n'auraient pas la témérité de se montrer. Ces lâches ne s'attaquent qu'aux faibles et aux êtres sans défense. Ce qui n'est pas notre cas.

La conversation s'orienta vers des sujets plus généraux. Quand Ellen et Jonathan les rejoignirent, les Thacker étaient oubliés. Avant qu'ils ne passent à la salle à manger, une vieille dame aux traits fatigués se présenta. Elle portait une robe grise démodée, un chignon un peu bancal et se montrait très respectueuse envers Constance. Jonathan la lui présenta : Anne Clemmons, la dame de compagnie de sa mère. Elle avait l'allure effacée de la parfaite dame de compagnie.

– Ma mère est très attachée à elle, expliqua Jonathan d'un ton désinvolte en accompagnant Laura dans le long couloir. En fait, elle ne travaille guère et s'est retirée dans une petite maison du domaine, mais ma mère aime la voir de temps en temps.

La salle à manger était spacieuse et meublée avec goût. Des domestiques noirs en livrée bleue servirent le repas. Le plus délicieux que Laura ait jamais mangé : velouté de légumes, rôti de bœuf et un gâteau aux fraises !

Jonathan et Charles parvenaient avec difficulté à dissimuler leur haine réciproque. Ellen était ravissante avec sa robe d'un bleu vif. Surmontant sa déception de voir que Hugh n'était pas resté, elle se montra exquise envers les convives. Laura aurait passé une excellente soirée si Charles n'avait pas été assis en face d'elle, à observer les moindres mouvements de Jonathan. Tout le monde voyait bien que celui-ci n'avait d'yeux que pour Laura. Buvant ses paroles, il lui offrait les meilleurs morceaux et souriait à chacune de ses réflexions. Quant à Ellen, elle répondait du bout des lèvres aux rares phrases que Jonathan daignait lui adresser. Laura était folle de rage. Toute la famille la considérait déjà comme la fiancée de Jonathan, qui ne faisait rien pour démentir l'information. Manifestement, il n'avait pas dit à sa mère qu'il comptait demander la main d'Ellen.

Elle fronça les sourcils. Si Ellen avait été encore amoureuse de lui, elle aurait souffert de son attitude cavalière. Quel jeu cruel jouait-il donc ? Il avait complètement changé depuis son retour en Amérique. En Angleterre, il se montrait galant, prévenant, fou amoureux d'Ellen. Laura se mordit les lèvres. Elle commençait à changer d'avis sur son hôte. Se serait-elle méprise sur son compte ? Non seulement sur son caractère, mais sur ses intentions ? À moins qu'elle n'ait elle-même changé d'avis, comme Ellen ? Pourvu que ses attentions soient le fait d'une politesse exagérée. Il ne fallait surtout pas qu'il lui fasse la cour.

La présence troublante de Charles ne faisait rien pour rassurer la jeune femme. Assis entre Anne et Constance, il prêtait fort peu d'attention à ses voisines. Il échangeait quelques phrases avec Sam ou Letty, mais il ne quittait pas des yeux Jonathan et Laura. Chaque fois qu'elle se tournait vers lui, la jeune femme croisait un regard froid.

Elle fut soulagée de se joindre aux dames pour regagner le salon rouge. Elle ne tenait pas tant à boire du café qu'à fuir la présence troublante de Charles. Son répit fut de courte durée. Les dames étaient à peine installées que les hommes les rejoignirent.

Sam s'assit à côté de Letty, sur un divan, tandis que Jonathan se glissait entre les deux sœurs. Charles s'appuya nonchalamment sur le marbre noir de la cheminée et observa la scène avec un sourire cynique. Constance et Anne partagèrent un divan voisin.

– Je suis désolée de ne pas vous servir du thé, déclara Letty en tendant une tasse à Laura. Nous sommes nombreux à refuser d'en acheter à cause de ces taxes injustes imposées par le Parlement.

Elle parut un peu gênée.

– Êtes-vous au courant de ce qui s'est passé dans le port de Boston, en décembre dernier ? reprit-elle. Je ne dis pas que je suis tout à fait d'accord, mais je comprends un peu le sens de cette démarche.

– Vous parlez de ces colons déguisés en Indiens qui ont abordé les navires et jeté à la mer toutes les cargaisons de thé ? fit Laura. L'affaire a créé un scandale à Londres. Elle n'a fait que rendre plus profond encore le gouffre qui sépare l'Angleterre de l'Amérique.

– Cela ne présage rien de bon, commenta Sam d'un air grave. Lord North n'a pas arrangé les choses en fermant le port. Les esprits sont en émoi. On parle de rébellion.

– N'approuvez-vous pas les habitants des colonies qui considèrent qu'ils peuvent fixer leurs propres impôts ? s'enquit Charles en fixant Sam.

– Balivernes ! intervint Jonathan. Nous sommes anglais. Après tout, l'Angleterre est notre patrie. Bien sûr qu'elle est en droit de prélever son dû.

– C'est étrange, murmura Charles. Moi, je me considère avant tout comme un Virginien. Ensuite comme un Anglais.

– Alors tu fais partie de ces... comment s'appellent-ils, déjà, ces bons à rien ? fit Jonathan d'un air plein de mépris. Ah oui, les fils de la liberté ! Tu fais partie de ce groupe de rebelles.

– Cela n'a aucune importance, coupa Sam. Tu étais en voyage et il s'est passé beaucoup de choses, pas seulement à Boston. Même en Virginie, les habitants ont des différends avec les représentants de la Couronne. De nombreux planteurs, tous honnêtes, sont mécontents.

– Même toi ? demanda Jonathan, incrédule.

Sam haussa les épaules.

– Peut-être, répondit-il. Mais tu dois admettre que les colonies sont divisées. L'éventualité d'une rupture avec l'Angleterre existe.

– Seigneur ! Je n'en crois pas mes oreilles, répondit Jonathan. Vous êtes sérieux ? Vous soutiendriez une révolution ?

– Sam n'a rien affirmé de tel, coupa Charles. Il a simplement précisé que les indépendantistes ne sont pas tous des vauriens.

– Je refuse d'écouter plus longtemps ces bêtises, déclara Constance. Les colonies sont anglaises et le seront toujours. Ces troubles se tasseront vite. Les gens n'ont qu'à obéir. Laura, ne prêtez pas attention à ces sornettes. À en croire certains, ajouta-t-elle en foudroyant

Charles du regard, nous allons droit à la révolution. C'est impossible.

Laura, qui trouvait ce débat passionnant, regretta de voir la conversation revenir à des mondanités. Elle se réjouit de voir la soirée se conclure.

Devinant la fatigue de ses invitées, Letty leur adressa un sourire bienveillant.

– Constance, je crois que cela suffit. Nos jeunes invitées ont eu une dure journée. Vous continuerez l'interrogatoire de Lady Merrivale demain, quand elle sera plus disposée à vous supporter.

Réprimant avec peine un bâillement, Laura murmura :

– Je suis très lasse.

Elle se tourna vers Constance, qui semblait vexée par l'ironie grinçante de Letty.

– Je serai ravie de vous entretenir de la mode londonienne demain.

Ils échangèrent quelques politesses puis Laura et Ellen montèrent vers leurs appartements. Laura remarqua qu'Ellen semblait de bonne humeur malgré l'absence de Hugh.

– Tu n'es pas déçue de l'absence de Hugh ?

– D'abord, je l'étais terriblement. Mais j'ai pu échanger quelques mots en particulier avec Charles, avant le souper. Il m'a confié que Hugh reviendrait dans la matinée avec son père. Apparemment, leur plantation est voisine de Walker Ridge.

Agacée, Laura se demanda pourquoi Charles se montrait toujours gentil avec Ellen... Qu'importe. Il serait bientôt parti, et elle ne reverrait plus ses yeux meurtriers. Elle en fut contrariée. Le souvenir vivace de leur baiser revint à son esprit. Elle fut parcourue d'un frisson de plaisir mêlé de peur.

– Heu... Charles a-t-il précisé combien de temps il comptait rester à Walker Ridge ? demanda-t-elle d'un air dégagé.

Perdue dans ses pensées, Ellen ne remarqua pas les joues empourprées de sa sœur. Sur le seuil de sa chambre, elle répondit :

– Il a quelques tâches à accomplir... Mais il n'a pas précisé combien de temps il resterait. Un jour ou deux, sans doute.

Ellen se mit à bâiller, puis elle rit :

– Je suppose que Letty a bien fait d'abréger la soirée. J'avais vraiment peur de m'endormir.

Les deux sœurs se souhaitèrent bonne nuit. Lisa attendait Laura dans sa chambre et l'aida à se déshabiller. Puis la jeune femme renvoya la domestique d'un sourire. Après s'être longuement brossé les cheveux, elle se dirigea vers le grand lit.

En d'autres circonstances, elle aurait savouré le confort du matelas de plume, après tant de nuits passées à la belle étoile. Elle se glissa entre les draps parfumés et soupira, décidée à dormir le plus possible, sans rêver de ce démon aux yeux bleus qu'était Charles Walker.

8

Si Laura, épuisée, s'endormit facilement, Charles mit longtemps à trouver le repos cette nuit-là. Dans la chambre qui lui était réservée lors de ses séjours à Walker Ridge, il gardait quelques effets personnels, ce qui lui permettait d'être élégant lors des dîners de ses cousins. Toutefois, il n'y dormait pas souvent. Et quand viendrait le jour où Jonathan régnerait en maître absolu sur le domaine, il n'y serait plus accepté.

Son grand lit en acajou était orné d'un baldaquin bordeaux. À l'autre bout de la pièce, des fauteuils étaient disposés autour de la cheminée, sur un précieux tapis de soie. Un petit meuble renfermaït divers alcools et des verres en cristal. Après s'être servi un cognac, Charles s'était installé au coin du feu, ses jambes étendues devant lui. Il avait ôté le ruban noir de ses cheveux qui tombaient maintenant librement sur ses larges épaules. Débarrassé de sa veste et de son gilet, il sirotait l'alcool ambré, fixant le sol et réfléchissant aux événements de la soirée.

Il aurait aimé se convaincre que c'était un souper comme les autres, mais en vain. En voyant Laura entrer dans le salon rouge, il avait été soudain envahi d'une onde de bonheur. Elle était époustouflante dans sa robe de soie, avec une boucle brune reposant sur son sein. Le souffle coupé, Charles avait eu toutes les peines du monde à ne pas se précipiter vers elle et à s'emparer de ses lèvres.

Quel imbécile il faisait avec ses idées romantiques ! Après le drame qui avait frappé Jenny, c'était la dernière chose qu'il souhaitait. D'ailleurs, les femmes n'aimaient pas les hommes romantiques. Elles préféraient les crapules telles que Jonathan. Charles avala une gorgée de cognac, songeant à la perfidie de son rival.

Leur haine réciproque remontait à la nuit des temps, bien avant la mort de Jenny. Lors de sa première visite chez les Walker, en compagnie de ses parents adoptifs, Charles avait à peine quatre ans et Jonathan six. Celui-ci s'était aussitôt montré hostile.

En fait, Andrew et Martha étaient venus voir Morgan, mais la maison de gardien était trop exiguë pour les héberger. Sam et Letty, qui rentraient à peine de leur long voyage en Angleterre, avaient invité le couple à séjourner chez eux. Après tout, ils étaient cousins.

Les adultes pensaient que les deux enfants deviendraient amis. Ce ne fut pas le cas, loin de là. Enfant gâté, Jonathan refusait de partager l'attention des grandes personnes. D'ailleurs, leur inimitié semblait instinctive. Ils ne cessaient de se battre comme des chiffonniers. Une fois adultes, ils trouvèrent d'autres moyens de se livrer bataille.

Par chance, Charles et ses parents adoptifs vivaient assez loin de Walker Ridge, aussi leurs visites étaient-elles rares. Morgan se rendait régulièrement chez Andrew et Martha pour prendre des nouvelles de son protégé. Comme de nombreux enfants de riches planteurs, Jonathan effectua sa scolarité en Angleterre. Les deux garçons se rencontrèrent pourtant assez souvent pour entretenir leur haine réciproque.

Si Charles ne s'entendait guère avec Constance, cette inimitié ne compromettait en rien les liens qui s'étaient tissés entre le jeune orphelin et Sam et Letty. Au contraire, l'hostilité de Jonathan et de Constance envers lui semblait inciter le couple à l'accueillir chaleureusement. Morgan était souvent présent à ces entrevues, un peu mal à l'aise. Sam avait appris énormément de choses à Charles. Grâce à lui, les membres de la famille ne le considéraient pas comme un bâtard, mais comme un membre du clan Walker à part entière. Tous, sauf Jonathan.

Celui-ci ne tolérait pas les rares séjours de Charles à Walker Ridge. Il était ouvertement jaloux de l'affection qui liait Sam et Charles. Quant à Constance, elle se rangeait naturellement à l'avis de son fils.

Étrangement, l'attitude de Jonathan ne l'avait jamais vraiment déstabilisé. En fait, elle l'amusait plutôt, ce qui ne faisait qu'attiser la hargne de son cousin, qui lui lançait des défis ridicules, comme une course à cheval, une compétition de tir, les charmes d'une serveuse de taverne. Leurs relations avaient empiré quand Charles avait acquis son propre terrain en le lui gagnant au jeu. C'est lors de cette partie de cartes mémorable que Jonathan avait jeté son dévolu sur Jenny, la femme de son ennemi.

Charles s'efforça de chasser ce souvenir douloureux. Il devait songer à son avenir.

Il vida son verre et se resservit généreusement. Puis, comme un lion en cage, il se mit à arpenter la pièce. L'idée de se venger de Jonathan en lui prenant sa fiancée l'obsédait. En outre, il se réjouissait à l'idée de faire sienne une créature aussi envoûtante.

Cela faisait longtemps qu'il attendait son heure. Il voulait frapper son ennemi en plein cœur afin qu'il souffre toute sa vie. Il aurait pu le tuer de sang-froid, mais la mort lui semblait un châtiment trop doux. Jenny avait souffert le martyre avant de se suicider. Jonathan méritait le même sort.

Charles esquissa un sourire cruel. Comme il allait savourer la douleur de son ennemi...

Puis il réfléchit à toutes les conséquences d'un tel acte. Jonathan ne serait pas le seul affecté par ce funeste dessein. Sam et Letty risquaient de le chasser de chez eux pour toujours. Ce serait compréhensible. Mais peut-être lui pardonneraient-ils...

Quant à la duchesse... elle lui en voudrait jusqu'à la fin de ses jours. Mais il saurait lui démontrer que le mariage avec lui n'était pas si désagréable. Bien sûr, elle serait furieuse et n'apprécierait guère ses méthodes, mais il n'avait pas le choix. Il devait frapper vite avant que Jonathan ne trouve quelque moyen de sortir vainqueur de cette aventure.

Charles ignora les remords qui le tenaillaient déjà à l'idée de bouleverser la vie de la jeune femme. Après tout, Laura n'était pas amoureuse de Jonathan. Il les avait observés pendant toute la soirée. Ayant déjà été mariée, ce n'était plus une écervelée bercée d'illusions romantiques. Si elle n'épousait pas Jonathan par amour, elle devait avoir des motivations plus terre à terre. Il ne pourrait lui offrir le luxe et les fastes que son rival lui aurait procurés. Mais elle ne manquerait de rien. Il serait un bon mari, fidèle et généreux. Et pas seulement sur le plan financier. Il comptait donner beaucoup de lui-même. Le souvenir de leur baiser torride lui revint en mémoire. Aussitôt, une vague de désir l'embrasa. Il ne se contenterait pas de séduire la jeune femme avant de l'abandonner à son triste sort. Il l'épouserait. Jonathan n'était qu'un vaurien, un égoïste sans cœur, incapable de la rendre heureuse. Un jour, Laura lui serait peut-être reconnaissante de lui avoir épargné une union avec Jonathan.

Persuadé qu'il rendait presque service à la jeune femme en la compromettant puis en l'obligeant à l'épouser, Charles vida son verre et consulta la pendule posée sur la cheminée. Il était plus de minuit. Plus que quelques heures d'attente. Il s'allongea et ferma les yeux, décidé à prendre un peu de repos.

Il se réveilla une heure avant l'aube. La lumière des chandelles vacillait doucement. Charles se leva et s'aspergea le visage d'eau froide. Puis il se passa les mains dans les cheveux. Malgré son envie d'une tasse de café bien fort, il dut se contenter d'un cognac. Quelques lampées d'alcool lui brûlèrent la gorge. Il respira profondément. À présent, il était temps d'aller saluer sa promise et de mettre son plan à exécution.

Aux premières lueurs de l'aube, Charles se glissa dans la chambre de la jeune femme. En bavardant avec Ellen, la veille, il avait appris que Laura avait choisi la chambre jaune. Mieux valait ne pas se tromper de lit, songea-t-il avec amusement. En entrant sur la pointe des pieds, il se rendit compte que son plaisir de voler la femme de Jonathan ne serait pas aussi intense s'il s'était agi d'Ellen. Écartant ces pensées, il s'avança dans la pénombre.

Au bord du lit, il se dévêtit rapidement, puis écarta le rideau. Enfin, il se glissa entre les draps à côté de la belle endormie.

Elle réagit un peu en sentant le matelas s'affaisser, mais ne se réveilla pas tandis qu'il se blottissait contre elle. Sentant la chaleur de son corps contre sa peau nue, il dut lutter contre une envie folle de l'embrasser. Rien ne l'obligeait à aller au bout de son entreprise. Sa simple présence dans son lit suffisait à compromettre la fiancée. Il était disposé à attendre que leur destin soit scellé pour goûter à ses charmes.

Laura ne comprit pas tout de suite qu'elle n'était plus seule. À son réveil, elle s'étira langoureusement et cligna les yeux. Les rayons du soleil inondaient déjà la pièce. Pendant la nuit, elle avait rêvé que Charles l'embrassait, qu'il lui faisait l'amour, l'abreuvant de caresses de ses mains puissantes. Jamais un homme n'avait éveillé en elle de tels frissons. Elle savourait le confort de son lit moelleux quand elle sentit dans le creux de son dos un membre gonflé de désir.

Se redressant d'un bond, elle releva le drap sur sa poitrine. Les yeux écarquillés d'effroi, elle découvrit Charles, nonchalamment allongé près d'elle, les mains derrière la tête, le torse nu.

La jeune femme se frotta les yeux, incrédule. Ce n'était pas possible...

– Bonjour, duchesse, fit-il d'une voix traînante, les yeux étincelants, un sourire au coin des lèvres.

– Que faites-vous dans mon lit ? parvint-elle à articuler. Sortez immédiatement ! De quel droit... ? Seigneur ! Et si quelqu'un vous surprenait ?

– La nuit que nous venons de partager ne signifie donc rien pour vous ? demanda-t-il, l'air faussement peiné.

– Que voulez-vous de moi ? s'enquit la jeune femme, un peu mal à l'aise.

Des images explicites surgirent à sa mémoire. Elle croyait pourtant avoir rêvé. Ses joues s'empourprèrent. S'il s'agissait de rêves érotiques, comment pouvait-il être au courant ?

Charles l'observait avec un intérêt non dissimulé. Pourquoi rougissait-elle ainsi ? Il plissa les yeux.

– Vous ne vous rappelez pas ?

Laura respira profondément. Après tout, c'était ridicule. Elle n'avait rien fait de mal. Ses fantasmes étaient inoffensifs. Elle le foudroya du regard.

– Si je ne me souviens de rien, c'est qu'il ne s'est rien passé ! rétorqua-t-elle.

– Je n'en dirais pas autant, duchesse.

– Cessez de m'appeler duchesse ! lança-t-elle, le regard noir.

– Lady Merrivale ? Vous êtes réveillée ? fit soudain la voix stridente de Constance.

Elle entra dans la pièce, portant un grand plateau chargé d'une cafetière en argent et de tasses en porcelaine.

Laura blêmit, au bord de la panique.

– Mon Dieu... gémit-elle. La mère de Jonathan... Que vient-elle faire dans ma chambre de si bon matin ?

– Elle a envie de vous avoir pour elle toute seule, expliqua Charles, affichant un sourire béat.

Il avait cru qu'ils seraient découverts par Lisa, qui se serait empressée de colporter la nouvelle dans toute la maison. Ou même par Ellen. Quel heureux hasard ! L'espace d'un instant, il trouva même Constance sympathique.

– J'espérais bien vous trouver réveillée, dit Constance, dissimulée par le baldaquin, tandis qu'elle cherchait un endroit où poser le plateau. J'aimerais avoir une conversation avec vous... sans être dérangée, cette fois. (Elle émit un rire cristallin.) Je sais qu'il est très impoli de surgir dans la chambre d'une dame sans crier gare, mais, étant donné vos liens avec Jonathan... Inutile de faire des manières entre nous, n'est-ce pas ? Vous faites presque partie de la famille.

Laura sentit son cœur s'emballer. Elle fusilla Charles du regard, folle de rage et de terreur.

– Pas un mot, lui souffla-t-elle, au bord de la panique. Vous avez compris ? Pas un mot.

– Comment ? fit Constance d'un ton enjoué. Vous m'avez parlé, ma chère ?

– Ce... ce n'est rien, balbutia Laura, assise dans son lit, se réjouissant d'avoir tiré le baldaquin avant de s'endormir.

À la fois horrifiée et fascinée, elle observa le torse nu de Charles, espérant le voir disparaître. Si seulement elle pouvait se réveiller pour se rendre compte qu'il s'agissait d'un cauchemar... Elle avait toujours les doigts crispés sur son drap. Mille pensées se bousculaient dans sa tête. Si Constance surprenait Charles dans son lit, à moitié nu...

– J'ai apporté du café et des biscuits, reprit Constance. Ainsi que de la confiture de fraises. C'est Letty qui la prépare. Je suis certaine que vous l'aimerez. Où dois-je poser le plateau ? Ici ou dans le salon ?

– Je peux me joindre à vous ? demanda Ellen en entrant dans la chambre.

Elle portait son peignoir bleu. Réprimant un bâillement, elle déclara :

– J'ai passé une excellente nuit. Et toi, Laura ?

– Alors, répondez ! souffla Charles en levant les sourcils d'un air malicieux.

– Ce n'est pas drôle, siffla Laura, redoutant l'instant où Ellen allait écarter le baldaquin.

Elle observa Charles d'un air méfiant. Il était si beau, avec ses boucles brunes, sa mâchoire volontaire. Pourtant, elle l'aurait volontiers étripé !

– C'est un coup monté, n'est-ce pas ? murmura-t-elle, furieuse, consciente de la présence des deux femmes dans la pièce.

– Laura, tu parles toute seule ? fit la voix d'Ellen, interloquée.

Avec effroi, Laura vit Charles se redresser. Le drap glissa lentement sur ses hanches.

– Mais non, déclara-t-il à voix haute en ouvrant le rideau. C'est à moi qu'elle parlait.

Constance poussa un cri strident et lâcha le plateau, qui tomba avec un fracas assourdissant. Manifestement, Charles était nu, même si l'on ne voyait que son torse. Abasourdie, Ellen dévisagea d'abord sa sœur, puis Charles.

– Seigneur ! gémit Laura en se cachant sous les couvertures, mortifiée. Je suis perdue.

– Pas du tout, corrigea Charles. J'ai la ferme intention de vous épouser, ma chère. Dès que nous aurons pris nos dispositions.

Oubliant les deux femmes, Laura se redressa d'un bond. Ses yeux envoyaient des éclairs de rage.

– Vous épouser ? répéta-t-elle. Vous, une vermine, une crapule sans morale ! Vous êtes le dernier homme sur terre que j'épouserais !

Charles prit un air peiné.

– Duchesse, comment pouvez-vous affirmer une chose pareille après la nuit que nous venons de partager...

C'en était trop. Avec un hurlement de rage, elle se jeta

sur lui et le martela de ses poings. Jamais elle n'avait été dans un tel état de fureur. Il ne put retenir un cri de douleur quand elle le frappa sur la tête.

Charles la saisit par les poignets et l'immobilisa sur le matelas, pesant sur elle de tout son poids.

– Voyons, ma chérie, ce n'est pas une façon de traiter son amant... son futur mari...

Il émit un rire sardonique qui la glaça.

– Que diable se passe-t-il ici ? s'enquit Letty en surgissant à son tour dans la pièce, alertée par le bruit.

Elle était déjà habillée et coiffée, superbe dans sa robe de soie bleue. Depuis le seuil, elle ne distinguait pas grand-chose de la scène. En voyant la vaisselle cassée, le café renversé et les mines défaites de Constance et d'Ellen, elle s'inquiéta :

– J'étais dans le couloir quand j'ai entendu un fracas de vaisselle brisée. Quelque chose ne va pas ?

Laura abandonna la lutte et se redressa. Elle croisa le regard de Letty.

– Si quelque chose ne va pas ? répéta Constance, émergeant de sa torpeur. Je viens tout simplement de découvrir que Lady Merrivale n'est qu'une traînée. Quant à Charles Walker, il vient de vous remercier de votre gentillesse à son égard en séduisant la fiancée de mon Jonathan !

Elle décocha à Laura un regard chargé de haine et de mépris.

– Attendez un peu que j'en informe Jonathan ! Jamais il ne vous épousera ! Votre titre vous accorde peut-être certains privilèges et vous permet de vous conduire en catin chez vous, mais pas ici !

Constance reprit son souffle.

– Jamais je n'ai subi un tel affront ! ajouta-t-elle d'un ton solennel. J'en arrive à me demander si vous êtes une authentique baronne !

Dans un geste théâtral, elle releva fièrement la tête et quitta la pièce.

Laura s'écroula contre Charles, vidée de toute énergie.

– Je veux mourir, souffla-t-elle. Il faut que je meure pour que cesse cette mascarade...

– En réfléchissant, vous comprendrez que vous marier avec moi est tout de même préférable à la mort, murmura-t-il à son oreille.

– Certainement pas ! répliqua-t-elle avec ardeur.

Charles haussa les épaules et la relâcha.

– Je suis désolé, déclara-t-il à Letty. Mais Constance a raison : ce n'est pas une façon très honorable de vous remercier de votre affection. Sachez que j'en suis désolé, cousine Letty. Je n'ai aucune excuse. Je comprendrais fort bien que Sam et vous refusiez de me revoir. Néanmoins, si cela peut vous consoler, j'ai la ferme intention d'assumer mes responsabilités. J'épouserai Lady Merrivale dès que possible.

Letty le dévisagea longuement, pensive.

– Je ne chercherai pas à te faire croire que je ne suis pas blessée et déçue par ton attitude, déclara-t-elle enfin. En effet, tu t'es montré indigne de notre hospitalité. (Elle soupira.) Toutefois, je suppose que tu n'as pas pu t'en empêcher. Tu as toujours été un garçon un peu fougueux. Je suis certaine que ces mésaventures se produisent dans les meilleures familles. (Elle secoua la tête.) Sam ne te jettera pas dehors, même s'il en a l'envie.

– Et vous ? demanda Charles. Vous souhaitez me chasser ?

– Moi non plus, avoua-t-elle avec une grimace. Malgré tes frasques, j'ai de l'affection pour toi. Je serais trop triste de ne plus te revoir. Mais ce que tu as fait est grave, mon garçon. Il ne suffit pas d'épouser Lady Merrivale pour laver cet affront. Il n'est guère honorable de prendre la fiancée d'un autre homme, même s'il n'y avait rien d'officiel. Je crains que Jonathan ne soit très contrarié.

– C'est le moins que l'on puisse dire, renchérit Charles avec un sourire. À mon avis, il va vouloir me tordre le cou.

– Certainement, approuva Letty. Aussi, pour éviter toute effusion de sang, nous ferions mieux de prévenir Sam. Il veillera à éloigner Jonathan de Walker Ridge pendant quelque temps.

Letty posa les yeux sur Laura, qui rougit violemment mais soutint le regard de la vieille dame. Jamais elle ne s'était sentie aussi humiliée. Elle était incapable de prononcer un mot, pourtant le moment était venu de s'expliquer. Comment se justifier alors que les apparences étaient contre elle ? De plus, ce scélérat de Charles nierait tout en bloc. Pourquoi avait-il agi de la sorte ?

Il ne voulait pas l'épouser. Elle non plus, d'ailleurs. Comment allait-elle se sortir de ce mauvais pas ?

– Bien. J'ai quelques points à régler, annonça Letty. Lisa va venir nettoyer tout cela. Je suggère que vous vous prépariez tous deux. Sam vous recevra dans son bureau dans une heure.

Elle eut une expression troublée.

– Je me doutais que vous n'aviez pas donné votre cœur à Jonathan, déclara-t-elle à Laura. Mais je n'aurais jamais imaginé... Enfin, cela ne me regarde en rien. Je regrette simplement que, si vous avez changé d'avis, vous n'ayez pas rejeté Jonathan avec plus d'égards. Il va être bouleversé. Et très fâché.

Laura croisa le regard d'Ellen. Il était inutile d'expliquer à Letty que Jonathan avait en réalité choisi sa cadette. Charles était bel et bien nu dans son lit. La gorge nouée, elle déclara :

– Je suis sincèrement navrée de donner tant de soucis à votre famille. (Elle décocha un regard assassin à Charles avant d'ajouter :) J'aurais aimé pouvoir vous éviter ces tracas. Mais certains éléments sont indépendants de ma volonté.

Letty hocha lentement la tête. Son visage se radoucit :

– En effet, ma chère. À présent, je vous laisse.

– Moi aussi, ajouta Ellen en emboîtant le pas à Letty. Vous devez avoir des choses à vous dire...

Avant que Laura puisse protester, elle se précipita dans le couloir et referma la porte.

Charles s'allongea confortablement, les mains derrière la tête, contemplant le profil de Laura. Elle était furieuse. Il soupira. Il ne s'attendait pas à une autre réaction de sa part. Mais il ne pensait pas que son geste prendrait une telle importance.

Un silence pesant s'installa.

– Pourquoi ? demanda enfin la jeune femme en se tournant vers lui. Vous espérez vraiment que je vais vous épouser ?

– Je ne vois pas comment il pourrait en être autrement, répondit-il. À moins que vous ne vouliez vivre avec une réputation entachée.

– Je pourrais retourner en Angleterre sur-le-champ.

Cela m'étonnerait que cette histoire sordide me suive jusque là-bas.

– Comment en avoir la certitude ? Jonathan et Constance ne vont pas se gêner pour colporter la nouvelle. Il a des amis en Angleterre. Avez-vous pensé aux conséquences pour Ellen ?

Laura ferma les yeux, les poings serrés :

– Vous êtes l'être le plus méprisable que j'aie jamais rencontré. Je vous déteste. Je vous préviens, je serai la plus odieuse des épouses.

– Vraiment ? fit-il en l'attirant soudain vers lui.

Il effleura d'abord sa bouche de ses lèvres, puis s'en empara avidement.

Trop surprise pour réagir, Laura entrouvrit les lèvres. Elle le laissa glisser sa langue contre la sienne, sentant son corps s'enflammer à ce contact chaud et humide. Le souffle court, elle se cambra malgré elle. Lorsqu'il saisit un de ses seins dans sa paume, elle gémit de désir tandis qu'un frisson la parcourait.

Pantelant, il plaqua son corps contre le sien. Puis il la repoussa brutalement. De toute évidence, elle était moins indifférente à son charme qu'elle ne le prétendait. Soudain, il comprit qu'il ne s'était pas trompé. Ses dernières craintes s'envolèrent. Il esquissa un sourire moqueur.

– À présent, rappelez-moi combien vous me détestez... murmura-t-il d'une voix rauque.

9

Les propos cyniques de Charles mirent Laura hors d'elle. Avec un regard noir, elle s'écarta de lui, refusant l'idée même de ce mariage. Elle préférait finir sa vie en recluse. Charles dut déployer des trésors de persuasion pour lui faire comprendre qu'elle était bel et bien prise au piège. Si elle voulait garder la tête haute, que ce soit en Angleterre ou en Amérique, elle allait devoir l'épouser. Laura faillit prendre le risque d'être déshonorée, mais elle devait penser à l'avenir de sa sœur. Ellen ne méritait pas de pâtir de la situation. Lorsque Charles prit congé pour se préparer, la jeune femme avait presque accepté son triste sort. Réprimant sa colère, elle le regarda quitter la pièce.

Charles avait plusieurs raisons de vouloir parler à Sam seul à seul. D'abord, il ne fallait pas laisser à Laura la possibilité d'échapper à ce mariage. Sam était un sentimental. Si Laura implorait sa pitié, il risquait de l'aider à se sortir de ce piège. Charles devait à présent admettre qu'il rêvait d'épouser la jeune femme et que sa soif de vengeance devenait secondaire par rapport à ses sentiments profonds.

Sam ne cacha pas son mécontentement. Pourtant, il se rangea à l'avis de sa femme. Le mal était fait. S'il déplorait l'attitude cavalière de son protégé, le vieil homme admettait qu'il ne restait guère d'autre solution que le mariage.

Charles se réjouit que Laura n'ait pas participé à l'entretien. Après tout, il était le seul coupable. Sans vraiment savoir pourquoi, il tenait à porter l'entière responsabilité de son acte. Il ne voulait pas que Sam ait une mauvaise opinion de Laura. De plus, il y allait de l'honneur des Walker. Sam faisait office de patriarche. Laura n'était qu'une invitée.

Sam ne fut guère impressionné par le souhait de Charles de réparer sa faute en épousant Laura. Manifestement, le vieil homme était très déçu. Charles se demanda s'il n'allait pas payer cher son projet : il avait perdu l'estime de Sam, Laura le détestait et ses rapports avec Sam et Letty étaient en péril. Il se rendait à présent compte combien il les aimait. Aveuglé par sa soif de vengeance, il n'avait pas songé aux véritables conséquences de son acte.

– Tu te doutes que Jonathan ne va pas en rester là, déclara Sam quand sa colère se fut apaisée. Tu l'as gravement offensé.

Les deux hommes se trouvaient dans le salon privé de Sam, installé dans une dépendance, à l'écart de la grande maison. Sam était assis derrière un immense bureau en chêne, la mine grave.

Avec ses bottes de cuir, sa culotte en peau de daim et sa chemise blanche en lin, Charles incarnait à merveille un fils de riche planteur virginien. Sam sentit son cœur se serrer en le regardant. Avec son air arrogant et ses yeux d'un bleu intense, Charles ressemblait tant au fils qu'il avait perdu.

– De toute façon, votre cher demi-frère ne m'a jamais porté dans son cœur, répondit Charles. Pour des raisons que j'ignore, ma seule naissance représente un affront à ses yeux.

– Je ne le sais que trop bien, admit Sam avec un rictus amer. Si seulement ce satané Morgan te reconnaissait une fois pour toutes ! Je ne comprends pas pourquoi il s'obstine à ne pas dévoiler le mystère qui entoure ta naissance.

– Ce n'est pas seulement le fait que je sois un bâtard qui contrarie Jonathan, déclara Charles. La plupart des autres membres de la famille n'y prêtent guère attention. Alors pourquoi Jonathan est-il si susceptible ?

Sam secoua la tête.

– Je l'ignore. C'est un peu pénible à admettre, mais, même si tu étais un enfant légitime, Jonathan aurait trouvé une raison de te détester. Quant à toi, tu n'as jamais rien fait pour arrondir les angles. Bon sang, Charles, qu'est-ce qui t'a pris ?

Évitant le regard du vieil homme, Charles baissa les yeux et murmura :

– Laura est si belle... j'ai perdu la tête.

Sam poussa un soupir résigné.

– En d'autres circonstances, je me serais réjoui d'apprendre que tu avais enfin surmonté la perte de Jenny. Mais pourquoi fallait-il que tu jettes ton dévolu sur Lady Merrivale ?

Sans attendre de réponse, il continua d'un ton las :

– Je suppose que tu te rends compte à quel point la situation est délicate. Remercions le ciel que les fiançailles n'aient pas encore été annoncées. Avant même l'arrivée de la baronne, les rumeurs allaient bon train quant à la raison de sa visite. Constance ne cessait de glisser des sous-entendus. Jonathan a lui aussi suggéré qu'il y avait du mariage dans l'air. Je me demandais laquelle des deux sœurs il souhaitait épouser. Il allait de l'une à l'autre. On peut dire qu'il m'a coupé le souffle.

– En ce qui me concerne, mon choix est clair, déclara Charles.

– En effet. Mais tu aurais pu choisir un moyen plus convenable de l'exprimer. L'enlèvement des deux femmes par ces ignobles Thacker était déjà assez pénible. À présent, nous allons devoir empêcher Jonathan de t'étriper et faire passer ton mariage surprise pour une décision prise de longue date. Ce n'est pas gagné.

– Ne pourrions-nous pas évoquer les émotions de l'enlèvement puis du sauvetage pour expliquer cette union imprévue ? La fragile baronne tombe dans les bras du vaillant sauveteur qui l'a tirée des griffes des brigands ?

– Est-ce ainsi que les choses se sont déroulées ? demanda Sam, perplexe.

– Peut-être, concéda Charles.

Sam évoqua ensuite les moyens d'éviter les commérages et de sauvegarder les apparences. Le mariage se déroulerait dans l'intimité. Morgan et sa famille seraient naturellement invités, ainsi que les oncles et tantes adoptifs du marié. Vivant pour la plupart dans la région, ils seraient ravis de voir Charles convoler avec une aristocrate anglaise, surtout si la rumeur l'attribuait au départ à Jonathan. Les ragots iraient bon train, mais les Walker en sortiraient la tête haute.

Jonathan et Constance ne feraient rien pour présenter l'image d'une famille unie. Leur absence à la cérémonie donnerait lieu aux pires spéculations. Sam aurait pour tâche de s'assurer de leur présence au mariage afin d'éviter tout scandale.

En quittant le bureau de Sam, Charles se sentait relativement satisfait de la tournure des événements. Il allait épouser la femme qu'il aimait dans les plus brefs délais et avec le soutien de Sam et de Letty. Il avait donc toutes les raisons de se réjouir. Son projet se concrétisait. De plus, l'un et l'autre ne semblaient pas en vouloir à Laura.

Sam pria Constance et Jonathan de se retirer quelque temps à Foxfield, à la lisière de la plantation. Ils séjourneraient dans une maison plus petite mais confortable le temps des préparatifs. À la grande surprise de Charles, ils n'élevèrent aucune objection. Leur absence allait faciliter les choses. L'atmosphère serait moins tendue. Ils reviendraient juste avant l'arrivée des parents et amis. Charles se demanda comment Sam avait réussi à les persuader de partir.

Préférant ne pas se montrer jusqu'au départ de Jonathan et de Constance, Charles ne regagna pas tout de suite la maison. En sifflotant, il passa devant les cases des esclaves et s'engagea sur un sentier forestier. D'instinct, il se dirigea vers son coin secret, au bord de l'eau, là où il venait souvent se réfugier étant enfant.

Assis sur la rive, il contempla l'eau fraîche, à l'ombre des grands arbres. Il apercevait les champs de tabac au loin, ainsi que le chemin sinueux qui menait à la maison et aux dépendances. Il se sentait loin de tout. Personne ne venait jamais dans ce coin isolé. Il n'entendait que le bourdonnement des insectes, le clapotis de l'eau et le chant des oiseaux.

Il bâilla et s'installa sur l'herbe pour se reposer à l'ombre d'un saule. En cette chaude journée, le soleil filtrait à travers les branchages. Charles se détendit peu à peu. Puis il ferma les paupières et s'assoupit.

Ignorant combien de temps il avait dormi, il fut soudain réveillé par un craquement tout proche. Immobile, il chercha à déterminer l'origine de ce bruit. Le soleil n'était plus au zénith. D'après les ombres qui l'entouraient, c'était la fin de la journée. Le son se reproduisit.

Il provenait du chemin. Charles se détendit. Il s'agissait sans doute de quelque esclave envoyé à sa recherche.

Charles esquissa un sourire. Laura venait à sa rencontre, époustouflante dans sa robe vert émeraude au décolleté audacieux. Elle était coiffée d'un large chapeau de paille noué à l'aide d'un ruban jaune qui laissait entrevoir quelques boucles brunes. Elle portait un petit panier d'osier. Elle ne parut guère enchantée de le rencontrer.

– Letty m'a dit que je vous trouverais sans doute ici, annonça-t-elle. Elle pense que vous devez avoir faim. Comme je suis votre... fiancée, balbutia-t-elle, les joues empourprées de colère, et que nous avons, comme l'on dit, mis la charrue avant les bœufs, je vous apporte moi-même ce panier. La présence d'un chaperon est superflue.

– C'est très gentil, déclara Charles.

– Je ne voulais pas venir, répliqua la jeune femme, les yeux embués de larmes, mais je n'ai pas eu le choix. Letty et Ellen ont insisté. Personnellement, je vous aurais bien laissé mourir de faim.

Charles sourit, révélant des dents étincelantes.

– Est-ce une façon de traiter son fiancé, duchesse ?

Laura étouffa un cri et lui jeta le panier au visage. Elle le détestait ! Il était terriblement séduisant, couché dans l'herbe tel un pacha au milieu de son harem. Sa chemise blanche était entrouverte, laissant entrevoir sa peau hâlée. Sa culotte de daim moulait ses jambes musclées. En songeant au contact de son corps nu, dans son lit, elle crut défaillir. Elle refusait d'être attirée par cet être méprisable.

– Tenez. Je vous ai donné à manger, je ne ferai rien de plus pour vous.

Charles se redressa et posa le panier près de lui.

– Arriverai-je à vous convaincre de partager cet en-cas avec moi ? demanda-t-il en levant les sourcils. Connaissant Letty, il doit y avoir à manger pour deux.

– Non, merci, répondit-elle sèchement. Je n'ai pas faim. Je n'ai nulle envie de partager quoi que ce soit avec vous.

– Vous savez, notre vie conjugale sera très pénible si vous persistez à me traiter ainsi.

– Vous n'aviez qu'à y penser avant de vous glisser dans mon lit, rétorqua-t-elle.

Sur ces mots, elle tourna les talons, bien décidée à

s'éloigner au plus vite de cet homme odieux. Charles l'attrapa par la robe. Perdant l'équilibre, la jeune femme bascula en arrière et tomba dans ses bras. Ses jupons se relevèrent, dévoilant ses genoux. Elle le foudroya du regard.

– Comment osez-vous ? siffla-t-elle.

Charles sourit, ravi de son effet. Sa bouche frôlait les lèvres délicates de la jeune femme. Il la retenait fermement dans ses bras. À chacun de ses mouvements pour se dégager, elle se frottait contre son corps ferme.

Laura sentit aussitôt le danger. Ils étaient seuls en pleine forêt. Elle ne pouvait ignorer le désir de Charles. Elle avala sa salive, sachant qu'ils ne risquaient pas d'être dérangés.

Elle sentit son cœur s'emballer. Cet émoi n'avait rien à voir avec de la colère ou de la peur. La chaleur de ce corps viril faisait naître en elle une douce torpeur. Ses mamelons se durcirent contre le coton de sa camisole. Le parfum musqué de sa peau mate lui effleura les narines.

Laura cessa de se débattre. Les yeux écarquillés, les lèvres entrouvertes, elle le dévisagea longuement, s'attardant sur ses yeux, son nez droit, ses pommettes saillantes et sa bouche charnue et sensuelle. Elle devait admettre qu'il l'avait subjuguée dès qu'il avait posé les yeux sur elle. Malgré son attitude narquoise, il suscitait en elle un sentiment troublant. Le sourire de Charles s'effaça pour faire place à un regard brûlant de désir qui échauffa les sens de Laura.

Marmonnant quelques paroles inintelligibles, il s'empara de sa bouche, attirant la jeune femme contre lui dans un geste de possession. Il l'embrassa avidement, plongeant sa langue dans la tiédeur humide de sa bouche, la maintenant prisonnière de ses bras.

Laura fut aussitôt submergée par une onde de plaisir qui lui parcourut le corps tout entier. La langue de Charles se fit plus exigeante, plus gourmande. Jamais un homme ne l'avait à ce point enflammée. Jamais elle n'avait autant eu envie d'être caressée.

Effrayée, ivre de désir, Laura sentit à peine la main de Charles qui lui ôta son chapeau et la fit allonger dans l'herbe tendre. Elle sentait la caresse des derniers rayons du soleil sur ses paupières closes. Un doux parfum de magnolia flottait dans l'air vespéral. La jeune femme le sentit à peine. Plus rien n'existait que le corps puissant de Charles sur le sien, son souffle court, ses lèvres avides.

Il l'embrassa longuement. Mue par une force incontrôlable, Laura enroula ses bras autour de son cou, gémissant de désir tandis qu'il se penchait pour caresser ses seins aux pointes dressées. Il titilla doucement son mamelon à travers le tissu de la robe. Un frisson parcourut la jeune femme de la tête aux pieds. Elle sentit naître au plus profond d'elle une sensation nouvelle, un désir encore inconnu.

Charles semblait avoir pris le contrôle de son corps. Il suffisait qu'il la frôle pour qu'elle s'abandonne à ses caresses. Brutalement, dans les bras de Charles, elle découvrait sa vraie nature, ses instincts de femme que nul n'avait encore su éveiller. À sa grande stupeur, elle avait envie de le toucher, de sentir ses muscles fermes sous ses doigts, d'explorer son corps tout entier pour en prendre à son tour possession.

Que lui arrivait-il donc ? Elle voulut se ressaisir, résister, mais Charles posa une main sur sa cuisse et remonta lentement sous ses jupons. Le souffle court, elle s'agrippa à ses épaules, attendant qu'il explore son intimité offerte.

– Charles... souffla-t-elle lorsqu'il cessa un instant de l'embrasser. Non... il ne faut pas...

– Ne pensez plus à rien, répondit-il d'une voix rauque. Savourons cet instant.

Elle lui obéit. Il enfouit les doigts dans les plis du sous-vêtement de la jeune femme. Aussitôt, elle s'enflamma sous ses caresses expertes, emportée par un tourbillon de sensations.

Elle se cambra, frissonnante entre ses bras, agrippée à sa chemise, les doigts tremblants. Il fallait qu'elle le touche, qu'elle le caresse.

Sentant sa réaction, ivre de désir, Charles perdit tout contrôle de ses pulsions. Ses fantasmes le tourmentaient depuis trop longtemps. Il voulait la faire sienne sans attendre.

Il se dévêtit à la hâte, libérant son membre gonflé de désir. Doucement, il se glissa entre les cuisses ouvertes de la jeune femme. Laura se raidit à son contact. Elle surgit de sa torpeur, ouvrant enfin les yeux.

– Non ! Je vous en prie... arrêtez...

Les yeux brillants de désir, Charles se pencha vers elle, cherchant à déchiffrer ses paroles. S'arrêter ? Elle devait être folle. À moins qu'elle ne cherche à le provoquer ? Il sentait à quel point elle le désirait...

Il ferma les yeux, au supplice. Laura s'agita un peu, effleurant de sa cuisse son membre gonflé de désir. Il fut parcouru d'un frisson. Elle lui en demandait trop. Pourtant...

Pantelant, il ouvrit les yeux et contempla le visage empourpré de la jeune femme. Posant les mains sur ses hanches, il se pencha doucement et laissa sa langue courir sur son sein, sentant la réaction immédiate de Laura à ce contact.

– Laura, ne me demande pas un tel sacrifice, souffla-t-il contre sa peau brûlante. Je te veux... Je suis fou de désir... Laisse-moi...

Il l'embrassa avidement, se frottant contre elle dans un va-et-vient sensuel. Ses mains couraient fébrilement sur ses hanches et ses cuisses.

– Je t'en prie... murmura-t-il dans un gémissement.

Embrasée par ce baiser et par la chaleur de son corps ferme et viril, Laura oublia tous ses principes. Elle le voulait, elle aussi. De toute son âme. Il fallait qu'elle sache si cet envoûtement dissimulait un sentiment plus profond. Sans réfléchir, elle enlaça son fiancé et donna un violent coup de reins, offerte.

Charles étouffa un cri. Leurs lèvres se trouvèrent tandis qu'il se glissait entre ses cuisses, avant de la pénétrer doucement. Aussitôt, leurs corps moites se fondirent l'un dans l'autre.

Laura fut emportée dans un tourbillon de plaisir, accueillant en elle la virilité puissante de cet homme qui savait si bien la faire vibrer. Leurs hanches ondulèrent en rythme tandis qu'il l'embrassait à perdre haleine.

Les mouvements de Charles s'accélérèrent peu à peu. À chaque seconde, le plaisir de Laura s'intensifiait. Se laissant aller contre lui, elle explora de sa langue la bouche exigeante de son amant, tout en lui caressant les épaules et le dos. Jamais elle n'aurait pu imaginer de telles délices. Tout à coup, l'extase la surprit. Elle ne put réprimer un cri.

Charles s'abandonna à son tour dans un dernier spasme. Il explosa en elle, l'inondant de sa semence. Le souffle court, il ralentit. Puis il s'appuya sur les avant-bras pour contempler le visage de la jeune femme.

Elle ouvrit lentement les paupières, relevant un regard embrumé. Jamais il n'avait vu d'aussi beau spectacle. Elle avait les joues roses, les lèvres gonflées de ses baisers. Ses cheveux bruns encadraient son visage. Il sentit son cœur se serrer face à ce spectacle. Son membre, toujours en elle, durcit à nouveau. En s'en rendant compte, Laura écarquilla les yeux, incrédule.

– Déjà ? souffla-t-elle en rougissant.

– La bête n'est pas morte, répondit-il avec un sourire désabusé. Toujours prête à vous servir, madame.

Jamais Laura n'avait ainsi plaisanté avec son défunt mari. Elle ne sut que répondre. Elle retrouvait peu à peu ses esprits. Son comportement pour le moins spécial fit monter en elle un sentiment de honte. De plus, ils étaient encore habillés. Ainsi, la baronne Merrivale venait de se faire culbuter dans l'herbe comme une vulgaire paysanne. Et par un homme qu'elle n'appréciait même pas.

Mortifiée, elle détourna les yeux et tenta de repousser Charles.

– Levez-vous ! ordonna-t-elle.

Charles hésita. Les femmes étaient décidément bien versatiles.

– Comme il vous plaira, duchesse, répondit-il en s'écartant à regret.

Laura serra les dents mais ne dit rien. Évitant toujours son regard, elle s'assit et entreprit de mettre de l'ordre dans sa tenue. Du coin de l'œil, elle voyait Charles allongé près d'elle, détendu, la culotte déboutonnée. Même si elle ne voyait rien de son intimité, elle ressentait une certaine gêne. Elle était atterrée par ce qui venait de se dérouler. Pourtant, c'était arrivé. La douce torpeur qui l'avait envahie venait le lui rappeler. Elle avait embrassé cet homme, l'avait caressé, puis l'avait imploré de la prendre. Elle venait de lui fournir une raison de l'épouser.

Soudain prise de soupçons, elle le fusilla du regard :

– Vous l'avez fait exprès, n'est-ce pas ?

Pensant qu'elle faisait allusion à leurs ébats, Charles esquissa un sourire taquin.

– Oh oui, duchesse ! Et quand nous serons mariés, j'ai la ferme intention de vous honorer aussi souvent que je le pourrai.

Furieuse de la tournure des événements, Laura s'emporta. Sans réfléchir, elle se tourna vers lui et le gifla violemment.

– Jamais je n'ai rencontré un être aussi odieux ! cracha-t-elle. Je me demande comment je vais pouvoir supporter la vie avec vous !

Le sourire de Charles s'envola. Il se redressa en frottant sa joue endolorie.

– Qu'est-ce qui vous prend ? Il y a quelques secondes à peine, vous étiez consentante, vous vous pâmiez dans mes bras avec des râles de plaisir. Ne le niez pas ! Vous avez pris autant de plaisir que moi. Alors je vous préviens... (Il plissa les yeux.) Si vous me giflez une nouvelle fois, vous n'apprécierez pas ma réaction, je vous le garantis.

– Ce qui me prend ? répéta la jeune femme, outrée. Vous m'avez compromise en vous glissant dans mon lit à mon insu. Et maintenant, vous transformez cette sordide mascarade en réalité. Et comme si cela ne suffisait pas, voilà que vous me menacez, à présent !

– Je ne vous menace pas, corrigea Charles. Ce n'était qu'un avertissement.

Laura se leva d'un bond et ramassa son chapeau.

– À mon tour de vous avertir d'une chose : épousez-moi, et je ferai de votre vie un enfer !

Charles s'appuya contre le tronc d'un arbre et lui sourit.

– C'est étrange, duchesse, mais j'ai toujours aimé jouer avec le feu.

Laura étouffa un cri de rage. Puis elle tourna les talons et s'éloigna sans un mot.

Charles la suivit du regard, affichant un large sourire. Ce mariage s'annonçait sous les meilleurs auspices.

10

Le mariage de Laura Anne Merrivale et de Charles Walker fut célébré le 26 août 1774 par une journée torride et orageuse. Pourtant, nul ne sembla remarquer les nuages sombres qui s'amoncelaient dans le ciel tandis que les mariés échangeaient leurs vœux. Seule Laura, qui affichait un air serein, voyait dans ce signe un symbole de sa vie future.

Sam avait fait venir un pasteur itinérant qui parcourait cette région peu peuplée. C'était un homme enjoué et désireux de rendre service à son généreux bienfaiteur. Tout le monde semblait empressé de satisfaire Sam Walker. Les sourcils froncés, Laura observa la foule des joyeux invités qui se délectaient du somptueux banquet organisé en l'honneur du jeune couple. Manifestement, les Walker arrivaient toujours à leurs fins et s'y entendaient à merveille pour diriger leur entourage.

Depuis quinze jours, Laura priait pour qu'un événement inattendu empêche ce mariage et la libère du piège dans lequel elle était tombée. Un piège qui s'était refermé sur elle à l'instant même où elle s'était abandonnée dans les bras de Charles comme une vulgaire traînée.

Elle ne comprenait toujours pas comment elle avait pu permettre à Charles de la posséder, puis de l'épouser. Elle lui décocha un regard. Il bavardait gaiement avec Morgan, Hugh et Sam. Il était terriblement séduisant dans son costume clair et sa chemise à jabot de dentelle. Pour l'occasion il s'était poudré les cheveux, qu'il avait noués à l'aide d'un ruban de soie noire. Elle avait presque l'impression de voir un inconnu.

La bouche de la jeune femme se tordit en un rictus amer. Charles était un inconnu. Pourtant, elle l'avait épousé.

De Lady Merrivale, elle devenait simplement la femme de Charles Walker. La perte de son titre ne la contrariait guère. Il n'avait jamais eu une grande importance à ses yeux. Mais le fait de savoir qu'elle n'était plus libre de ses mouvements, que son avenir reposait entre les mains de cet homme odieux qu'elle connaissait à peine, un homme jouissant d'une réputation douteuse, à en croire Jonathan, et qui se comportait comme un goujat, la plongeait dans un abîme d'angoisse. Pourtant, il avait un charme fou. Il lui suffisait d'un regard pour l'affoler. Cela n'avait rien de rassurant.

Jamais Laura ne s'était sentie aussi vulnérable et amère en songeant à la façon dont Charles l'avait manipulée. De plus, elle n'avait personne avec qui partager son malheur. Tout le monde semblait se réjouir de cette union. Même Ellen. En fait, sa sœur était ravie. Dorénavant, elles ne pouvaient retourner en Angleterre et elle aurait le temps de séduire Hugh.

Laura s'en voulut d'être aussi injuste. Ellen n'avait commis aucune faute. La jeune femme ne pouvait que se réjouir d'avoir évité tout scandale.

Sam et Letty, Morgan et Prudence, sa femme, avaient bien travaillé. Des cousins triés sur le volet étaient arrivés pour l'occasion. Elle décela quelques regards un peu insistants au moment des présentations, mais elle comprit vite que les Walker formaient un clan très uni et que nul ne ferait de scandale.

Charles avait concocté une version officielle de leur rencontre. Ils étaient tombés amoureux au moment où il était venu la sauver des griffes des Thacker. Tous trouvèrent cette histoire très romantique. Si un invité un peu obtus osait suggérer que c'était pourtant le nom de Jonathan qui était sur toutes les lèvres, quelqu'un lui lançait un regard éloquent ou le rappelait à l'ordre d'un coup de coude.

Laura aurait dû se réjouir de la tournure des événements. Mais ce n'était pas le cas. Elle était la seule à ne pas être béate d'admiration devant Charles, la seule à connaître sa nature dépravée et manipulatrice. À part Jonathan, peut-être...

Il était de retour à Walker Ridge avec sa mère depuis trois jours. Dès son arrivée, une atmosphère malfaisante s'était installée dans la maison. Les rapports entre Charles et Jonathan troublaient la jeune femme. Voyant leur haine réciproque, elle songea que Charles l'avait peut-être séduite dans le but de prendre à Jonathan sa promise attitrée. C'était ridicule, car elle n'avait jamais été fiancée à Jonathan, mais Charles l'ignorait. Comme les autres. L'attitude d'Ellen et de Jonathan ne fit rien pour clarifier la situation.

Sirotant un verre de punch, Laura balaya l'assemblée du regard. Sur la pelouse, elle aperçut Letty en grande conversation avec Constance et son fils. Sam et Letty redoutaient un duel entre les deux hommes. Leurs craintes étaient justifiées. Jonathan n'avait pas digéré l'affront dont il était victime. Son visage fermé et son regard noir trahissaient sa fureur. La violence était presque palpable entre les deux hommes.

La réaction de Jonathan déconcertait la jeune femme. Sa colère semblait démesurée. Elle prenait une tournure personnelle, comme s'il ressentait une insulte de la part de Charles. Cette impression ne faisait que renforcer les doutes de Laura sur les intentions réelles de Charles.

C'était une hypothèse désagréable. Elle aurait mieux accepté son destin si elle était certaine que Charles était tombé follement amoureux d'elle au point de devoir lui forcer la main. Sa façon de la taquiner et de la provoquer sans cesse prouvait qu'il n'en était rien. Son acte devait avoir une autre explication. Plus elle voyait la façon dont Charles regardait Jonathan, plus elle était persuadée d'avoir deviné juste. Elle n'était qu'un pion dont Charles s'était servi pour atteindre son cousin.

Soudain, elle croisa le regard de Jonathan. Il lui sourit froidement et se détourna pour parler à Ellen.

Laura le vit faire la cour ouvertement à une Ellen étonnamment consentante. Jonathan aurait-il manigancé avec son vaurien de cousin un échange de fiancées ? Son comportement depuis leur arrivée en Amérique renforçait cette thèse. À présent, il se rabattait donc sur Ellen. À moins qu'il n'ait toujours eu l'intention de l'épouser ?

Laura fronça les sourcils en voyant Ellen sourire à son interlocuteur. À quoi jouait-elle ? Dernièrement, Ellen s'était montrée distante vis-à-vis de Hugh. Alors qu'elle avait bu ses paroles. Ellen aurait-elle une nouvelle fois changé d'avis ?

Tout cela était pour le moins perturbant. Quant à son propre destin, il était scellé.

Elle croisa de nouveau le regard de Jonathan. Qu'avait-il pu ressentir en la voyant épouser Charles ? Il aurait dû être soulagé de voir l'honneur des Walker sauvegardé. Après tout, sauf malentendu, il était destiné à épouser Ellen.

– Vous regrettez déjà votre choix ? fit la voix de Charles derrière elle.

Laura se raidit et fit volte-face. Le cœur battant, elle soutint le regard bleu de son mari.

– Que voulez-vous dire ? répliqua-t-elle sèchement. Je n'ai pas vraiment eu l'impression d'avoir le choix.

Charles plissa les yeux. Elle crut qu'il allait lui adresser une réplique cinglante, mais il se contenta de lever les sourcils.

– Vous pensiez que je ne remarquerais pas les regards langoureux que vous échangiez avec Jonathan ? dit-il avec un sourire au coin des lèvres.

De toute évidence, il la surveillait. Les regards en question n'avaient pourtant rien de langoureux.

– Je crois que vous faites fausse route, répondit-elle.

– Vraiment ? fit-il en la fixant.

Il lui caressa doucement le bras.

– Je vous préviens, je suis très jaloux. Je déteste partager. Ne l'oubliez pas, surtout en présence de mon cher cousin.

Laura respira profondément, troublée par le sens de ces paroles. Elle eut envie de lui envoyer le contenu de son verre au visage. S'ils avaient été seuls, elle aurait cédé à son impulsion, mais elle se contenta de crisper les doigts sur son verre en cristal.

– Vous m'insultez. Et vous vous insultez vous-même en sous-entendant que vous avez épousé une femme capable de vous tromper le jour même de votre mariage.

Elle voulut s'éloigner, mais Charles la retint par le bras.

– Pardonnez-moi, dit-il. Je ne voulais pas me montrer aussi insultant.

Il hésita à continuer. Puis il soupira et marmonna :

– Laura, je sais que ce n'est pas facile pour vous, et je

vous en demande pardon. Mais quelles que soient les raisons de notre mariage, nous sommes maintenant mari et femme. Je dois vous mettre en garde contre Jonathan qui me veut du mal. Méfiez-vous de lui.

Laura était trop humiliée pour l'écouter.

– Savez-vous qu'il m'a dit la même chose à votre sujet ? déclara-t-elle. J'ai eu l'occasion de constater que vous étiez totalement dénué de scrupules. Aussi aurais-je plutôt tendance à croire votre cousin.

Elle dégagea son bras et adressa à son mari un sourire forcé qui le désarma. Puis elle alla rejoindre le groupe qui entourait Jonathan et Ellen. Charles la regarda s'éloigner, la mine soucieuse.

Au cours des deux semaines écoulées, il ne s'était pas attendu à une attitude aussi glaciale. Il se doutait que, après leurs ébats, la jeune femme se montrerait sans doute un peu distante. Mais il était persuadé de l'amadouer avec le temps. Il devait l'admettre, son charme n'opérait pas aussi bien qu'il l'espérait. Elle l'évitait comme la peste. Chaque fois qu'il tentait de se retrouver seul avec elle, elle prenait ses jambes à son cou. Depuis leur étreinte au bord de la rivière, ils n'avaient échangé que quelques mots. Charles commençait à trouver cette situation agaçante. Après tout, elle était désormais sa femme.

À cette pensée, il sourit. Il était tout de même parvenu à ses fins. La duchesse lui appartenait. Ce soir, c'est dans ses bras qu'elle s'endormirait, de même que toutes les nuits suivantes.

En la regardant plaisanter avec Jonathan et leurs invités, Charles ressentit un certain malaise. Il avait réussi à épouser la jeune femme, mais l'histoire ne risquait-elle pas de se reproduire ? Il serra les dents. Laura n'était pas Jenny. Sa première épouse l'aimait, ce qui ne l'avait pas empêchée de céder aux avances de Jonathan. Or Laura ne l'aimait pas. Comment l'empêcher d'être infidèle à son tour ? Elle ne manquerait pas de se venger de ce mariage forcé.

Cette perspective l'inquiétait. Bien décidé à ne pas laisser son épouse sortir du droit chemin, il fronça les sourcils.

– Tu te plains déjà ? demanda Hugh en plaisantant.

– On dirait que c'est ma femme qui n'est pas satisfaite de moi, répliqua le jeune marié.

Le jeune homme avait l'air contrit. Sans quitter Ellen des yeux, il déclara :

– Tu n'es pas le seul à avoir des ennuis avec une sœur Merrivale. Ellen m'évite depuis plusieurs jours. J'ignore ce que j'ai fait pour mériter cela.

– Je peux peut-être t'aider, répondit Charles, à la grande satisfaction de Hugh. Ne l'as-tu pas trop traitée en petite sœur ? Je t'ai vu la taquiner, mardi dernier. Tu lui parlais comme si elle avait dix ans.

Hugh voulut protester mais Charles reprit :

– L'autre jour, n'as-tu pas pris Molly Sinclair dans tes bras car elle s'était tordu la cheville ? Ne l'as-tu pas raccompagnée chez elle ?

– C'est vrai, avoua Hugh, mystifié. Mais Ellen n'est qu'une enfant, après tout.

Hugh rougit sous le regard perspicace de son cousin.

– D'accord, admit-il, je joue peut-être un peu trop les grands frères. Quant à Molly... c'est ma cousine. Nous avons grandi ensemble.

– Tu ne l'as peut-être pas remarqué, mais Molly n'est plus une enfant. Elle a seize ans. C'est une véritable beauté. Tu l'as raccompagnée chez elle, puis tu as passé l'après-midi en sa compagnie, au lieu de t'occuper d'Ellen. Un pique-nique au bord de l'eau était prévu avec d'autres cousins, je crois ?

– Oui. Mais Molly ne pouvait s'y rendre, protesta Hugh, l'air inquiet. Je ne pouvais pas la laisser seule pendant que nous autres aurions pris du bon temps.

Charles lui adressa un sourire compréhensif.

– Non seulement tu fais croire à Ellen qu'elle n'est rien d'autre pour toi qu'une gamine, mais tu accordes beaucoup trop d'importance à une petite chipie qui te mène par le bout du nez et qui est encore plus jeune qu'Ellen. Mon pauvre ami ! Il est normal qu'Ellen t'en veuille ! Si tu veux la séduire, tu vas devoir lui faire comprendre que tu t'intéresses à elle.

Hugh regarda Ellen s'esclaffer à une plaisanterie de Jonathan. Il serra les dents puis avala une gorgée d'alcool.

– Tu as sans doute raison, concéda-t-il avant de se diriger vers la jeune fille d'un pas décidé.

Il se joignit au petit groupe. Après quelques minutes de conversation polie, Hugh déclara à Ellen :

– Je vous avais promis de vous montrer la serre de cousine Letty, je crois. Elle y fait pousser des plantes et des fleurs très rares. Et si nous nous y rendions maintenant ?

Ellen le dévisagea, le cœur battant. Après la façon dont il l'avait traitée, elle faillit refuser. Mais elle décela dans son regard une lueur inconnue.

– Pourquoi pas ? fit-elle en haussant les épaules d'un air désinvolte.

Jonathan suivit le couple des yeux.

– Seigneur, marmonna-t-il à l'adresse de Laura. Aurais-je un rival ?

Ils s'étaient un peu écartés des autres invités.

– Quelle importance, désormais ? demanda sèchement la jeune femme.

– Détrompez-vous. C'est très important, au contraire, répliqua-t-il avec un regard implacable.

Laura le toisa. Mais il esquissa un sourire charmeur et déclara d'un ton enjoué :

– De toute évidence, je vais devoir me montrer vigilant. Je ferais bien de rappeler à Ellen qui est son premier soupirant avant qu'elle ne s'entiche de ce benêt de Hugh. Je l'ai un peu négligée, ces derniers temps. Je vais réparer cette erreur.

Laura aurait dû être rassurée par ces propos qui tendaient à lui prouver qu'elle s'était méprise sur la situation. Jonathan avait toujours voulu épouser Ellen. Pourtant, une note indéfinissable dans sa voix, une lueur dans son regard lui glaça les sangs. Qui était le vrai Jonathan ? Le jeune homme charmant qu'elle avait connu en Angleterre ? Ou cet être malfaisant qui transparaissait furtivement dans son regard ?

Décidée à tirer les choses au clair, elle prit une profonde inspiration et demanda :

– Jonathan, à quel petit jeu vous livrez-vous donc ? Il vous est arrivé de vous conduire comme si j'étais votre fiancée. Or nous savons tous deux que cela n'a jamais été le cas. À présent, vous sous-entendez que vous avez toujours eu des vues sur Ellen...

Ses paroles s'éteignirent à mesure qu'elle lisait la stupeur dans le regard de Jonathan.

– Ma chère ! Je suis atterré que vous vous soyez à ce point méprise sur mon attitude. Jamais je n'aurais osé songer à une situation aussi embarrassante.

Il lui décocha un sourire glacial.

– J'ai toujours su qui je voulais épouser, reprit-il. Disons que quelques obstacles se sont dressés sur mon chemin. Mes projets n'ont pas changé depuis le premier jour.

Encore plus alarmée, Laura déclara :

– Je me réjouis qu'il n'y ait aucun malentendu entre nous.

Jonathan porta la main de la jeune femme à ses lèvres.

– Croyez-moi, tout est très clair.

Cherchant à chasser le malaise qui lui nouait la gorge, Laura eut un sourire forcé. Puis elle bredouilla quelques paroles d'excuse pour rejoindre les autres invités. Soudain, elle avait envie de s'enfuir le plus loin possible de cet homme abject.

Songeant au commentaire de Jonathan sur les liens qui se tissaient entre Ellen et Hugh, elle regarda dans leur direction. Mieux valait que Jonathan ne les surprenne pas en tête à tête.

– J'aimerais bien visiter la serre, moi aussi, déclara-t-elle en se tournant vers Letty. Puis-je la voir tout de suite ?

Letty ne trahit rien de sa surprise.

– Certainement, répondit-elle. Vous nous accompagnez, Constance ?

Celle-ci pinça les lèvres.

– Oui, après tout. Même si je ne vois pas l'intérêt qu'il peut y avoir à visiter une pièce remplie de plantes.

L'atmosphère se détendit à mesure que les trois femmes se dirigeaient vers le jardin d'hiver. Laura s'interrogeait sur l'issue de toutes ces histoires. Pourvu que le mariage de sa sœur, quel que soit l'heureux élu, s'annonce sous de meilleurs auspices que le sien...

Ellen ne pensait guère au mariage en cet instant. Blessée par l'indifférence de Hugh depuis leur arrivée à Walker Ridge, furieuse contre cette chipie de Molly Sinclair, elle avait fini par renoncer au jeune homme. Pendant plus de deux semaines, elle avait tenté de l'attirer dans ses filets, mais il ne la gratifiait que d'une tape amicale dans le dos. Par conséquent, elle était décidée à le chasser de son esprit. Pourtant, chaque fois qu'elle le voyait, elle avait un pincement au cœur. Il était d'une beauté à couper le souffle dans son costume bleu qui épousait ses formes, avec son visage bronzé et ses dents étincelantes.

Écartant distraitement une boucle qui pendait dans son cou, Ellen déclara :

– Vous êtes certain de pouvoir m'accorder ces quelques instants alors que vous pourriez vous occuper de votre très chère Molly ?

Croyant déceler une note de jalousie dans sa voix, Hugh esquissa un sourire ravi. Son sang ne fit qu'un tour. Voilà une réaction encourageante ! Charles avait peut-être raison. Il était temps de faire savoir à Ellen ce qu'il ressentait vraiment.

– Oh, Molly ne s'en souciera pas, assura-t-il. Ce n'est qu'une enfant. Je la connais depuis toujours. J'ai eu de la peine pour elle, l'autre jour.

Il porta la main d'Ellen à ses lèvres, puis plongea ses yeux bleus dans les siens avant de murmurer :

– J'aurais préféré être à vos côtés au lieu de m'occuper de cette gamine.

Ellen retint son souffle, les yeux écarquillés.

– Ah ! s'exclama-t-elle, cherchant à contrôler les battements effrénés de son cœur.

– Ainsi, vous pensiez que cette écervelée de Molly pouvait me faire oublier vos charmes, ma chère ?

Sur ces mots, il la prit dans ses bras et l'embrassa.

Savourant les lèvres de Hugh sur les siennes, Ellen s'abandonna, emportée par une vague de sensations. Elle avait tant rêvé de ce baiser ! De sentir les bras puissants de Hugh, ses lèvres douces et exigeantes...

Le jeune homme s'écarta enfin d'elle. Le regard éperdu d'Ellen le fit sourire. Erreur fatale.

Se rappelant combien elle avait souffert de l'indifférence du jeune homme et des attentions qu'il avait témoignées à Molly, Ellen se raidit puis laissa libre cours à sa colère. Les joues empourprées, elle le gifla de toutes ses forces.

– Comment osez-vous ? Lâchez-moi !

Stupéfait, Hugh obéit.

– Ellen... chérie, bredouilla-t-il. Qu'est-ce qui vous prend ?

Les yeux de la jeune fille lançaient des éclairs.

– Ne m'appelez pas chérie ! Et je vais vous dire ce qui ne va pas, sombre crétin ! Cela fait des semaines que vous m'ignorez. Vous m'avez abandonnée pour aller veiller sur votre cousine, vous m'avez traitée comme une petite sœur turbulente. À présent, vous croyez qu'il vous suffit d'un baiser pour que je vous tombe dans les bras. Vous vous méprenez, mon cher.

Trop furieuse pour être touchée par la mine déconfite du jeune homme, elle leva légèrement le bas de sa robe en soie ambre et tourna les talons. Elle allait quitter la serre quand Jonathan ouvrit la porte et entra.

– Ah, vous êtes là, ma chère ! lança-t-il en comprenant la situation.

Il devina sans peine que la jeune fille venait de gifler Hugh à la trace qui subsistait sur la joue de celui-ci.

Jonathan n'avait guère apprécié d'être écarté du domaine. Sam avait dû le menacer de choisir un autre héritier pour qu'il cède. Le matin où il avait appris la vérité, il était si furieux qu'il avait failli étrangler Charles et Laura de ses mains. Ce vaurien avait osé lui voler la femme qu'il convoitait ! C'était un scandale. Jamais il n'avait connu un tel affront.

Il oubliait que Laura n'avait jamais accepté de l'épouser. Il était si obsédé par son projet de mariage qu'il s'était convaincu qu'il était amoureux d'elle et qu'elle le serait de lui... un jour. Sa colère contre la jeune femme s'envola vite. Après tout, elle n'était qu'une faible femme. Charles, lui, était un redoutable séducteur. Il aurait dû s'en douter. Après tout, il était un homme digne et magnanime. Il saurait lui pardonner cette faiblesse.

Cependant, sa haine envers Charles ne faisait que croître. Il réfléchit au meilleur moyen de se venger de son ennemi. Mieux valait patienter. Il ne pouvait empêcher ce mariage. D'ailleurs, de son lieu d'exil, il lui était impossible d'agir.

Cette journée avait été un supplice. Il avait eu grand-peine à contenir sa rage. Il ne supportait pas l'idée que ce bâtard ait déjà possédé Laura et que, le soir même, elle passerait la nuit dans les bras de son pire ennemi. Cette perspective le rongeait terriblement. Il savait qu'un jour Charles mourrait de ses propres mains et qu'il pourrait épouser Laura à son tour. Mais il devait s'armer de patience...

Surprendre Ellen dans une situation compromettante fut la goutte d'eau qui fit déborder le vase. Jamais il ne permettrait à un autre fils de Morgan de lui prendre une femme.

Mû par sa seule colère, il saisit Ellen par le bras et lui sourit.

– Je vous ai cherchée partout, ma chérie, susurra-t-il.

Troublée par ce comportement étrange, Ellen le dévisagea. Depuis leur arrivée à Walker Ridge, il ne s'était pas comporté comme un fiancé transi d'amour. Pourquoi agissait-il comme s'ils étaient amoureux ? Quelque chose n'allait pas. Consciente d'être observée par Hugh, elle lui demanda :

– Vous aviez une raison particulière de me chercher ?

– Seigneur ! s'exclama Letty en entrant à son tour, suivie de Laura et de Constance. Jamais je n'ai vu autant de personnes s'intéresser à mes exploits botaniques !

– Cousine Letty, intervint Charles, attiré par ce remue-ménage, vous avez la main verte, c'est bien connu. Tom Jefferson n'est-il pas venu chercher des boutures, au printemps dernier ?

Letty rosit de plaisir.

– En effet. Quel charmant jeune homme ! Il s'intéresse aux plantes rares.

Jonathan posa la main sur celle d'Ellen. En apercevant son ennemi, il crispa les doigts sur la peau fragile de la jeune fille, qui ne put réprimer un petit cri de douleur.

Jonathan lui embrassa la paume.

– Pardonnez-moi, chérie. Je ne voulais pas vous faire mal. Mais à présent que je vous tiens, je ne vous lâcherai plus.

Voyant leur intimité et l'expression perplexe de Hugh, Charles fronça les sourcils.

– Tout va bien ? s'enquit-il doucement.

Jonathan sourit, songeant à transformer sa défaite en victoire.

– Rien ne s'est encore passé, dit-il en regardant Ellen. Mais je crois que le moment est bien choisi pour annoncer la bonne nouvelle. N'est-ce pas, chérie ?

Sentant le regard de Hugh posé sur elle, Ellen se raidit.

– Que... que voulez-vous dire ? bredouilla-t-elle en implorant sa sœur du regard.

Laura ne pouvait rien faire pour elle. Pourtant, elle avança d'un pas tandis que Jonathan, une lueur de triomphe dans les yeux, déclarait :

– Le moment est fort bien choisi pour annoncer à tous notre prochain mariage, vous ne trouvez pas ? C'est bien la raison pour laquelle votre sœur et vous êtes venues d'Angleterre, non ? Nous voulions faire plus ample connaissance avant de nous fiancer. N'est-ce pas, Laura ? Je vous aime beaucoup, mais il a toujours été clair dans mon esprit que c'était Ellen que je voulais épouser.

11

Charles se figea, observant tour à tour la mine triomphante de Jonathan et le visage désemparé de Laura. Ellen se contentait de fixer son fiancé, comme si elle n'en croyait pas ses oreilles. Hugh avait le souffle coupé. Letty laissa échapper une exclamation étonnée et Constance ne cacha pas son désarroi. Seul Charles parvenait à maîtriser sa surprise. Pourtant, le silence qui suivit ne présageait rien de bon.

Laura n'eut pas le loisir de penser à lui ni aux répercussions de cette nouvelle sur son avenir. Face à cette attaque de front, elle ne pouvait protéger sa sœur. Croisant le regard désespéré d'Ellen, elle regarda Jonathan avant de déclarer :

– En effet.

Charles parvint à dissimuler son trouble face à cette révélation. Il scruta les personnes présentes. Nul ne semblait se réjouir outre mesure, à part Jonathan. Cette crapule mijotait quelque chose.

– Voyons si j'ai bien compris la situation, dit Charles. En dépit de ton comportement, car tu as témoigné un grand intérêt pour Laura, il n'y a jamais eu de projet de fiançailles entre vous deux ? Depuis le départ, c'était Ellen que tu envisageais d'épouser ?

– Naturellement, confirma Jonathan, l'air satisfait. D'ailleurs, ce que je fais ne te regarde en rien. J'ai toujours beaucoup apprécié Laura, et j'ai toujours été impatient de devenir son beau-frère. Toi et tous les autres imbéciles colporteurs de ragots, vous vous êtes mépris sur mes intentions. C'est bien là votre erreur. Je dois me réjouir que tu aies jeté ton dévolu sur Laura et non sur mon Ellen. Auquel cas, j'aurais sans doute dû te tuer.

– Tu aurais peut-être essayé de me tuer, corrigea Charles d'un ton grave. Si tu me traites une fois de plus d'imbécile, je t'arrache la langue.

– Oh, cela suffit, vous deux ! lança Laura. Ce n'est pas le moment de nous infliger vos petites rivalités masculines.

Ignorant la tension qui régnait dans la serre, Letty posa la question qui brûlait toutes les lèvres :

– Tu veux dire que c'est bien Ellen que tu avais l'intention d'épouser ?

L'intéressé hocha la tête.

– Mais nous étions tous persuadés... même ta mère... Jonathan, tu agissais comme si...

Elle s'interrompit, perdue.

Jonathan se mit à rire, savourant la stupeur des invités. Certes, en épousant Ellen, il s'éloignait de la concrétisation de son projet ultime, épouser Laura, mais le jeu en valait la chandelle. Le regard de Charles en disait long sur son désarroi. Il en profitait par la même occasion pour mettre fin à l'idylle naissante entre Ellen et Hugh.

Hugh sembla émerger de ses pensées.

– Ellen n'a donc pas son mot à dire ? demanda-t-il, fâché, en fixant la jeune fille.

Ellen regarda timidement dans sa direction, anéantie par son regard méprisant. Que faire ? Elle ne voulait pas épouser Jonathan. Mais elle n'osait le contredire de peur de se compromettre. De plus, elle en voulait toujours à Hugh. Pour qui se prenait-il donc ? Comment osait-il l'enlacer et l'embrasser ainsi après l'avoir ignorée pendant quinze jours ? S'il n'y avait rien entre eux, c'était bien la faute du jeune homme. À présent, il se permettait de la juger ! Quel toupet !

S'agrippant au bras de son fiancé, Ellen marmonna :

– Bien sûr que j'ai mon mot à dire.

Elle décocha à Hugh un regard noir puis, ravalant ses larmes, elle sourit à Jonathan.

– Je serai très honorée de devenir votre épouse. C'est ce que j'ai toujours souhaité.

Hugh contint sa fureur.

– Félicitations, déclara-t-il en croisant les fiancés. À présent, veuillez m'excuser. Je vous laisse à vos projets d'avenir. Je n'ai aucune raison de rester plus longtemps ici.

Sur ces mots, il sortit, mortifié. Un silence pesant s'installa.

– Eh bien, voilà une journée bien remplie ! lança Letty pour détendre l'atmosphère. Votre mariage, et maintenant les fiançailles ! (Elle adressa un sourire chaleureux aux jeunes gens.) Que d'émotions ! N'est-ce pas, Constance ?

Celle-ci se força à sourire :

– En effet. J'aurais préféré que tu attendes un peu, mon fils, au lieu d'annoncer la nouvelle à brûle-pourpoint. Tu sais que j'aime discuter avec toi de tes projets avant que tu ne les rendes publics. Vraiment, je déplore que tu ne m'aies pas laissée organiser un grand bal au cours duquel tu aurais pu annoncer tes fiançailles.

– Eh bien, nous n'avons qu'à ne rien dire en dehors de la famille dans l'immédiat. Je doute que Hugh aille colporter la nouvelle. Je lui parlerai en lui expliquant que nos fiançailles doivent demeurer secrètes quelque temps. Il tiendra sa langue, assura Jonathan d'un ton suave.

Il se tourna vers Laura et Charles.

– Tous ceux qui devaient connaître mon choix sont maintenant au courant. Mère, vous pouvez organiser un bal. Notre mariage doit donner lieu à des festivités dignes de nous. Vous pouvez me croire, mon mariage ne sera pas aussi précipité et sordide que celui auquel nous avons assisté aujourd'hui.

– Jonathan ! s'exclama Letty d'un ton réprobateur. Quelle grossièreté ! Le mariage de Laura et de Charles est peut-être un peu précipité, mais il n'a rien de sordide. Tu nous dois des excuses.

Les yeux de Jonathan lancèrent des éclairs, mais il s'inclina devant Letty.

– Vous avez raison, chère belle-sœur. Je me suis montré grossier. Veuillez me pardonner.

Charles releva qu'il ne s'adressait qu'à Letty.

– Tu t'es montré fort grossier, renchérit-il. Ma femme attend que tu lui exprimes tes regrets les plus sincères pour avoir suggéré que son mariage n'était pas convenable.

Jonathan le foudroya du regard. Charles lui répondit d'un sourire glacial. Jonathan n'avait pas le choix. Ravalant sa fureur, il s'éclaircit la gorge et s'inclina avec respect devant Laura.

– Je regrette mes commentaires désobligeants, déclara-t-il.

– C'est très joliment dit, répondit-elle, espérant que cette scène se termine au plus vite.

Ellen semblait sur le point de fondre en larmes. Quant aux deux hommes, ils risquaient à tout instant d'en venir aux mains.

– Après toutes ces émotions, dit-elle à Letty, je crois que nous visiterons le jardin d'hiver une autre fois, qu'en pensez-vous ?

Letty sauta sur l'occasion.

– Naturellement, ma chère, dit-elle en lui prenant la main. Je comprends très bien. Venez, Constance. Je suis sûre que notre jeune couple a à parler de choses importantes.

Désemparée, Laura eut envie de s'accrocher à Letty. Elle redoutait de rester seule avec Charles et les fiancés.

– Oh, ne nous quittez pas ! Nous vous accompagnons. N'est-ce pas, Charles ?

– Dans un instant, répondit-il, pervers. J'aimerais discuter avec mon épouse. Cette serre me paraît le cadre idéal.

Il se tourna vers Jonathan.

– Ellen et toi pourrez la visiter une autre fois. Laura et moi partons dans quelques jours pour l'Antre du diable. Alors laisse-nous seuls quelques instants, je te prie.

Laura redoutait encore davantage un tête-à-tête avec son mari.

– Oh, c'est inutile ! assura-t-elle. Nous aurons bien le temps de parler en privé plus tard. Ne laissons pas nos invités...

– Ne vous inquiétez pas pour vos invités, intervint Letty. Ils sont trop occupés à boire et à manger pour se soucier de votre absence. Nul ne s'étonnera de voir les jeunes mariés s'éclipser. Je leur expliquerai.

Avant que Laura ne puisse protester, Letty entraîna Constance dans le parc.

– Eh bien, mon amour, susurra Jonathan d'un ton doucereux ; il semblerait que l'on nous ait priés de partir. Les jeunes mariés ont envie de rester seuls. Leurs désirs sont des ordres. Du moins pour aujourd'hui.

Ellen à son bras, il fit quelques pas et s'arrêta devant Laura. Adressant à Charles un regard moqueur, il prit la main de la jeune femme et la porta à ses lèvres.

– Meilleurs vœux de bonheur, souffla-t-il. Je savais que vous étiez trop belle et trop jeune pour rester veuve très longtemps.

Sans lâcher la main de Laura, il croisa le regard de Charles.

– Tu as de la chance. Prends bien soin d'elle. Comme tu le sais, les épouses sont parfois imprévisibles.

Soutenant son regard, Charles ôta doucement la main de Laura et la tint fermement dans la sienne.

– Certaines, peut-être, répondit-il. Mais pas celle-ci.

– L'avenir le dira.

Il baissa les yeux vers Ellen.

– À présent, ma douce, voyons si ma mère a réussi à garder secrètes nos fiançailles.

Plein d'arrogance, il quitta la serre. Ellen adressa un dernier regard implorant à sa sœur avant de le suivre.

Le silence s'installa. Laura fixa durement son mari et chercha à libérer sa main.

– Vous pouvez me lâcher. Nous sommes seuls. Il n'y a personne à impressionner.

– C'est ce que je fais, d'après vous ? demanda-t-il en esquissant un sourire. J'avais l'impression de tenir la main de ma femme, tout simplement.

– Cessez de me prendre pour une imbécile, gronda Laura. Vos rapports avec Jonathan sont plus que troubles. Vous êtes à couteaux tirés. Je refuse de servir d'enjeu entre vous deux.

Charles baissa les yeux tandis que la jeune femme cherchait à se libérer de son emprise.

– Que voulez-vous dire par là ? s'enquit-il posément.

– J'ignore à quel petit jeu se livre Jonathan, expliqua-t-elle avec un soupir d'impatience. Ce que je sais, en revanche, c'est que plusieurs personnes se sont méprises sur son comportement et ont cru que j'étais sa fiancée.

Elle respira profondément, incapable de garder pour elle les soupçons qui la rongeaient.

– Ne le niez pas ! Vous avez cru que c'était moi qu'il

voulait épouser ! Et c'est pour cette raison précise que vous avez déployé tant d'efforts pour me compromettre et m'obliger à me marier avec vous.

Laura était par trop clairvoyante pour que Charles ne réagisse pas. Il se renfrogna et s'en voulut aussitôt.

– Seigneur ! s'exclama la jeune femme. Je ne m'étais pas trompée ! Moi qui espérais secrètement ne pas avoir affaire à un tel monstre !

Ces paroles attisèrent la colère de Charles.

– Et vous ? rétorqua-t-il froidement. Vous avez eu maintes fois l'occasion de mettre les choses au point sur vos rapports avec Jonathan. Vous avez laissé croire à tous qu'il vous avait choisie. Ne prétendez pas le contraire !

La rage de Laura s'apaisa. Elle ne pouvait nier. Pour la première fois, elle regretta la promesse faite à Ellen.

– C'est vrai, j'ai un peu dissimulé la vérité, avoua-t-elle. Mais j'avais des raisons pour cela. De bonnes raisons.

Charles exultait intérieurement. De toute évidence, la jeune femme était sincère. Il fallait être aveugle pour ne pas deviner ses motivations profondes.

– Vous avez agi dans l'intérêt d'Ellen, n'est-ce pas ? fit-il doucement. Elle ne voulait pas que Hugh soit au courant ?

– Elle pense être amoureuse de lui, expliqua Laura, soudain très lasse. Elle redoutait qu'il n'ait une mauvaise opinion d'elle si elle l'encourageait à la courtiser alors qu'elle était presque fiancée à un autre. Et Jonathan se comportait comme si...

Laura s'interrompit un instant, puis reprit :

– En voyant Jonathan me tourner autour, elle a cru qu'il ne voulait plus d'elle. Elle aurait fini par tout expliquer à Hugh, j'en suis persuadée.

– Au lieu de cela, mon cher cousin, qui adore semer la discorde, est arrivé comme un chien dans un jeu de quilles, dit Charles d'un air pensif.

Laura soupira, se rappelant la mine désemparée de sa sœur et l'expression de Hugh.

– Pour une fois, je suis d'accord avec vous. Jonathan a mal choisi son moment pour annoncer leurs fiançailles. Je parie qu'il l'a fait exprès afin d'écarter Hugh et de vous faire savoir que vous vous étiez trompé de femme, ajouta-t-elle avec un regard éloquent.

Charles la dévisagea longuement, réalisant pour la première fois de la journée combien elle était belle. Ses boucles poudrées encadraient son visage délicat. Ses cils et ses sourcils paraissaient plus sombres et ses yeux topaze plus intenses. Son teint pâle rehaussait ses lèvres roses, plus sensuelles que jamais. Elle portait une robe de soie crème surfilée d'or. En l'apercevant, Charles avait eu le souffle coupé par tant de splendeur.

– Je ne pense pas m'être trompé de femme, affirma-t-il.

Il fut surpris par sa propre sincérité. Sa motivation première était certes la vengeance. Pourtant, il savait que, si Laura ne lui avait pas plu, il ne l'aurait jamais compromise.

Certes, Jonathan l'avait possédé. Mais la perspective de voir Laura dans les bras de Jonathan l'aurait révulsé, plus par jalousie que par désir de vengeance.

Il s'en voulait de se laisser ainsi guider par ses sentiments. Après la mort de Jenny, il s'était juré de ne plus jamais aimer une autre femme et entendait bien respecter cet amer serment. Si ses motivations avaient un peu évolué avec le temps, il n'était pas pour autant amoureux de Laura. Il la désirait, rien de plus. Il voulait embrasser sa bouche pulpeuse, caresser son corps souple. Voilà pourquoi il l'avait épousée.

– Vous êtes en train de me dire que vous avez épousé la femme que vous vouliez, répliqua Laura d'un ton acerbe. Comme c'est intéressant... Si vous aviez su qu'Ellen était la vraie fiancée de Jonathan, vous ne vous seriez pas glissé dans son lit ?

Charles rougit. Il ne lui en voulait pas de se moquer de lui. Pourtant, son mépris, flagrant, le blessait.

– Exactement, confirma-t-il.

Devant l'expression perplexe de la jeune femme, il ajouta :

– Je n'aurais pas épousé Ellen simplement pour l'éloigner de Jonathan.

Soudain, il eut envie de lui faire comprendre ce que lui-même avait du mal à saisir. Il la prit par les épaules et l'attira contre lui. Son désir s'éveilla instantanément.

– Je ne désire pas Ellen. C'est vous que je veux. Dans mes bras, dans mon lit...

Laura le dévisagea, sachant qu'ils étaient seuls. Ses

paroles lui rappelèrent leurs premiers ébats, au bord de l'eau, scènes qu'elle avait vainement cherché à effacer. Au souvenir de son corps frissonnant contre le sien, elle se mit à trembler. Personne n'avait jamais produit un tel effet sur elle. Jamais elle n'aurait soupçonné qu'un homme pouvait lui procurer un tel plaisir, et cette sensation l'effrayait. Elle ne voulait rien ressentir pour lui. Rien, sauf de la colère et du mépris. Pourtant, elle ne pouvait nier cette attirance charnelle qui, malgré elle, la poussait vers lui.

Quelle importance !

Il l'avait compromise pour satisfaire ses ambitions égoïstes ! Elle ne le croyait guère lorsqu'il affirmait qu'il n'en aurait pas fait autant avec Ellen. La vérité était que leur mariage avait pour origine un effroyable malentendu.

Sentant ses mains brûlantes sur ses épaules, elle fixa le jabot de dentelle blanche de Charles.

– Vous me désirez ? Cela doit-il me consoler de voir ma vie brisée ?

– Votre vie est-elle vraiment brisée, duchesse ? demanda-t-il d'une voix douce en la caressant. N'a-t-elle pas plutôt pris un chemin inattendu ?

Laura avala sa salive, cherchant à ne pas céder à son charme. Il avait une façon de la toucher qui la laissait pantelante. Elle eut toutes les peines du monde à ne pas se jeter à son cou pour savourer les délices qu'il avait à lui offrir.

Une vague de colère la submergea néanmoins et elle lui en voulut d'avoir un tel pouvoir sur elle.

– Dites-moi, m'avez-vous épousée uniquement pour faire du tort à Jonathan ?

Charles serra les dents. Elle évoquait un sujet dont il refusait de discuter. Il hésita, songeant à admettre que, au départ, c'était le cas, mais... comment lui dire qu'il n'était plus certain de rien, qu'il la désirait, tout simplement, qu'il ne supportait pas l'idée qu'elle fût la femme d'un autre que lui et qu'il était prêt à tout pour vivre avec elle...

Son hésitation confirma les pires craintes de la jeune femme qui se dégagea de son étreinte. Au bord des larmes, elle leva la main pour l'empêcher de s'approcher d'elle.

– Ne me touchez pas ! Ne dites rien ! Je refuse d'écouter vos mensonges !

– Alors que voulez-vous entendre ? demanda-t-il, soudain furieux d'être tombé dans son propre piège. Des contes de fées ? Dois-je vous jurer que je ne cherchais pas à faire du mal à Jonathan en vous épousant ? Que j'ai perdu la tête ? Qu'en voyant votre ravissant minois, je suis tombé follement amoureux de vous ? Que je ne puis m'empêcher de vous désirer et que j'étais prêt à tout pour vous épouser ?

Laura ravala un sanglot. C'était exactement ce qu'elle avait envie d'entendre. Mais il fallait que ce soit la vérité et non pas un tissu de mensonges.

– Je ne veux rien de vous ! cracha-t-elle. Pas même votre amour !

Refusant de voir l'expression peinée de Charles, aveuglée par sa propre douleur, elle s'enfuit comme un animal blessé. Elle courut chercher refuge dans ses appartements et, par chance, elle ne croisa personne.

Pas question de pleurer à cause de cet homme ! songea-t-elle en se jetant sur son lit. Ce n'est qu'un manipulateur sans scrupules. Un barbare !

Une fois calmée, Laura se redressa, écarta les mèches rebelles qui lui barraient le visage et parcourut sa chambre des yeux. Cette chambre qu'elle devrait partager avec Charles.

C'était impossible, songea-t-elle avec un frisson. Il ne l'avait épousée que par intérêt, pour blesser son cousin. Elle était convaincue que Charles ne l'aimait pas et qu'il devait exister quelque raison perverse à ses agissements. Mais elle s'était prise à espérer... Une seule explication l'aurait satisfaite : son amour pour elle. Elle secoua la tête, consciente de sa propre folie. L'amour n'avait pas sa place dans les projets de Charles. Il ne cherchait qu'à se servir d'elle comme d'une arme contre Jonathan.

Comment avait-elle pu en arriver là ? Elle se retrouvait à l'autre bout du monde, mariée à un homme qu'elle méprisait par-dessus tout, un homme qui avait su éveiller en elle des sensations inconnues, un homme dont la simple présence suffisait à faire battre son cœur et qui suscitait en elle à la fois le bonheur et la rage.

Une question demeurait : quelle attitude adopter pendant la nuit de noces ?

Elle réfléchit encore quelques minutes, broyant des idées noires. Sa vie n'était qu'un échec et elle était assez lucide pour se rendre compte que Charles n'était pas le seul responsable de cette catastrophe.

Elle ne pouvait nier qu'elle s'était laissé influencer. Elle aurait pu s'échapper, retourner en Angleterre pour éviter de l'épouser. Un scandale aurait éclaté, ce qui n'aurait pas été sans répercussions pour Ellen, mais les esprits se seraient calmés avec le temps. Après tout, elle était veuve. Une veuve était plus libre qu'une jeune fille ou une femme mariée. Il y aurait eu des commérages, mais quelle importance ? Elle ne dépendait de personne. Elle possédait une fortune personnelle. Tout au plus, les ragots éventuels l'auraient fait passer pour une excentrique.

Elle regretta de ne pas avoir fait ses bagages pour gagner Richmond au plus vite et prendre le premier bateau en partance pour l'Angleterre. Nul n'aurait pu la retenir. Pourtant, elle était restée et avait épousé cet homme qu'elle disait détester. La mâchoire crispée, elle cherchait en vain à comprendre pourquoi elle avait agi ainsi. Elle devait être folle.

À moins que tu ne sois amoureuse de Charles Walker... lui murmura une petite voix intérieure.

Elle se prit la tête entre les mains. C'était de la folie. Non, il ne fallait pas. Quelle idée absurde ! Jamais elle ne se permettrait d'éprouver le moindre sentiment pour son mari.

Soudain, elle sut qu'elle pouvait encore s'échapper. Une annulation était encore possible. En se dépêchant, elle pourrait retourner en Angleterre et assumer le scandale. Mais en aurait-elle le courage ?

Longtemps, Laura resta perdue dans ses pensées. Si elle détestait Charles autant qu'elle le prétendait, rien ne l'empêchait de rompre cette union malgré les conséquences éventuelles. Pourtant, elle hésitait...

Elle respira profondément.

Non, elle resterait et serait une épouse modèle. Peut-être...

Charles fixa longtemps la porte. Se traitant de tous les noms, il quitta à son tour la serre et partit en quête d'une compagnie plus agréable. Il voulait oublier le visage affligé de la jeune femme.

Il allait trouver Hugh et régler le malentendu créé par Jonathan. Mais c'est Morgan qu'il rencontra sur son chemin.

– Tu es tout seul, Morgan ? s'enquit Charles.

– Charles ! fit Morgan en sursautant. Que fais-tu ici ?

– Eh bien, c'est mon mariage, comme tu le sais, répondit le jeune marié, affable.

Morgan avait un comportement étrange depuis quelque temps. Il devait avoir des ennuis.

– Quelque chose ne va pas ? reprit Charles. Tu parais distrait, en ce moment.

Morgan soupira et détourna les yeux.

– J'espérais pouvoir le cacher, répondit Morgan avec un soupir. C'est vrai que j'ai des soucis.

– Je peux peut-être t'aider.

Morgan le dévisagea d'un air étrange, presque coupable.

– Non, je ne pense pas. Je dois régler cela moi-même.

Il lui adressa un sourire triste.

– Tu me connais, je repousse toujours tout au lendemain. Mais je ne pourrai plus retenir cette histoire très longtemps. J'aurais déjà dû en parler depuis des années. Mais l'occasion ne s'est jamais présentée.

Les deux hommes se mirent à marcher vers l'orée du bois. Pour la première fois de sa vie, Charles eut l'impression que sa présence mettait Morgan mal à l'aise.

Il allait l'interroger quand un étrange sifflement se fit entendre aux pieds de Morgan.

– Un serpent à sonnette, déclara Charles en fixant le dangereux reptile. Un pas de plus, et tu aurais mal terminé la journée, ajouta-t-il en voyant le serpent s'enfuir.

Bouleversé, Morgan avait le regard fixe.

– J'aurais pu être tué, fit-il, blême. Je serais mort sans avoir pu...

Il avala sa salive.

– Si j'étais mort, reprit-il comme pour lui-même, mon

secret m'aurait suivi dans la tombe. Nul n'aurait jamais su la vérité.

– Quelle vérité ? s'enquit Charles, déconcerté.

Morgan se ressaisit.

– Oh ! rien, mon garçon. Ne prête pas attention aux idées d'un vieil homme.

En d'autres circonstances, Charles aurait exigé des explications mais il était lui-même tourmenté et n'insista pas. Ils rejoignirent les autres invités. Les paroles de Morgan hantaient l'esprit de Charles mais ses pensées revinrent à Laura. Où diable s'était-elle cachée ?

TROISIÈME PARTIE
Un avenir morose

On ne peut cueillir la rose sans se piquer
à ses épines
Pilpay

12

Un claquement de porte dans la chambre d'Ellen fit sursauter Laura. Elle se regarda furtivement dans le miroir et se pinça les pommettes pour leur redonner des couleurs. Enfin, affichant un sourire forcé, elle se rendit dans le couloir pour voir qui venait d'entrer chez sa sœur.

Comme elle le soupçonnait, c'était Ellen elle-même. Désespérée, la jeune fille arpentait nerveusement la pièce.

– Laura ! s'exclama-t-elle en ravalant un sanglot. Que vais-je devenir ? Hugh me déteste à présent, et il n'est pas question que j'épouse Jonathan. Je suis perdue, conclut-elle, au bord des larmes. Je vais aller me jeter dans la rivière.

Laura ne put s'empêcher de sourire.

– Tu crois vraiment que c'est la meilleure solution ? lui demanda-t-elle.

– Tu as raison, admit Ellen, anéantie. Mais je suis si malheureuse... J'ai envie de mourir !

Dans sa robe de soie bleu lavande, avec ses boucles blondes relevées en chignon, elle paraissait très jeune et très vulnérable. Laura eut envie de la consoler. Sa sœur se montrait parfois capricieuse et insouciante, mais elle n'était pas entièrement responsable de ce qui lui arrivait.

Elle se serait sans doute montrée honnête aussi bien avec Hugh qu'avec Jonathan, si elle en avait eu le temps. Comble de malchance, Jonathan avait agi sans lui laisser l'occasion de s'expliquer. D'autant que ces fiançailles inattendues devaient rester secrètes. Laura ne croyait pas une seconde que ce mystère avait pour but de permettre à sa mère d'organiser un bal. Il manigançait quelque sombre dessein, mais elle ignorait lequel.

Chassant ces problèmes de son esprit, elle enlaça sa sœur et lui déposa un baiser sur la tempe.

– Je sais que tout va mal, en ce moment, dit-elle. Mais il n'y a pas de quoi penser au suicide.

– Je sais, admit Ellen en riant tristement. Mais je souffre tant !

– Je te comprends, assura son aînée.

Ellen poussa un long soupir et s'écarta à regret de sa sœur.

– Que vais-je faire à présent ? demanda-t-elle doucement. Même si je n'aimais pas Hugh, je serais incapable d'épouser Jonathan. Il n'est pas l'homme qu'il prétendait être.

– Je ne le pense pas, en effet, confirma Laura. Je suis certaine qu'il mijote quelque plan pervers. Je ne crois pas qu'il compte vraiment t'épouser, ajouta-t-elle en fronçant les sourcils. Il se complaît dans cette situation inconfortable. Dès qu'il a obtenu l'effet escompté, c'est-à-dire de blesser Hugh, il a demandé à ce que votre union demeure secrète.

Troublée, Ellen s'assit au bord du lit.

– Cette histoire est un imbroglio épouvantable. Tout est ma faute. Je n'aurais jamais dû te demander de te taire. J'aurais dû avouer que j'étais la promise de Jonathan. Rien de tout cela ne serait arrivé. En tout cas, Hugh ne me prendrait pas pour une moins que rien.

Laura s'assit à côté d'elle.

– S'il tient à toi, il ne t'en voudra pas longtemps. Naturellement, il est blessé et déçu. Mais ce n'est qu'une colère passagère. Laisse-lui le temps de prendre du recul. Ensuite, tu lui expliqueras la situation et il te comprendra.

– Tu te fais des illusions, répliqua Ellen, la mine boudeuse. Je ne pense pas que Hugh tienne à moi. Il ne m'a pas témoigné le moindre intérêt au cours des quinze derniers jours. Et moi, je me suis ridiculisée à ses yeux.

Puis elle ajouta, ulcérée :

– Il m'a traitée comme une enfant !

– Il faut dire que tu es parfois très jeune, déclara Laura en lui adressant un clin d'œil.

– Pas tant que cela ! protesta Ellen.

– D'accord, mais il ne t'est pas venu à l'esprit que Hugh cachait ses véritables sentiments et que, en te traitant ainsi, il cherchait à garder ses distances, de peur de te compromettre ?

– Tu crois ? demanda Ellen, pleine d'espoir.

– Je l'ignore. Mais, tant que tu n'auras pas réglé ton problème avec Jonathan, tu n'auras aucun moyen de le savoir.

– Oh... gémit-elle. Que faire ?

– Eh bien, si j'étais à ta place, j'aurais un entretien particulier avec Jonathan dès que possible. Dis-lui simplement la vérité. Explique-lui que tu as changé d'avis et que tu ne souhaites plus l'épouser.

La jeune fille eut l'air affolé.

– Il va être furieux. Et, si tu te trompes, il sera blessé.

– C'est une possibilité. Mais as-tu vraiment le choix ? Vas-tu te laisser forcer au mariage uniquement parce que tu n'as pas osé lui avouer la vérité ?

Ellen secoua vivement la tête.

– Pas question !

Elle dévisagea sa sœur.

– J'imagine que tu...

– Non, coupa Laura. Je n'interviendrai pas en ta faveur. Tu dois le faire toi-même. Fais-le au moins pour Hugh, puisque tu l'aimes et que tu veux l'épouser.

– C'est vrai ! confirma Ellen avec passion. C'est ce que je désire le plus au monde.

– Alors tu sais ce qu'il te reste à faire. Va voir Jonathan et avoue-lui la vérité.

Ellen se leva et respira profondément.

– Très bien. J'y vais tout de suite. Avant que je n'aie trop peur.

– Il ne te mangera pas, tu sais, déclara Laura en l'étreignant.

Ellen ne parut pas convaincue. Elle lissa les plis de sa robe, releva fièrement la tête et quitta la pièce.

Laura eut toutes les peines du monde à ne pas la suivre, mais il fallait qu'elle cesse de régler tous les problèmes de sa sœur. Il était temps que la jeune fille se prenne en charge.

J'aurais quand même pu l'accompagner, cette fois, songea-t-elle. Mais elle secoua la tête. Non. Ellen devait livrer seule cette bataille.

Quand Ellen trouva enfin Jonathan et lui demanda de lui consacrer quelques instants en privé, son cœur se mit à battre la chamade. Le jeune homme la dévisagea un instant, puis lui offrit son bras pour l'accompagner dans la maison.

Il l'emmena dans le vaste bureau installé à l'arrière de la demeure et referma la porte. Il l'invita à s'asseoir dans un fauteuil de cuir et se percha sur un coin du bureau en merisier.

– De quoi souhaitiez-vous m'entretenir, ma chérie ?

Les yeux écarquillés, la jeune fille articula :

– Jonathan, voulez-vous vraiment m'épouser ?

Il demeura immobile, levant les sourcils, manifestement étonné par cette question.

– Je viens d'annoncer nos fiançailles. Cela devrait vous donner une idée de mes sentiments à votre égard.

Éluder la question lui laissait le temps de trouver une porte de sortie.

– Ce n'est pas une réponse, insista Ellen avec courage, les poings crispés.

Il lui parut soudain très imposant. Elle examina sur son visage les signes d'un caractère froid et calculateur, son regard implacable, le rictus de mépris affiché sur sa bouche et se demanda comment elle avait pu se croire amoureuse de ce triste sire.

Jonathan laissa le silence s'installer entre eux. Manifestement, Ellen cherchait un moyen de rompre ces fiançailles hâtives. Il se demandait s'il la libérerait de son engagement ou pas. Après tout, son annonce lui avait permis d'atteindre son but : rompre l'idylle naissante entre Hugh et Ellen et faire comprendre à Charles qu'il s'était trompé de sœur. Pourquoi ne pas laisser tomber

Ellen ? Cela lui faciliterait les choses pour la suite des événements. Le front plissé, il dévisagea le visage ravissant de la jeune fille.

Pour gagner du temps, Jonathan baissa les yeux vers le tapis persan qui égayait le parquet ciré.

– Pourquoi est-ce donc si important pour vous ? demanda-t-il.

Ellen chercha un moyen de nuancer ses propos un peu blessants.

– Je crains d'avoir commis une terrible erreur, expliqua-t-elle, l'air désolé. Je ne vous aime pas et je ne souhaite pas vous épouser.

Jonathan serra les dents, furieux et vexé. Il ne supportait pas de se sentir ainsi rejeté. Même s'il n'avait jamais eu la moindre intention d'épouser cette dinde ! Ainsi, elle refusait l'honneur qu'il lui faisait en lui proposant le mariage. Quelle petite imbécile ! S'il n'avait pas eu intérêt à se débarrasser d'elle, il l'aurait traînée de force jusqu'à l'autel.

– Eh bien, ma chère, je dois avouer que vos sentiments me blessent, déclara-t-il avec un sourire sardonique. Mais si tel est votre souhait, je ne chercherai pas à vous influencer.

– Vraiment ? bredouilla la jeune fille, n'en croyant pas ses oreilles.

– Bien sûr, assura-t-il. Je ne pourrais épouser une femme qui ne veut pas de moi.

– Êtes-vous... déçu ? demanda-t-elle. Je ne voudrais pas vous faire souffrir.

Jonathan se redressa et lui prit les mains avant de les porter tour à tour à ses lèvres.

– Je suis blessé, je l'avoue, mais votre bonheur compte plus à mes yeux que tout le reste. Si vous refusez cette union, il n'y a rien à ajouter.

Ellen se leva et s'éloigna de lui.

– Vous êtes très gentil, déclara-t-elle en s'arrêtant sur le seuil. Laura connaît ma décision. Pourriez-vous en avertir votre famille ?

Jonathan hocha lentement la tête.

– Naturellement, dit-il froidement. Quelle chance que nous n'ayons encore rien annoncé officiellement ! Il aurait été extrêmement gênant de devoir expliquer à notre entourage que nous nous étions trompés.

– Je... Je n'aurais pas dû attendre autant avant de vous en parler, reprit la jeune fille. Je vous mets dans une position délicate vis-à-vis de votre famille.

Un silence pesant s'installa entre eux. Voyant Ellen hésiter sur le seuil, il lui fit signe de se retirer.

– Filez, ma chère. Vous m'avez dit ce que vous vouliez me dire.

Ellen rougit puis s'éloigna rapidement.

Furieux, Jonathan arpenta la pièce avec l'envie de tout casser. La garce ! Il aurait dû la séduire quand il en avait l'occasion et l'abandonner ensuite. Hugh n'aurait jamais accepté ses restes.

Soudain une idée lui vint. Et s'il racontait à Hugh...

Un peu calmé, il esquissa un sourire cruel. Et s'il racontait à Hugh qu'Ellen avait rompu leurs fiançailles, qu'il avait le cœur brisé... et surtout qu'ils avaient été amants ? Il serait fort contrarié. Ainsi, quand Ellen viendrait le trouver pour lui annoncer qu'elle était libre, il ne serait pas d'humeur à l'écouter. Jonathan se délecta à l'idée de la scène. Hugh serait livide et enverrait promener la jeune fille sans ménagement. Oui, Hugh serait le premier à apprendre de la bouche de Jonathan l'annulation des fiançailles...

Ignorante des sombres desseins de son ex-fiancé, Ellen regagna sa chambre. Elle referma la porte derrière elle et s'appuya contre le panneau de bois, haletante. Elle regarda sa sœur, qui l'attendait.

– C'est fait, déclara-t-elle, incrédule. J'ai demandé à lui parler et je lui ai annoncé que je ne voulais pas l'épouser.

– Comment a-t-il réagi ? s'enquit Laura, légèrement anxieuse.

– Il a très bien compris, expliqua la jeune fille, un peu abasourdie. Il m'a affirmé que, dans ce cas, nos fiançailles étaient annulées car mon bonheur comptait plus que tout pour lui.

Laura était plus que perplexe, mais rassurée que leur entretien se fût déroulé de la sorte. Pourtant, la facilité avec laquelle Jonathan avait renoncé à sa fiancée l'inquiétait.

– Était-il fâché ou triste ?

– Non, répondit Ellen. Il semblait plutôt... pensif.

– Pensif... Je n'aime pas ça...

Laura fronça les sourcils. Quand Jonathan se mettait à réfléchir, il n'en sortait jamais rien de bon.

– Pourquoi ? demanda Ellen, déconcertée. Que pourrait-il faire ? D'ailleurs, pourquoi nous voudrait-il du mal ? Je ne pense pas qu'il voulait vraiment m'épouser. Sinon, il se serait comporté autrement ces dernières semaines.

Elle alla s'asseoir sur le lit, puis reprit :

– Tu ne peux nier qu'il a adopté un comportement étrange depuis notre arrivée en Amérique. À mon avis, au cours de la traversée en bateau, il a changé d'avis sur celle de nous qu'il préférait.

– Je me suis aussi posé la question, admit Laura.

– En tout cas, je n'ai plus envie de parler de lui, affirma Ellen. Tu es la femme de Charles et je ne suis plus la fiancée de Jonathan.

– Nous voilà dans une position... délicate, tu ne trouves pas ?

– Que veux-tu dire ? fit Ellen, étonnée.

– Réfléchis un peu, dit Laura, exaspérée par la naïveté de sa sœur. Les circonstances qui m'ont poussée à épouser Charles sont assez embarrassantes, mais n'oublie pas que nous sommes les invitées des Walker. On ne peut pas dire que nous soyons de très bonnes ambassadrices de notre pays. Notre comportement est proprement scandaleux et je me demande comment je pourrai marcher la tête haute à l'avenir. D'abord, je me laisse surprendre dans une situation fort compromettante, et voilà que tu romps tes fiançailles avec le fils de la maison. Sam et Letty seront ravis de se débarrasser de nous.

– Je n'y avais pas songé, avoua la jeune fille, mortifiée. C'est très gênant, en effet. Qu'allons-nous faire ?

– Comme d'habitude, répondit Laura d'un air morose. Tirer le meilleur parti de la situation. Naturellement, tu me suis à l'Antre du diable.

Elle tapota affectueusement la main de sa cadette.

– Je serai ravie d'avoir ta compagnie dans mon nouveau foyer, assura-t-elle.

– Et ton mari ? Tu crois que Charles sera d'accord ?

– Très sincèrement, je m'en moque. Tu es ma sœur, ma

seule parente, et tu es encore sous ma responsabilité. Tu m'accompagnes, un point c'est tout.

Elle se força à prendre un ton enjoué :

– De plus, Charles t'aime bien, cela saute aux yeux. Tu sais bien qu'il déteste Jonathan. La nouvelle de votre rupture va le ravir et il voudra que tu t'installes chez nous.

Ellen poussa un soupir.

– Je l'espère. Je n'avais pas songé aux désagréments causés à nos hôtes.

Elle tripota nerveusement la dentelle qui ourlait sa manche.

– Je vais regretter Sam et Letty. Ils sont si gentils... Nous n'avons pas été très courtoises.

– Ce n'était pas délibéré. À l'avenir, nous ferons de notre mieux pour leur prouver que nous pouvons être civilisées quand nous le voulons. À présent, rejoignons les invités. Notre absence pourrait susciter des commentaires désobligeants.

Main dans la main, les deux sœurs descendirent les marches du grand escalier, dissimulant leur nervosité derrière un large sourire. Elles ne connaissaient personne outre les parents proches, mais les convives les accueillirent avec chaleur. Au bout de quelques minutes, Laura sentit sa tension se dissiper.

Apercevant Letty et Constance près d'un saladier de punch, Ellen et sa sœur se dirigèrent vers elles. Le visage grave de Constance était éloquent, de même que le regard qu'elle porta sur Ellen. Laura sentit son cœur se serrer. Jonathan avait déjà parlé à sa mère.

Letty parut un peu abasourdie.

– Est-il vrai, Ellen, que vous avez... ? s'enquit-elle à voix basse. Hugh n'en sait rien, mais Jonathan a annoncé la nouvelle à Charles et à Sam il y a quelques minutes.

Ellen rougit violemment.

– C'est vrai, admit-elle, contrite. Jonathan et moi nous sommes rendu compte que nous n'étions pas faits l'un pour l'autre.

Le regard implorant, elle ajouta :

– C'est un homme honorable et vous devez me prendre pour une ingrate. Mais je ne puis l'épouser.

Constance se pinça les lèvres. De toute évidence, elle les détestait. Sans un mot, elle tourna les talons et s'éloigna. Letty soupira en la suivant des yeux. Puis elle adressa un sourire triste à Ellen :

– J'aurais aimé vous accueillir au sein de la famille, dit-elle. Cependant, je vous comprends. Vous avez eu raison d'exprimer vos sentiments maintenant. Vous avez fait preuve de beaucoup de courage et de franchise, car il n'a pas dû être facile d'avouer à Jonathan que vous ne l'aimiez pas.

Ellen sentit ses yeux s'embuer de larmes face à tant de gentillesse.

– Vous... vous ne m'en voulez donc pas ? bredouilla-t-elle.

– Pas le moins du monde, ma chère, assura Letty. Sam et Charles non plus. Mon mari a été un peu surpris, car il venait à peine d'apprendre vos fiançailles. La réaction de Charles tend à prouver qu'il respecte votre bon sens. Il est ravi. En y réfléchissant bien, je me demande si Jonathan ne vous a pas prise un peu au dépourvu avec sa déclaration impromptue.

– Il est vrai que le but de notre voyage était de faire plus ample connaissance, d'être certains de nos sentiments l'un pour l'autre, expliqua Ellen. Mais il ne m'avait parlé d'aucun projet. J'ai été aussi abasourdie que les autres.

Letty lui tapota le bras.

– Je vous comprends. Mon jeune beau-frère ne cesse de nous étonner par ses frasques.

Le regard de Laura chercha Constance qui discutait avec un groupe d'amis.

– Elle est furieuse n'est-ce pas ?

– Oui, admit Letty. Après tout, Ellen vient de refuser son fils. Et elle ne jure que par lui. Sam et moi trouvons qu'elle en fait trop. Mais ne lui en veuillez pas. Constance est une angoissée de nature. Bientôt, elle y verra plus clair. Il ne faut pas qu'elle vous déstabilise, Ellen. Sam et moi ne vous faisons aucun reproche. Jonathan s'est montré trop présomptueux. Il avait besoin d'une bonne leçon. Vous avez bien fait.

Elle sourit et prit un ton plus enjoué.

– À présent, oublions nos soucis et profitons du mariage de votre sœur. Allons rejoindre les autres.

Malgré ses propres ennuis, Laura ne pouvait s'empêcher de penser à Ellen. Par chance, à part Constance, tout le monde semblait avoir bien réagi. Le fait que Hugh ne soit pas encore au courant la contrariait un peu. Jonathan faisait mine de gérer la situation avec tact et aplomb, mais il allait peut-être avoir la mauvaise idée de parler lui-même à Hugh. Elle était persuadée qu'il avait annoncé les fiançailles après avoir surpris Hugh et Ellen dans une position compromettante. Il devait être blessé dans son orgueil. Dans ce cas, il ferait tout pour semer la discorde entre eux.

Elle scruta les alentours en quête de Hugh. Soudain, son cœur se serra quand elle l'aperçut dans un coin en grande conversation avec Jonathan. La posture arrogante de ce dernier était éloquente. De même que l'expression atterrée du jeune homme. Laura serra les dents. Manifestement, Jonathan venait de raconter à Hugh sa rupture avec Ellen avec toute la malveillance dont il était capable.

Le regard noir, elle se précipita vers les deux hommes, se demandant comment sa sœur et elle avaient pu trouver du charme à cette crapule. C'était un monstre sans scrupules. Et elle avait bien l'intention de le lui faire savoir.

Laura s'arrêta net, se rappelant où elle se trouvait. Par chance, nul ne semblait avoir remarqué son comportement.

Dissimulant sa colère derrière un sourire serein, elle se dirigea vers les deux hommes d'un pas digne. Elle allait les rejoindre quand elle vit Hugh, abasourdi et blême, s'enfoncer dans les bois.

L'air arrogant de Jonathan ne fit qu'attiser la rage de la jeune femme. Leurs regards se croisèrent. L'espace d'une seconde, il parut hésiter. Puis il se ressaisit. Il s'approcha d'elle, tout sourires, malgré son regard froid.

La prenant poliment par le bras, il l'entraîna loin des invités.

– Vous paraissez furieuse contre moi, ma chère, murmura-t-il. Qu'ai-je donc fait pour vous contrarier ?

Stupéfaite par son aplomb, elle dégagea vivement son bras, se moquant des témoins éventuels.

– Je vous ai vu parler à Hugh. Que lui avez-vous dit pour le bouleverser à ce point ? demanda-t-elle entre ses dents.

Jonathan sourit de plus belle, très satisfait de lui-même. Hugh avait exactement réagi comme il l'avait espéré. Fixant ses ongles parfaitement manucurés, il répondit :

– Oh, pas grand-chose ! Je lui ai expliqué qu'Ellen m'avait laissé tomber. Pourquoi cette question ?

– Vous mentez ! Vous lui avez raconté autre chose. Quoi ? J'exige une réponse !

Jonathan la toisa avec mépris, agacé d'avoir été surpris en compagnie de Hugh.

– Je pense que vous vous laissez gagner par vos émotions. Vous vous méprenez. À présent, veuillez m'excuser.

Laura oublia la suite de cette journée mouvementée. Hugh semblait avoir disparu. Après le départ des derniers convives, elle se retrouva dans sa chambre, épuisée et triste.

En cette nuit de noces, son mari, cet homme calculateur et envoûtant à la fois, allait paraître pour faire valoir ses droits conjugaux. Si seulement il n'exigeait pas de consommer leur union dès ce soir... Elle était abattue, désemparée, vulnérable. Pire que tout, la simple évocation de Charles, de ses baisers brûlants et de ses caresses expertes, faisait battre son cœur à tout rompre. La simple pensée de faire l'amour avec lui la rendait folle tout en lui rappelant ses manigances. Sa colère et son ressentiment augmentaient à chaque instant.

Elle se mit à arpenter nerveusement la pièce. Sa chemise de nuit bordée de dentelle écrue lui caressait les chevilles. Ses boucles brunes retombaient librement sur ses épaules nacrées et la lueur dorée des chandelles soulignait leurs reflets roux.

Charles observait sa femme depuis le seuil de la chambre. De toute évidence, elle ne l'attendait pas avec impatience.

Les bras croisés, nonchalamment appuyé au chambranle, il contempla la silhouette de la jeune femme. Il portait encore sa chemise et son pantalon. Comme Laura, il avait détaché ses cheveux.

Leurs rapports étant tendus, il n'était pas certain d'être le bienvenu dans la chambre de sa femme. Il s'attendait même à trouver porte close. Un peu rassuré, il décida de se montrer raisonnable dans ses exigences. Soudain, ses espoirs s'écroulèrent quand la jeune femme s'aperçut de sa présence.

– Comment osez-vous m'imposer votre face de scélérat ? lança-t-elle avec mépris.

Se réjouissant à l'avance de la lutte qu'il ne manquerait pas de gagner, il s'avança d'un pas, un sourire irrésistible au coin des lèvres.

– Malheureusement, mon visage est indissociable de mon corps, répondit-il d'une voix rauque et suggestive. D'ailleurs, ce n'est pas de mon visage que je souhaitais vous entretenir.

13

À ces mots, Laura dut se mordre les lèvres pour ne pas s'esclaffer. Ce n'est qu'en songeant à la noirceur de celui qu'elle venait d'épouser qu'elle parvint à se retenir. En voyant la lueur qui étincelait dans son regard d'azur, elle comprit qu'il avait deviné son amusement.

– J'imagine qu'il s'agit d'un aperçu de votre humour colonial ? déclara-t-elle avec dédain. Pardonnez-moi, mais je ne vous trouve pas drôle du tout.

– Chérie, à une femme aussi belle que vous, on pardonne tout, murmura Charles en s'approchant d'elle. Même son manque d'humour.

Laura reprit son sérieux. Elle chercha à ranimer sa rancœur et sa colère, mais en vain. Depuis leur scène, elle avait traversé des moments difficiles. Elle ne pouvait nier qu'elle était mariée avec ce démon aux yeux bleus malicieux. Malgré toutes les raisons qu'elle avait de le détester, elle craignait d'être en train de tomber amoureuse de lui. Si ce n'était déjà fait.

Amoureuse ou pas, elle était sur le point de se donner à un homme qui l'avait blessée et la manipulait depuis trop longtemps. Pour garder sa dignité, elle se devait de résister un peu. Lorsqu'il l'enlaça, elle se raidit entre ses bras.

Elle évita son baiser, tournant la tête au dernier moment de sorte que ses lèvres effleurèrent à peine sa joue.

– Non, souffla-t-elle.

Elle tenta en vain de réprimer le frisson de désir qui la parcourait. Baissant les yeux vers son décolleté de dentelle, elle ajouta à voix basse :

– Nous ne nous connaissons pas encore très bien. Peut-être pourrions-nous nous habituer l'un à l'autre avant de devenir plus... intimes.

– Jamais je ne vous avais entendue dire de telles bêtises, répliqua-t-il. Au cas où vous l'auriez oublié, duchesse, nous sommes mari et femme. Et, à moins que ma mémoire ne me joue des tours, nous sommes déjà... intimes, comme vous dites. (Il esquissa un sourire gourmand.) Très intimes, même, murmura-t-il d'une voix rauque.

Laura releva vivement la tête.

– Ce n'est pas très galant de me rappeler cet épisode fâcheux. Vous avez profité de la situation.

– Duchesse, je n'ai jamais prétendu être galant. D'ailleurs, vous étiez consentante. En venant à ma rencontre, au bord de la rivière, vous saviez pertinemment à quoi vous vous exposiez.

Ses doigts se refermèrent sur les épaules de la jeune femme.

– Vous pouvez toujours prétendre le contraire, mais vous me désiriez autant que je vous désirais.

– Inutile de me rappeler que vous n'avez rien d'un gentleman, répondit-elle. En fait, vous êtes même le plus arrogant, le plus immonde et le plus grossier personnage que j'aie jamais rencontré.

Ses yeux topaze envoyaient des éclairs tandis qu'elle cherchait inutilement à se dégager de son étreinte.

– Lâchez-moi ! ordonna-t-elle.

– Vous lâcher ? répéta Charles avec un air étonné. Vous lâcher, alors que vous avez tout fait pour m'attacher à vous ?

Il soutint son regard et reprit :

– Vous m'appartenez, désormais. Ne l'oubliez pas. Jamais je ne vous lâcherai. Vous êtes ma femme.

Laura se débattit de plus belle malgré le trouble que suscitaient ses paroles. Elle lui en voulait d'éveiller en elle un désir aussi violent.

Car elle refusait de toutes ses forces ce désir irrépressible, presque palpable. Elle devait pourtant rester vigilante, ne jamais oublier comment il l'avait manipulée pour assouvir une vengeance personnelle. Quand il n'était pas là, elle parvenait à le haïr. Mais en sa présence... lorsque ses yeux bleus étaient rivés sur elle, lorsqu'elle voyait ce sourire charmeur et sensuel, lorsqu'il la serrait contre son corps ferme...

Charles déposa un chapelet de baisers humides sur la peau délicate de son cou puis titilla un lobe de ses oreilles. Elle sentait déjà contre son ventre l'intensité vibrante du désir de son mari. Elle était sur le point de défaillir. Si elle ne réagissait pas tout de suite, l'appel de ses sens allait prendre le dessus sur sa raison et sa dignité.

Désespérée, elle se mit à marteler son torse de ses poings, puis lui assena un coup de pied dans le tibia. Touché par surprise, il relâcha son emprise, permettant à Laura de se libérer.

Le souffle court, les poings serrés, elle le défia du regard. Il ne souriait plus et ses yeux brillaient d'une lueur inquiétante.

– Ne vous approchez pas, prévint-elle, presque implorante.

– Si, répliqua-t-il, soutenant son regard. Je vous veux, duchesse. Vous hantez mes nuits depuis trop longtemps. À présent, je suis en droit de réclamer ce qui m'est dû.

Laura se retrouva plaquée contre le mur, sans possibilité de fuite.

– Si vous me prenez de force, je vous haïrai à tout jamais, souffla-t-elle, les yeux écarquillés d'effroi.

Charles secoua la tête.

– Je n'ai aucune intention de vous violenter. Au moment où je vous ferai mienne, vous serez consentante, je vous le promets.

– Je n'ai que faire de vos promesses ! rétorqua-t-elle tandis qu'il s'approchait encore.

– Et moi, je ne voulais pas que les choses se déroulent ainsi entre nous. Vous ne me laissez pas le choix.

Avant que la jeune femme ne comprenne ses intentions, il l'étreignit et la souleva du sol.

– Qu'est-ce que vous faites ? cria-t-elle en lui martelant le dos de ses poings.

– J'emmène ma femme dans le lit conjugal, dit-il calmement en traversant la pièce à longues enjambées.

Les efforts de la jeune femme furent vains. Ignorant ses protestations, Charles sortit dans le couloir en direction de ses appartements.

– Posez-moi, espèce de monstre ! Quelqu'un risque de nous surprendre, siffla-t-elle, le visage cramoisi.

– C'est vrai, admit-il, imperturbable. Si vous aviez été plus sage, je n'en serais pas arrivé à de telles extrémités.

Abasourdie, la jeune femme cessa un instant de se débattre.

– Quoi ? fit-elle, outrée.

– Oui, reprit-il en riant. C'est votre faute si je suis obligé de vous porter.

Laura eut envie de crier sa rage. Quel toupet ! Elle allait l'insulter de plus belle quand, à sa grande stupeur, elle entendit une porte s'ouvrir dans le couloir.

– Ah ! c'est vous ! fit Sam, un peu gêné. J'ai entendu des cris, alors je me suis demandé...

– Désolé de vous avoir dérangé, répondit Charles comme si de rien n'était. Laura et moi allions justement nous coucher.

– Je vois, fit le vieil homme, amusé. Eh bien, bonne nuit, les enfants.

Sur ces mots, il referma la porte.

Le couloir fut de nouveau silencieux. Accablée de honte, Laura se laissa porter sans réagir. Elle aurait tout donné pour s'endormir et se réveiller chez elle, en Angleterre. Comment allait-elle oser regarder Sam en face, désormais ?

Imperturbable, Charles se dirigea vers sa chambre, nullement troublé. Laura ne dit rien. Elle avait abandonné la lutte. Charles se dit qu'il préférait encore la voir se débattre telle une furie.

– Sam est un vrai gentleman, déclara-t-il. Il est galant et prévenant. Et plein de tact aussi, au contraire de moi. Ne vous inquiétez pas.

– Vous voulez que je chasse de mon esprit le moment le plus humiliant que j'aie jamais vécu ? Figurez-vous que je me demande comment je vais pouvoir vous tuer en vous faisant souffrir le plus longtemps possible, siffla-t-elle entre ses dents.

Charles sourit et lui donna une fessée.

– Parfait ! Il n'y a vraiment pas de quoi bouder.

Il crut l'entendre l'insulter mais n'en était pas certain. Une fois dans sa chambre, il ferma la porte à double tour. Puis il glissa la clé dans son ceinturon.

Il finit par déposer Laura à terre. Aussitôt, elle s'écarta de lui et repoussa ses cheveux en arrière.

– Eh bien, me voilà dans votre chambre. J'espère que vous êtes satisfait.

Elle regretta aussitôt ses paroles.

Le sourire ravageur de Charles lui donna envie de le gifler. La violence de ses émotions la terrorisait. Jamais elle ne s'était laissée aller à de telles impulsions. D'un sourire, d'un regard, Charles parvenait à la rendre folle.

Appuyé à une colonne du lit, Charles la contempla.

– Satisfait ? répéta-t-il d'un ton moqueur. J'en doute, ma chère. Je pense qu'il me faudra toute une vie pour être enfin satisfait.

– Si je ne vous conviens pas, il ne fallait pas déployer autant d'efforts pour m'épouser, répondit-elle.

– Voyons, duchesse, dit-il d'une voix caressante, je n'ai pas dit cela. J'ai dit que je n'en aurais jamais assez de vous. C'est différent.

– Encore votre humour colonial, je suppose ? persifla-t-elle.

– Non. La vérité, rien de plus, dit-il, pensif. Vous êtes furieuse contre moi, et c'est sans doute justifié. Je trouve qu'il est temps de nous expliquer.

– Comment cela ? demanda-t-elle en relevant la tête.

– Vous le savez très bien. Mais je puis développer, si vous le souhaitez.

Laura ne dit rien.

– Très bien. Cessons cette mascarade. Vous êtes ma femme et je me comporterai comme un vrai mari. Voici mon lit. J'ai la ferme intention de le partager avec vous. Venez à moi de votre plein gré, sinon...

– Vous ne voulez tout de même pas que je sois consentante...

– Si, chérie. C'est exactement ce que je veux.

Toujours appuyé à la colonne de lit, il croisa les bras. Il était trop sûr de lui, trop séduisant. Ce regard perçant qui parcourait son corps la troublait. Elle ne pouvait nier les sensations qui la submergeaient. Il était tout simplement irrésistible.

Les flammes dorées des chandelles éclairaient son visage viril et volontaire. Une mèche de boucles brunes pendait sur son front. Il était l'homme le plus fascinant qu'elle ait jamais rencontré.

En proie à mille émotions, Laura ne dit rien, les poings serrés. Sous sa colère grondait une excitation intense, un désir charnel insoutenable. Elle n'était pas sans apprécier la tension qui régnait entre eux. Elle voulait mettre son trouble sur le compte de la colère, mais elle savait qu'elle se mentait.

– Et si vous vous trompiez ? fit-elle. Et si je refusais de vous céder ?

Charles la prit dans ses bras et effleura sa tempe de ses lèvres brûlantes.

– Laura, je sais que vous êtes décidée à vous battre et, au fond de moi, je respecte votre courage et votre esprit. Mais vous ne pouvez remporter cette bataille, chérie.

Ces paroles qui se voulaient réconfortantes n'eurent visiblement pas l'effet escompté. Il s'en voulut de sa maladresse.

– Ce n'est pas ce que je voulais dire, même si c'est vrai, reprit-il. Luttez autant que vous le souhaitez. J'aime cela, murmura-t-il contre sa bouche. Mais pas maintenant.

Ses lèvres effleurèrent les siennes, un délicat parfum de savon et de tabac blond lui parvint aux narines. Elle sentit sa volonté fondre.

– Une trêve pour ce soir ? suggéra-t-elle prudemment.

Devait-elle prendre ce risque ? Il avait les atouts en main. Cette proposition permettait à la jeune femme d'accepter l'inévitable tout en gardant un certain contrôle sur la situation. En d'autres circonstances, elle aurait refusé catégoriquement. Mais cette idée lui paraissait tentante.

– Pour toutes nos nuits, chérie, lui promit-il contre ses lèvres.

Jouant avec la dentelle de son décolleté, elle ajouta :

– Vous vous rendez bien compte qu'une trêve d'une nuit ne changera rien à la situation. Je vous détesterai jusqu'à la fin de mes jours pour ce que vous m'avez fait subir.

Les lèvres de Charles tracèrent un sillon brûlant dans son cou.

– Bien sûr, duchesse. Nous savons tous deux ce que vous ressentez pour moi. Je ne suis qu'une crapule...

Il lui mordilla doucement le creux de l'épaule, posant les mains sur ses fesses en murmurant :

– Je respecterai toujours vos sentiments à mon égard... même la haine.

Lentement, Laura enroula les bras autour du cou de Charles. Elle glissa les doigts dans ses boucles brunes et frôla son oreille de ses lèvres frémissantes. Réprimant un gémissement de plaisir, il crispa les doigts.

– Tant que vous comprendrez mes sentiments, souffla-t-elle, je suppose qu'une trêve nocturne est acceptable.

Soudain, Charles se sentit soulagé d'un grand fardeau. Étouffant un cri de joie, il la souleva et la porta sur le lit. Il la rejoignit sans tarder sur le matelas moelleux et s'empara avidement de ses lèvres. Laissant libre cours à son désir, il l'enlaça et la plaqua contre son corps.

Il s'était juré de ne plus jamais la prendre brutalement, dans la précipitation, comme la première fois. Mais lorsque Laura entrouvrit les lèvres pour accueillir sa langue gourmande, il se demanda s'il allait pouvoir se contenir. Il la dévorait de baisers, découvrant une nouvelle fois les courbes de son corps, la douceur de sa peau laiteuse qui l'avaient hanté pendant ses nuits solitaires.

Entre ses bras, la jeune femme s'enflamma. Elle explora les replis de sa bouche tiède et humide et se soumit à ses mains fébriles. Haletant, il la sentit se cambrer, cherchant le contact de sa virilité gonflée de désir contre son ventre.

Lorsqu'il posa la main sur un de ses seins, elle fut parcourue d'un frisson de plaisir et d'impatience. Elle avait cherché à se persuader que leur étreinte du bord de la rivière n'était qu'une illusion, qu'elle s'était méprise sur l'intensité de sa réaction et qu'elle avait idéalisé le souvenir des caresses de Charles. Mais en sentant les lèvres de son mari glisser lentement vers son sein dressé, elle crut défaillir.

Charles prit son mamelon tendu entre ses lèvres et le titilla sensuellement à travers le tissu. Elle s'agrippa à ses épaules, impatiente. Elle redoutait de perdre le contrôle d'elle-même et de redevenir cette créature offerte qui ondulait de plaisir entre ses bras.

Charles ne lui laissa pas le temps de réfléchir davantage. Son regard bleu trahissait un désir bestial. Il s'écarta d'elle et se dévêtit à la hâte. La jeune femme contempla le corps ferme et lisse qui s'offrait à elle, la gorge nouée face à tant de virilité.

En dépit de ses années de mariage, elle n'avait jamais vu un homme totalement nu. Son mari la rejoignait dans la pénombre, sans se montrer. À mesure que les vêtements de Charles tombaient à terre, Laura était fascinée. Les chandelles envoyaient une lumière dorée sur ses muscles saillants et ses larges épaules.

Lorsqu'il se tourna enfin vers elle, la jeune femme retint son souffle. Elle ne parvenait pas à arracher son regard de la virilité de Charles. Malgré son manque d'expérience, elle comprit que son mari était fort bien doté par la nature et elle s'en émerveilla.

Sous le regard de sa femme rivé sur lui, Charles réagit de plus belle. L'expression de Laura devant son anatomie lui procura un nouveau frisson de désir.

Il savoura le spectacle de sa femme, allongée sur le dos, la robe soulevée, révélant une cuisse nacrée. Son regard bleu s'attarda sur son ventre ferme, ses seins généreux aux pointes dressées. Fasciné, il éprouva le besoin de les dénuder.

Il la rejoignit sur le lit et tendit les bras vers elle.

– Vous me paraissez bien trop habillée, murmura-t-il en commençant à la déshabiller.

Quand il eut accompli sa tâche, il la contempla, le souffle court. Jamais il n'aurait soupçonné tant de beauté. Elle avait un corps superbe, fin et svelte, et de longues jambes fuselées. Sa peau d'albâtre, sa toison soyeuse et brune... tout l'enchantait.

Intimidée par ce regard enflammé, la jeune femme fit mine de cacher son intimité et de se couvrir les seins.

– Allons, chérie... murmura-t-il en écartant doucement les mains de la jeune femme. Il ne faut pas dissimuler vos trésors. Vous êtes la plus belle femme que j'aie jamais vue...

Il posa ses lèvres sur sa poitrine. Encouragée par sa tendresse, elle murmura :

– Ainsi, je serai une épouse... acceptable ?

– Et comment ! répondit-il avec fougue avant de l'embrasser avec une ardeur décuplée.

Laura ne sut que répondre. La chaleur du corps de

Charles contre le sien, ses lèvres exigeantes, sa langue sensuelle, tout l'enflammait.

Elle vivait une expérience nouvelle et merveilleuse. Pour la première fois de sa vie, elle prenait du plaisir au simple contact d'une main, d'une peau contre la sienne. Audacieuse, elle entreprit d'explorer le corps de son mari. Elle lui caressa doucement le dos, puis descendit plus bas. Il se mit à gémir de bien-être, ce qui l'encouragea à continuer. Sa réaction à chacune de ses caresses maladroites la ravissait.

Charles semblait fou de ce corps dont il ne se lassait pas. La peau de la jeune femme prenait vie sous ses doigts experts. Bientôt, elle oublia tout le reste et ne pensa plus qu'à la magie de cet instant partagé.

– Tu es une sorcière, chérie, souffla-t-il dans son cou. Une sorcière douce et irrésistible. Tu m'as envoûté.

Laura leva les yeux vers lui. Soudain, Charles ressentit plus qu'un simple désir charnel. Laura était incapable de respirer ou de penser lorsqu'il la regardait ainsi.

– Dans ce cas, murmura-t-elle, tu es un sorcier, toi aussi.

– Et si nous pratiquions la sorcellerie dans les bras l'un de l'autre ? suggéra-t-il avec un sourire désarmant.

Laura hocha la tête et accueillit Charles dans ses bras. Elle lui rendit son baiser avec une ferveur nouvelle. Elle sentait monter en elle le feu de la passion.

Ils s'embrassèrent longuement. La jeune femme tremblait de tous ses membres. Lorsque la bouche de Charles s'empara à nouveau de son sein, elle crut défaillir et se cambra. Bientôt, l'appel de ses sens la submergea. Elle se plaqua contre ses hanches et s'agrippa à ses cheveux. Il fallait qu'il la prenne tout de suite, qu'il l'emmène jusqu'à l'extase qu'elle avait connue au bord de la rivière.

Pantelante, elle sentit la main de Charles glisser le long de son corps. Ses doigts se mirent à explorer son intimité offerte, à s'insinuer dans ses replis secrets et lui arrachèrent des râles de plaisir. Laura n'avait aucune honte à exprimer sa jouissance qui montait par vagues.

Chacune des caresses de Charles déchaînait un ouragan de sensations au plus profond de son être. Elle n'était plus que désir. Ses mains se firent plus empressées. Elle titilla les mamelons de Charles, explora son dos sculptural et ses fesses rondes, encouragée par ses plaintes rauques, avant de s'aventurer sur son membre gonflé qui la fascinait tant.

D'abord elle se montra timide. Charles l'embrassa à perdre haleine. Puis Laura s'abandonna. D'instinct, n'y tenant plus, elle écarta les cuisses.

Incapable de refréner ses pulsions, Charles gémit et se glissa en elle, s'enfonçant dans la chaleur de son corps. Il se mit aussitôt à trembler de plaisir à ce contact tant attendu. Lentement, il commença son va-et-vient sensuel.

Laura s'agrippa à son mari. Elle se cambra pour mieux le sentir en elle. Laura suivait le rythme de ses hanches, savourait le parfum de sa peau, le frottement de leurs corps moites. Elle ne put réprimer un petit cri.

Charles prolongea leur plaisir. Il retint tant qu'il put l'explosion de ses sens. Quand il entendit les cris de sa femme, il se répandit en elle et, dans un dernier spasme, s'abandonna à son tour à l'extase.

14

Au même moment, à l'autre bout du couloir, Morgan Walker, installé dans le salon de Sam, savourait un dernier cognac avant de regagner ses appartements.

Depuis plus de trente ans, il luttait contre ses terribles soupçons quant à la naissance de Charles. Chaque fois qu'il le voyait en compagnie de Sam et de Letty, ses remords revenaient à la charge. Ses doutes l'avaient poussé à se taire. Tout comme la crainte de soulever un scandale. Aujourd'hui, après avoir échappé à la piqûre mortelle d'un serpent à sonnette, après la maladie qui l'avait alité durant l'hiver, il voyait la situation sous un nouveau jour. Après sa mort, nul ne saurait jamais que Charles était le fils légitime de Sam et de Letty et que Constance avait cherché à l'éliminer. Il ne pouvait emporter son secret dans la tombe. Aujourd'hui, il avait regardé la mort en face. Sam et Letty lui reprocheraient d'avoir gardé le silence pendant tant d'années ; pourtant, il devait trouver le courage de leur parler.

Les événements ne s'étaient pas déroulés comme il l'avait voulu. À l'époque, il comptait exposer l'affaire à Sam dès son retour. Ainsi, il n'aurait pas eu à exprimer ses terribles soupçons à l'encontre de Constance. Il lui aurait suffi d'expliquer les faits à Sam et de lui remettre la petite couverture blanc et bleu du nouveau-né pour qu'il en tire ses propres conclusions. Mais Sam avait tout compromis en partant brusquement pour l'Angleterre avec Letty. Pendant quatre ans, Morgan avait vu Andrew et Martha s'attacher à cet enfant comme s'il était le leur. Le petit garçon adorait ses parents adoptifs. Morgan avait lutté avec sa conscience, se demandant sans cesse si ses terribles soupçons étaient justifiés.

Plusieurs fois, il avait songé à écrire une lettre à Sam,

mais le courage lui avait manqué. Comment lui expliquer l'existence de son enfant légitime ? De plus, la lettre risquait de se perdre. Et si elle tombait entre de mauvaises mains ? De plus, mois après mois, il avait espéré le retour de Sam et de Letty. Au fil des années, le dilemme de Morgan était devenu de plus en plus cruel. Il s'était persuadé qu'il avait pris la bonne décision, qu'il aurait été imprudent d'évoquer un crime aussi odieux dans une lettre. Et s'il s'était trompé ? Et si Charles n'était qu'un bâtard de Sam ? Sam n'aurait guère apprécié que Morgan révèle cette preuve de son infidélité. Or Morgan devait tant à Sam...

Il posa les yeux sur le vieil homme, confortablement installé dans un fauteuil. Sam était son meilleur ami. Grâce à leur confiance réciproque, Morgan était devenu un planteur prospère. Il avait une épouse charmante et de beaux enfants. Tout cela grâce à lui.

Comment l'ai-je remercié ? songea-t-il amèrement. En me montrant lâche et en gardant le silence.

Bien qu'il fût convaincu que Charles n'était autre que le frère jumeau du nourrisson enterré dans le caveau familial.

Cette idée ne le quittait pas. Surtout lorsqu'il voyait Charles en présence de Sam et de Letty. Ce jour-là, sa joie de voir son protégé épouser la baronne s'était teintée de regrets et d'amertume. Outre sa propre mort, d'autres obstacles empêchaient l'éclosion de la vérité. Le jeune couple aurait sans doute des enfants. Il s'était également interrogé au moment du premier mariage de Charles, mais avait préféré attendre l'annonce d'une grossesse pour intervenir. C'est ce qu'il comptait faire, jusqu'à la veille, mais le fait d'avoir échappé à la mort le taraudait. Sam et Letty étaient âgés. Il ne pouvait les priver plus longtemps du bonheur d'être parents et, un jour, grands-parents.

J'ai fait de mon mieux, se dit-il. N'ai-je pas toujours veillé à ce que Sam et Letty aient un rôle important dans la vie de Charles ? N'ai-je pas contribué à tisser des liens d'affection entre eux ? Il avait toujours nié être le père naturel de l'enfant. Il avait prié le ciel pour que Sam exige de lui des explications. Il avait guetté la moindre occasion de lui révéler la vérité. Grâce à lui, Charles était considéré comme un Walker à part entière.

Ces pensées le réconfortèrent. Il avait toujours préféré la fuite à l'affrontement, cherchant à épargner à la famille un scandale inévitable.

Rassemblant tout son courage, Morgan avala une gorgée de cognac. Le moment était bien choisi. Ils étaient seuls. Quelques minutes auparavant, alerté par des cris, Sam était sorti dans le couloir. Il avait réapparu en expliquant que Charles emportait sans ménagement sa jeune épouse dans sa chambre. Morgan avait compris qu'il devait parler sans attendre. C'était un signe du destin.

– Tu me parais bien pensif, déclara Sam en se penchant vers lui. Quelque chose te tracasse ?

Morgan respira profondément.

– Oui. (Il avala sa salive.) C'est à propos de Charles.

– J'ai l'impression qu'il a toujours été très turbulent, déclara Sam avec un rire attendri. Mais c'est un garçon courageux. Je doute que sa jeune épouse s'ennuie avec lui.

Il redevint sérieux et observa Morgan.

– Tu peux être fier de lui. C'est un bon fils. Un fils que tout homme rêverait d'avoir. Tu ne crois pas qu'il est temps de révéler ses origines ?

Morgan soutint le regard du vieil homme.

– Tu crois que Charles est mon fils ?

Sam haussa les épaules.

– S'il n'est pas de toi, je ne vois pas pourquoi tu t'évertues à taire l'identité de ses parents naturels.

– Et si j'avais une bonne raison de me taire ? fit Morgan en avalant une gorgée de cognac. Et si j'avais d'autres raisons ?

– Je ne vois pas où tu veux en venir.

Morgan se leva et fit quelques pas dans la pièce.

– J'ai quelque chose à te dire. Tu vas être très étonné. Tu vas m'en vouloir à mort. Mais je te jure que je ne voulais pas que les choses se déroulent ainsi. J'ai voulu tout te raconter, mais...

Morgan cherchait ses mots.

– De quoi s'agit-il ? demanda Sam, le front plissé. Rien de ce que tu pourras me dire ne t'attirera mes foudres.

– Oh si ! répliqua Morgan avec un rire amer. Pour ma

défense, je peux t'assurer que je suis rongé par un sentiment de culpabilité depuis des années. J'attendais le moment propice pour surmonter ma lâcheté. Je n'ai fait qu'aggraver la situation.

– Parle, Morgan ! ordonna le vieil homme en se levant à son tour.

Avant qu'il puisse répondre, on frappa plusieurs coups à la porte. Agacé par cette interruption, Sam alla ouvrir.

– Oui ? fit-il, impatient.

Il découvrit un jeune homme, un cousin éloigné du côté des Sinclair.

– Je suis navré de vous déranger, balbutia-t-il, mais Geoffrey Walker est bien décidé à provoquer en duel mon frère Nathan. Geoffrey est fou de rage. Il brandit son épée en menaçant de tuer quiconque oserait s'approcher. Ils sont ivres, mais Nathan m'a prié de venir vous chercher. Geoffrey vous obéira, ajouta-t-il avec un regard implorant.

– Je n'en doute pas, grommela Sam. Viens, Morgan. Je risque d'avoir besoin de ton aide. Nous reprendrons cette conversation plus tard. Pour l'heure, je vais tenter d'empêcher toute effusion de sang.

Atterré, Morgan emboîta le pas au vieil homme. Au moins, il avait réussi à évoquer le sujet qui lui tenait tant à cœur. Il saisirait la prochaine occasion de parler en tête à tête avec son cousin. En attendant, il chassa ces pensées de son esprit, comme il l'avait fait tant de fois depuis trente ans.

Les deux hommes ne revinrent qu'une heure plus tard. Geoffrey était si ivre qu'il tenait à peine debout. Sam avait dû déployer des trésors de persuasion pour l'empêcher de tuer Nathan qui, également éméché, avait insulté Lucy, la jeune sœur de Geoffrey, en affirmant qu'elle avait une denture de cheval.

Morgan et Sam gravirent lentement les marches qui menaient au petit salon.

– Seigneur, heureusement que j'ai passé l'âge de l'orgueil et de la passion. J'ai apprécié de revoir la famille à l'occasion du mariage de Charles, mais je ne te cache pas que je retrouverai avec plaisir ma tranquillité. La maison est pleine d'invités. Je ne serai pas fâché quand ils partiront.

Alors qu'ils atteignaient le palier, Sam se tourna vers son cousin.

– Je ne disais pas cela pour Prudence et toi, précisa-t-il. Vous êtes toujours les bienvenus. Nous ne sortons plus très souvent, je le crains, soupira-t-il.

– Prudence m'a annoncé son intention de venir voir Letty quand tout le monde sera parti.

– À la bonne heure ! La plupart des invités s'en vont demain matin. D'ici mercredi, nous serons entre nous. J'ai bien l'intention de renvoyer Geoffrey et Nathan dans leurs foyers au plus vite.

Il étouffa un bâillement.

– Je crois que je vais aller me coucher, annonça-t-il.

Morgan hocha la tête, heureux de ne pas avoir à évoquer cette nuit d'orage où il avait trouvé Charles au bord de l'eau.

– Sam, après le départ des invités, j'aimerais te parler en particulier. C'est à propos de Charles. Je dois absolument reprendre notre conversation de tout à l'heure.

– Bien sûr, répondit Sam en bâillant à nouveau. À présent, je te laisse. Je dors debout.

Les deux hommes se séparèrent. En s'éloignant dans le couloir, Morgan se promit, la prochaine fois, de ne pas reculer. Quoi qu'il arrive, un scandale éclaterait.

Encore ivre de plaisir entre les bras de Laura, Charles ne se doutait pas que Morgan avait failli révéler la vérité sur ses origines. Il avait autre chose en tête que les circonstances de sa naissance. Enlaçant Laura, il entendait profiter jusqu'au bout de leur trêve nocturne. Dès les premières lueurs de l'aube, la jeune femme ne manquerait pas de dresser entre eux une barrière infranchissable. Une barrière qu'il se ferait un plaisir d'abattre dès la nuit tombée, songea-t-il, en la faisant sienne.

La nuit parut trop courte à Laura. Tout était si merveilleux, si sublime qu'elle ne se préoccupa que des caresses exquises de son mari. Il ne semblait pouvoir se rassasier de son corps. Et elle non plus. La magie de ces instants lui fit oublier leurs différends.

La jeune femme découvrait les plaisirs de la vie conjugale sous un nouveau jour. Le moindre contact éveillait en elle une extase incroyable.

En glissant vers le sommeil, elle songea à ses soucis qui allaient reprendre le dessus dans quelques heures. Pourquoi laissait-elle ses tourments assombrir la nuit de rêve qu'elle venait de partager avec Charles ? Pourquoi ne profitait-elle pas de son bonheur auprès de cet homme fascinant ?

Affichant un sourire satisfait, repu, Charles la contempla longuement. Elle représentait tout ce dont il avait toujours rêvé. Qu'importe s'il l'avait attirée dans son lit au prix de manigances indignes. Elle lui appartenait, désormais.

Il écarta doucement une boucle brune du visage de la jeune femme, s'émerveillant de la finesse de ses traits, de ses pommettes roses, de sa bouche encore gonflée de leurs baisers. Un tendre sentiment l'envahit soudain. Il en eut la gorge nouée.

Jamais il ne s'était senti aussi heureux. Son avenir, son univers appartenaient dorénavant à cette femme. Il entrevoyait une vie pleine de bonheur.

Soudain, son optimisme s'envola. Il plissa le front, soucieux. Ces sentiments pouvaient se révéler dangereux. Après la mort de Jenny, il s'était juré qu'aucune autre femme n'aurait un tel pouvoir sur lui.

Il respira profondément. Ce n'était pas de l'amour qu'il ressentait pour Laura. De la tendresse, tout au plus. Il n'était pas insensible. Et elle lui donnait un plaisir fou. Il en serait ainsi tant qu'il l'empêcherait de lui briser le cœur.

Rassuré par cette idée, il enlaça la jeune femme et s'assoupit, un sourire aux lèvres.

Le sentiment de Laura ne se dissipa pas. Quelques heures plus tard, à son réveil, elle vit resurgir son ressentiment, ses soupçons et ses doutes qu'elle avait réussi à chasser le temps de cette trêve.

Encore à moitié endormie, elle gémit doucement, secouant la tête. Comment avait-elle pu être aussi stupide pour accepter cette trêve ? Un rictus amer apparut sur ses lèvres. Elle s'était laissé influencer pour savourer à loisir les caresses et les baisers de Charles. À quoi songeait-elle donc quand elle avait accepté ce marché, si ce n'est au corps de Charles et aux sensations qu'il éveillait en elle ?

Enfouissant son visage dans l'oreiller, elle voulut chasser les sombres pensées qui l'envahissaient. C'était une folie de croire qu'elle pourrait échapper à l'empressement de son mari pendant la journée pour se jeter à son cou dès la nuit tombée. Pourtant, c'est ce qu'elle voulait plus que tout au monde.

Jouer cette comédie de la haine et de l'amour avilissait ses sentiments profonds. Honteuse de sa propre faiblesse, furieuse contre Charles qui avait su surmonter ses réserves, pris à son propre piège, elle ouvrit enfin les yeux pour découvrir le sourire béat de son méprisable mari.

– Bonjour, duchesse, murmura-t-il, le regard pétillant.

Laura se redressa d'un bond et releva les couvertures sur sa poitrine. Puis elle s'écarta de Charles.

– Ne m'appelez pas duchesse, répliqua-t-elle en rejetant ses cheveux en arrière. Je vous rappelle que, en vous épousant, j'ai perdu mon titre.

– Vous n'en êtes pas moins une dame, précisa Charles.

– Inutile de remuer le couteau dans la plaie, déclara-t-elle avec un air de dédain.

– Quand je vous ai proposé cette trêve ridicule, hier soir, reprit-il avec un soupir, j'espérais que vous y verriez plus clair, le matin venu.

Il fit une grimace et, sans se soucier de sa nudité, quitta le lit. Il enfila un peignoir de soie bordeaux.

– Si nous devons nous battre bec et ongles, j'exige au moins un copieux petit déjeuner, reprit-il. Vous vous sentirez mieux quand vous vous serez aspergé le visage d'un peu d'eau fraîche et que vous vous serez brossé les cheveux. C'est ce que font les femmes, en général.

– Vous semblez très bien connaître la gente féminine, railla-t-elle. C'est étrange, je ne m'en serais jamais doutée.

Charles se contenta de hausser les épaules. Il tira le cordon pour appeler une domestique.

Admettant que son mari avait raison, la jeune femme se leva à son tour. Le contact de la soie de son peignoir sur sa peau nue la réconforta. Puis elle suivit les conseils judicieux de Charles.

Il l'observait en silence. Ensuite, s'inclinant poliment, il alla procéder à ses ablutions matinales. Laura le regarda s'essuyer vigoureusement le visage, rejetant ses cheveux bruns en arrière. Décidément, il avait la beauté du diable. Bien décidée à ne pas céder à ses sens, elle détourna la tête.

– Ce qui s'est passé cette nuit est entièrement ma faute, avoua-t-elle, le menton relevé fièrement. Je n'aurais jamais dû accepter...

– De succomber à mon charme ravageur ? coupa-t-il avec une lueur taquine dans ses yeux bleus.

– Précisément, répliqua-t-elle. Cela ne se reproduira pas.

– Comment pouvez-vous en être aussi certaine ? murmura-t-il en s'approchant d'elle.

– Arrêtez ! ordonna-t-elle en tendant la main comme pour se protéger.

Il obéit, à son grand soulagement.

– Cela ne se reproduira pas, reprit-elle, parce que vous allez me donner votre parole de gentleman que, jusqu'à ce que j'aie l'esprit plus clair, vous ne profiterez pas de moi.

Stupéfait, Charles la dévisagea.

– Vous voulez ma parole que je ne chercherai plus à vous faire l'amour ?

– Votre parole d'homme.

– Et si je ne vous la donne pas ? demanda-t-il, implacable.

– Je ne puis vous empêcher de venir dans mon lit et de me prendre, que ce soit par la force ou... par votre pouvoir de persuasion, comme cette nuit. Le résultat serait le même. Je vous détesterais de plus en plus et notre union serait un véritable enfer.

– Je vois, fit Charles, les yeux plissés. Vous êtes en train de me dire que, si je vous fais mienne, vous me haïrez ?

Laura hocha la tête.

– En quoi est-ce différent de la situation actuelle ? demanda-t-il avec un sourire triste. Ne me détestez-vous pas déjà ? Qu'ai-je à gagner, à part des nuits solitaires ?

– Mon respect ? fit-elle, hésitante.

– Ce n'est pas votre respect qui m'intéresse, ma chère.

– Dommage, répliqua Laura, furieuse. Vous m'avez obligée à vous épouser par vos manigances indignes. Comment pourrais-je vous aimer ? À présent, je vous demande de nous laisser le temps d'apprendre à nous respecter et à nous connaître.

Ces paroles parurent logiques à Charles, même s'il redoutait de dormir seul. Mais les exigences de Laura étaient légitimes. Il n'avait rien à perdre.

– Combien de temps devrais-je tenir ma promesse ? s'enquit-il.

– Comment ?

– Je veux savoir combien de temps je devrais renoncer à mes droits conjugaux ? Une semaine ? Un mois ? Un an ?

Laura avala sa salive, n'en croyant pas ses oreilles. Il acceptait son marché.

– Cela dépend... marmonna-t-elle.

– De votre décision de ne plus me détester ? fit-il sèchement. Vu l'opinion que vous avez de moi, cela risque de prendre dix ans. Malheureusement pour vous, je n'ai aucune intention d'attendre aussi longtemps. Je vous accorde un mois. Je vous promets de ne pas vous obliger à faire l'amour pendant un mois. Mais vous partagerez mon lit.

Laura ouvrit la bouche pour protester, mais il reprit :

– Silence. L'affaire est réglée. J'accepte votre requête pour la durée d'un mois. N'insistez pas, sinon je vais changer d'avis et exercer mes droits légitimes comme bon me semble.

Laura ravala sa colère, mais se montra satisfaite d'avoir obtenu ce répit.

– Très bien, admit-elle. Un mois.

– Et vous dormirez dans mon lit pendant ce mois d'abstinence.

Laura comprit à son expression qu'elle ne pourrait contester cette clause de leur accord.

– Entendu.

– Très bien, conclut-il. Mais ensuite...

On frappa doucement à la porte. Étouffant un juron, Charles alla tourner la clé dans la serrure.

– Quoi ? fit-il en ouvrant rageusement.

Anne Clemmons, appelée en renfort à cause des nombreux invités, se tenait sur le seuil, portant un plateau d'argent.

– Monsieur a sonné, je crois ? déclara-t-elle d'un air timoré.

Charles se détendit.

– C'est vrai, admit-il. J'avais oublié. Posez cela sur la table.

Sans savoir pourquoi, Anne baissa les yeux vers les pieds nus de Charles. En apercevant les six orteils de son pied droit, elle étouffa un cri de terreur et lâcha son plateau.

Comme si elle venait de voir le diable en personne !

– Seigneur ! C'est bien ce que je redoutais ! Vous êtes vivant ! s'exclama-t-elle.

15

Sous le regard stupéfait de Charles, Anne porta la main à sa bouche, les yeux écarquillés d'effroi. Puis elle tourna les talons et disparut dans le couloir. Charles évalua les dégâts et, secouant la tête d'un air désabusé, il referma la porte.

– Non seulement ma femme me rejette, mais à présent je terrorise les vieilles dames simplement en leur adressant la parole. D'ailleurs, Anne m'a toujours regardé comme si elle s'attendait que je lui saute à la gorge à tout moment.

– Ne dites pas de bêtises, déclara Laura, toujours troublée par leur conversation. Vous lui avez ouvert la porte en criant. Il n'y a rien d'étonnant à ce qu'elle ait été surprise.

– Ce n'était pas de la surprise, corrigea Charles. C'était de la frayeur. Elle était terrifiée. Il a suffi qu'elle regarde...

Il baissa les yeux. De quoi avait-elle pu avoir aussi peur ? Il ouvrit la porte et scruta le sol. Rien. Il fronça les sourcils. Il devait bien y avoir quelque chose d'anormal. Soudain, il posa les yeux sur ses propres pieds.

Sa particularité physique n'avait jamais troublé Charles outre mesure. Il se montrait très rarement pieds nus, aussi ne pensait-il guère à ce sixième orteil dont la nature l'avait affublé. Était-ce ce détail de son anatomie qui avait terrifié Anne ? Les gens étaient souvent superstitieux pour tout ce qui concernait les difformités physiques. Anne devait à présent être convaincue qu'il était un fils de Satan.

Satisfait d'avoir résolu le mystère du comportement de la vieille dame, il referma la porte et tira de nouveau le cordon de velours.

– J'espère, cette fois, que nous obtiendrons notre petit déjeuner.

– À moins que vous ne terrorisiez aussi la prochaine domestique qui se présentera.

– Je n'ai pas cette fâcheuse habitude, répliqua-t-il. Mais pour être certain que cela ne se reproduira plus, je vais dissimuler mes pieds.

Laura fronça les sourcils, ne comprenant pas pourquoi Charles saisissait ses pantoufles de cuir.

– Vos pieds ? répéta-t-elle, perplexe. Anne a eu peur de vos pieds ?

– Je sais que je suis fort bel homme, déclara-t-il avec une lueur malicieuse dans le regard. Mais ce sont bien mes pieds qui ont provoqué la réaction inattendue d'Anne. Notamment mon sixième orteil.

– Un sixième orteil ? demanda Laura, emportée par sa curiosité, à tel point qu'elle en oublia toute animosité. Vous avez six orteils ?

La mine blasée, Charles s'assit sur le lit et leva la jambe droite.

– Mon Dieu ! s'exclama la jeune femme en s'esclaffant. C'est ma foi vrai ! Je ne l'avais pas remarqué.

– C'est sans doute parce que vous étiez concentrée sur une autre partie de mon anatomie, murmura-t-il.

Pendant ce temps, Anne atteignait les appartements de Constance. Celle-ci était déjà réveillée et savourait une tasse de café assise dans son lit.

Anne surgit dans la chambre sans crier gare, le visage livide.

– Madame ! Il est vivant ! cria-t-elle. Je m'en doutais ! Il est vivant !

Contrariée par le mariage de Laura et de Charles, Constance était de mauvaise humeur. Elle adressa à sa dame de compagnie un regard courroucé.

– Expliquez-vous ! Qui est vivant ?

– Charles Walker, annonça Anne.

– Naturellement ! fit Constance, agacée. Je l'ai vu se marier pas plus tard qu'hier.

– Non, je voulais dire...

Elle s'interrompit, sentant le monde s'écrouler autour d'elle. Jamais elle n'avait avoué la vérité sur ce qu'elle avait fait la nuit où les jumeaux de Letty étaient nés.

Abandonnant le nouveau-né au bord de l'eau, elle s'était empressée de regagner la maison. Constance avait voulu savoir si elle s'était bien débarrassée de l'enfant. Elle avait répondu d'un hochement de tête, n'osant pas avouer qu'elle s'était enfuie en entendant quelqu'un arriver.

Pendant toute la journée du lendemain, Anne avait redouté d'être démasquée, vivant dans la peur et les remords. Elle était persuadée que cet homme inconnu avait retrouvé l'enfant et n'allait pas tarder à se présenter sur le seuil pour demander des comptes.

Voyant ses craintes non fondées, elle avait fini par se calmer, ressentant toujours des remords et de la curiosité quant au sort du bébé. Le départ de Sam et de Letty pour l'Angleterre fut pour elle une bénédiction. Ces quatre années avaient un peu effacé sa culpabilité.

Lorsqu'elle vit Charles pour la première fois, il avait presque cinq ans. L'idée qu'il pût être l'enfant qu'elle avait déposé au bord de la rivière ne l'avait pas effleurée. Ce n'est que plus tard, en voyant le jeune homme ressembler de plus en plus à Sam, que l'idée germa dans son esprit : il s'agissait peut-être de l'enfant de Letty. Le fait que tous considèrent Morgan comme son père naturel ne levait en rien ses inquiétudes. Au contraire. Le soir du crime, Morgan habitait à Walker Ridge.

Ce matin-là, en apercevant le sixième orteil de Charles, elle comprit que ses craintes étaient fondées. L'enfant avait survécu. Et il vivait tout près d'elle.

Constance aussi avait peu à peu oublié l'existence de cet enfant.

Anne l'observa, pleine d'appréhension. Sa maîtresse attendait de plus amples explications.

– Alors ? fit-elle avec impatience.

Anne se tordit les mains, incapable de se décider. Elle gardait ce secret depuis trente ans. À quoi bon le révéler maintenant ? Mais si elle se taisait et que l'identité de Charles soit révélée au grand jour, Constance serait prise au dépourvu. Anne avait consacré sa vie à sa maîtresse vénérée. Elle se devait de l'avertir du moindre danger.

Avec concision, elle se déchargea du terrible fardeau qui lui pesait sur la conscience. Constance demeura pétrifiée pendant tout son récit, de plus en plus pâle.

Quand Anne se tut enfin, un silence s'installa entre les

deux femmes. Puis Constance projeta le contenu de son plateau par terre dans un geste de fureur. Elle se leva d'un bond et gifla violemment sa dame de compagnie.

– Pauvre imbécile ! Je te charge d'une tâche simple et tu n'en es même pas capable ! Non seulement tu m'as désobéi, mais tu as eu l'audace de me mentir ! Quand je pense que je t'ai fait confiance pendant toutes ces années !

Les traits déformés par la rage, Constance demanda :

– En quoi m'as-tu encore trahie ? Je savais bien que j'aurais dû te renvoyer et te laisser en Angleterre. Je le savais ! À présent, qu'allons-nous faire ?

La joue brûlante, Anne dit timidement :

– Nous sommes les seules à le savoir.

– Tu n'es qu'une imbécile ! rétorqua Constance. Il est évident que c'est Morgan Walker qui a trouvé l'enfant. Lui, il sait très bien de qui il s'agit. Et il serait ravi de provoquer ma chute.

– Mais pourquoi n'a-t-il pas averti votre beau-fils à ce moment-là ? Il est rentré deux jours plus tard à Walker Ridge.

Constance parut pensive.

– Oui, mais nous sommes presque aussitôt partis pour Richmond, rappela-t-elle. Tu ne te souviens pas ?

Elle s'interrompit et murmura :

– Tandis que Sam nous emmenait vers Richmond pour prendre le bateau, Morgan devait être en route pour la maison de son cousin Andrew avec l'enfant. Sam et Morgan se sont manqués, conclut-elle avec un sourire sardonique. Quelle chance pour nous !

Soulagée de voir sa maîtresse plus calme, Anne hasarda :

– Mais pourquoi Morgan n'a-t-il pas écrit à Sam ?

Constance eut un geste impatient de la main.

– Connaissant Morgan, il a préféré ne rien coucher sur le papier. Il devait avoir des soupçons, mais aucune preuve. De plus, il doit tout à Sam. Il a dû avoir peur de se mettre en péril en exprimant ses doutes... Oui... Morgan est d'un naturel indécis. Voilà ce qui a dû se passer : il voulait en parler à Sam, mais celui-ci était parti pour l'Angleterre. Toi et moi sommes revenues l'été suivant avec Jonathan, mais Sam et Letty sont restés plusieurs années en Europe.

Elle afficha une expression pleine de mépris.

– Ayant enterré son fils unique, Letty était trop fragile pour supporter Walker Ridge. Quant à cet imbécile de Sam, il cédait à tous ses caprices, quitte à s'attarder en Angleterre plus que de raison.

– Je comprends que Morgan ait rechigné à coucher cette histoire sur le papier, déclara timidement Anne. Mais pourquoi s'est-il tu toutes ces années ? Il aurait pu parler à Sam dès son retour.

Constance haussa les épaules.

– Quatre ans, c'est long. Son secret était lourd à porter. Ensuite, il n'était plus si sûr de son hypothèse.

Constance parut soudain plus enjouée.

– En fait, que sait Morgan, au juste ? Il a trouvé un enfant abandonné au bord de l'eau, un garçon né le même soir que le fils de Letty. D'accord, il a six orteils au pied droit. Ce qui est un signe. Les circonstances sont pour le moins douteuses, je te l'accorde. Mais cela ne prouve rien. D'ailleurs, qui croirait une seconde que je sois capable d'un acte aussi odieux ? Pas moi ! Et Morgan le sait. Voilà pourquoi il se tait. Il n'a que des soupçons.

– Alors nous n'avons pas à nous inquiéter ? demanda Anne, anxieuse.

– Bien sûr que nous devons nous inquiéter, pauvre idiote. La date de naissance de Charles, son sixième orteil ne prouvent rien, mais la coïncidence est trop belle. Les ragots iraient bon train si Morgan se décidait à parler.

– Qu'allons-nous faire ?

– Ce que nous aurions dû faire il y a plus de trente ans : nous débarrasser de Charles, répliqua Constance.

– Oh non ! Pourquoi ne pas laisser les choses telles quelles ? Nous n'avons pas eu de problèmes, jusqu'à présent. Et il n'existe aucune preuve contre nous. Morgan préfère peut-être garder son secret.

– Tu n'es vraiment qu'une idiote ! répliqua Constance. Je ne puis prendre le risque de laisser éclater la vérité. Il ne faut même pas que l'on sache que Morgan a trouvé un enfant abandonné sur le domaine le soir de l'accouchement de Letty. Morgan ne s'est jamais expliqué sur ce point. Les membres de la famille pensent que Charles est son fils naturel. S'il décide de parler... je préfère ne pas y songer. La seule solution est de nous débarrasser de Charles. Et sans doute de Morgan, par la même occasion, ajouta-t-elle.

Anne sentit son cœur se serrer. Abandonner un bébé innocent en pleine forêt avait été une épreuve assez pénible, mais le meurtre de deux hommes innocents qui n'avaient commis d'autre faute que de se dresser sur le chemin de Constance et de sa cupidité... Anne en avait la nausée. Ils représentaient un danger potentiel, mais Anne s'en moquait. Le destin avait voulu que l'enfant survive. Il ne fallait pas aller à son encontre.

Observant les traits décidés de Constance, elle se dit qu'elle ne prendrait pas part au meurtre des deux hommes, même si elle ne pouvait se laver de la faute qu'elle avait commise autrefois. Constance devrait trouver une autre complice.

Comme si elle lisait les pensées de sa dame de compagnie, Constance déclara :

– Nous ne pouvons nous en charger nous-mêmes. Ce sont deux hommes robustes. Nous aurons besoin d'aide.

Elle arpenta la pièce.

– Il faut mettre Jonathan au courant, reprit-elle. Il saura quoi faire.

Peu rassurée par les paroles de sa maîtresse, Anne répondit :

– Il sera fâché en apprenant ce que nous avons fait. Peut-être refusera-t-il cette idée de meurtre.

– Quand il comprendra le danger que représente Charles pour lui et son avenir, il n'hésitera pas une seconde. Après tout, c'est mon fils. Il ne laissera jamais une partie de la fortune des Walker lui glisser entre les doigts. Surtout pas au profit de Charles.

Constance dut attendre le début de soirée pour pouvoir parler en particulier avec son fils. Celui-ci avait passé la nuit à Foxfield, à la demande de Sam, qui souhaitait l'éloigner de Charles. Quand il arriva à Walker Ridge, la plupart des invités étaient partis, excepté Morgan et Prudence.

Constance avait envoyé à son fils un message exigeant sa venue immédiate. Mais Jonathan n'était pas d'humeur à endurer les histoires de sa mère. Il broyait encore du noir à cause d'Ellen et de Laura, qui avait passé la nuit dans les bras de Charles. Sa colère s'intensifia lorsqu'il aperçut le jeune couple dans le parc, en compagnie de Sam, Letty, Morgan et Prudence. Charles tenait sa femme par la taille. Ils devaient partir le lendemain pour l'Antre du diable. Lui-même pourrait regagner Walker Ridge et songer à de nouveaux projets visant à détruire Charles.

Requinqué par cette perspective, il partit enfin en quête de sa mère. Il la trouva au salon, avec Anne. À leur expression, il devina qu'il s'agissait d'une affaire importante.

– Je croyais être le seul à souffrir de cette situation, déclara-t-il en s'installant dans un fauteuil. Pourquoi faites-vous cette tête d'enterrement ?

Constance lui relata brièvement la situation. Quand elle eut terminé, les deux femmes observèrent Jonathan, guettant sa réaction.

Il avait les doigts crispés sur les bras du fauteuil. Une veine battait à sa tempe, mais il ne trahissait pas sa colère. Non seulement Charles lui avait pris la femme qu'il voulait, mais il allait le priver d'une partie de son héritage !

Cherchant à se maîtriser, il s'efforça de considérer la situation avec recul. Il comprit qu'il fallait éliminer le plus vite possible non seulement Charles mais Morgan. Et sans éveiller les soupçons. Au contraire de sa mère, il se rendit compte qu'il existait un autre danger. Il se tourna vers Anne.

Celle-ci, qui avait élevé Jonathan, le connaissait mieux que quiconque. Il n'était pas aussi aveugle que Constance. En voyant son regard bleu, elle fut parcourue d'un frisson de terreur. Son cœur se mit à battre la chamade. Jamais elle n'avait craint pour sa propre vie. Pourtant, une lueur implacable dans le regard de Jonathan lui disait qu'elle aussi était en danger.

Pétrifiée, Anne le vit se lever et traverser la pièce, affichant un air volontairement impassible. Pourtant, Anne savait quelles étaient ses intentions.

Avec un sourire courtois, il tendit la main pour l'aider à se lever.

– Si cela ne vous ennuie pas, chère Anne, je crois que ma mère et moi devrions discuter de ce problème en particulier.

Sachant qu'il voulait évoquer sa propre condamnation à mort, Anne hésita, implorant Constance du regard. Celle-ci la congédia d'un geste, inconsciente de ce qui se tramait.

– Tu peux disposer. Je te parlerai plus tard.

Si elle avait vu juste, il lui était inutile de se tourner vers Constance. Si sa maîtresse devait choisir entre son fils et sa dame de compagnie, sa préférence ne faisait pas l'ombre d'un doute. Atterrée et incrédule, Anne se dirigea vers la porte du salon.

Chancelante, elle se retrouva dans le couloir, cherchant à se convaincre qu'elle s'était peut-être méprise sur les intentions de Jonathan. Elle l'avait élevé, il ne pouvait lui faire du mal. N'était-elle pas la fidèle compagne de Constance depuis près de cinquante ans ? Sa maîtresse ne laisserait jamais son fils lui nuire de quelque façon. Mais Anne n'avait guère d'espoir. Son arrêt de mort était signé.

C'était précisément la suggestion que Jonathan était en train de soumettre à sa mère.

– Anne ? fit-elle, incrédule. Tu la crois capable de nous trahir ? Ne sois pas stupide ! Elle m'adore. Et toi aussi, d'ailleurs. Elle ne ferait jamais rien contre nous.

– Mère, vous vous laissez aveugler par vos sentiments. À quoi bon se débarrasser de Charles et de Morgan si nous épargnons une domestique qui risque de nous dénoncer ? Elle sait tout, y compris nos projets concernant les deux hommes. Vous voulez donc passer votre vie à vous inquiéter ?

– Tout de même, chéri. Il s'agit d'Anne, répondit Constance, un peu gênée.

– Et alors ?

– Elle est à mon service depuis tant d'années... Jamais elle ne m'a donné le moindre souci.

– C'est pourtant à cause de sa stupidité que nous sommes aujourd'hui obligés de tuer ces deux hommes.

– C'est vrai, admit-elle. Mais je ne parviens pas à... Laisse-moi y réfléchir.

– Très bien, fit Jonathan. Mais ne perdons pas trop de temps.

Il se leva et se dirigea vers la porte.

– Attends ! lança Constance. Que comptes-tu faire pour Charles et Morgan ?

Jonathan fit volte-face et esquissa un sourire cruel.

– Ne vous inquiétez pas pour eux. Je me charge en personne de ce problème. Soyez tranquille.

Il sortit dans le couloir désert. Pensif, il descendit l'escalier, heureux de ne croiser personne. Il avait besoin de silence pour réfléchir. Il se réjouit d'être en exil à Foxfield jusqu'au départ du jeune couple pour l'Antre du diable.

Plus tard, il confia les rênes de son cheval à un esclave et gravit les marches de sa modeste demeure de Foxfield. Installé dans le coquet salon, il se servit un cognac et alluma un gros cigare.

Il n'aurait aucun mal à mettre au point le meurtre des deux hommes sans éveiller les soupçons. Nul n'ignorait la haine qu'il éprouvait pour Charles, mais qui le croirait responsable d'un banal accident ? En Amérique, la vie était dure. Chaque jour apportait son lot de tragédies.

Toutefois, la mort de Morgan à peu près à la même période ne manquerait pas de déclencher les commérages. Cependant, Jonathan ne risquait rien. Il était en bons termes avec Morgan. Nul ne le montrerait du doigt. Deux drames similaires dans la même famille semblaient un peu improbables. Il pouvait les faire mourir lors du même accident. Il fallait y réfléchir.

Le plus difficile serait de décider où, quand et comment, songea-t-il en sirotant son cognac. Quel dommage que Morgan et Prudence n'aient pas décidé de voyager en même temps que les jeunes mariés ! Il lui aurait suffi d'organiser un traquenard en chemin et le tour était joué.

Il devait avant tout se débarrasser de Charles. Pas seulement à cause du danger qu'il représentait, mais parce que Laura pouvait se retrouver enceinte de lui. À cette perspective, Jonathan pinça les lèvres. S'il réussissait un jour à épouser Laura, ce dont il commençait à douter, il lui serait suffisamment pénible de savoir que Charles avait goûté ses charmes. Mais regarder grandir le fruit de leurs amours...

Jonathan aspira une bouffée de tabac puis regarda les anneaux de fumée s'élever dans l'air. Charles mort, le plus grand danger était écarté. Morgan n'aurait plus aucun intérêt à parler. Ce n'était qu'un pauvre type, un faible, un indécis. Mais il connaissait tout de même ses intérêts. À quoi bon créer un scandale en incriminant Constance ? Le meurtre de Morgan n'était pas une nécessité, mais Jonathan préférait ne prendre aucun risque. Une fois les trois témoins éliminés, sa mère et lui seraient les seuls à savoir...

Cependant, il n'envisageait pas d'agir par lui-même. Dans le cas d'Anne, ce ne serait pas très difficile. Un coup sur la tête pendant sa promenade vespérale au bord de l'eau et elle disparaîtrait à tout jamais dans la rivière. En retrouvant son cadavre, on croirait à une chute accidentelle. Il pouvait se charger de cette tâche. Pour les deux hommes, c'était autre chose.

Jonathan soupira. Il lui faudrait payer les services d'un tueur. Il faudrait agir avec une extrême discrétion. Il réfléchit longuement, étudiant le problème sous tous ses aspects.

Soudain, un sourire apparut sur ses lèvres. Les Thacker ! Ils détestaient Charles et jouissaient d'une réputation exécrable. Il lui suffisait de les pousser discrètement à agir et l'affaire serait faite.

Il plissa le front. Avoir recours aux Thacker risquait de mettre Laura en danger. Le fait qu'elle soit veuve ne le dérangeait en rien, mais il ne supportait pas l'idée qu'elle ait appartenu à Charles. Les Thacker lui permettraient peut-être d'y voir plus clair dans ses sentiments pour elle. Si elle tombait aux mains des Thacker et se faisait tuer ou violer, il saurait qu'elle n'était pas destinée à l'épouser.

Satisfait de sa décision, il appela son valet.

– Dis-moi, Simmons, pourrais-tu m'arranger une entrevue avec les Thacker ?

Simmons leva un sourcil, mais resta impassible. Pourtant, la requête de son maître le surprenait. Il avait coutume de se déguiser chaque fois qu'il communiquait avec les brigands au nom de Jonathan. Pourquoi cet intérêt soudain pour ces deux vermines ?

Il ne pouvait se permettre de lui poser la question.

– Je vais devoir me renseigner pour savoir où ils se trouvent actuellement, répondit-il en baissant les yeux. Mais je pense pouvoir obtenir ce que vous souhaitez.

– Fais, lança Jonathan avec entrain. J'ai une petite... tâche à leur confier.

Simmons s'éclaircit la gorge, incapable de maîtriser sa curiosité.

– Une tâche, monsieur ? Puis-je me rendre utile ?

– Non. C'est un peu plus compliqué que le trafic d'armes ou d'or.

Conscient qu'il n'en saurait pas davantage, Simmons s'inclina.

– Très bien, monsieur. Je vais trouver les Thacker dès que possible.

Heureux d'avoir lancé son projet, Jonathan se détendit. Il faisait confiance à Simmons, mais pas pour une mission de cette importance. Il ne fallait pas mettre une autre personne dans la confidence. Il n'aurait pas à se justifier auprès de son valet. À la mort de Charles, Simmons devinerait peut-être la vérité, mais pas forcément.

Jonathan sourit. Simmons savait tenir sa langue. Grâce à sa complicité, il ne serait jamais impliqué dans le trafic d'armes avec les Indiens. S'il parlait, il serait le premier à être inculpé. Jonathan avait veillé à ce que tout accuse son valet.

L'héritier de la fortune des Walker ne pouvait se salir les mains. Et si Simmons révélait qu'il avait demandé à voir les Thacker, il pourrait toujours invoquer la calomnie de son valet.

Satisfait de lui-même, il se servit un autre cognac et esquissa un sourire cruel. À Charles ! songea-t-il en levant son verre. À Charles dont les jours sont désormais comptés...

16

Constance s'inquiétait des projets meurtriers de son fils. Elle était sincèrement attachée à sa fidèle domestique et, bien qu'Anne ne se soit pas acquittée de sa mission le soir de l'accouchement de Letty, elle lui faisait une confiance aveugle. Jamais Anne ne la trahirait. Pourtant, Jonathan n'en était pas convaincu. Si elle voulait la protéger, elle allait devoir trouver un moyen de ne pas laisser sa dame de compagnie croiser le chemin de son fils dans les jours à venir.

Seule dans ses appartements, elle errait, nerveuse. Si seulement Anne avait éliminé ce maudit nourrisson, à l'époque ! Toutefois, sa crise de conscience ne méritait pas la mort de la vieille dame. Constance n'était pas femme à avoir des scrupules, mais elle avait observé cette tendance chez la plupart de ses congénères et avait toujours su en jouer à son avantage. Tant que les scrupules d'Anne ne lui jouaient pas un mauvais tour... Jonathan, lui, voyait les choses autrement.

Constance soupira. Son fils n'en démordrait pas. Comment protéger Anne sans s'attirer d'ennuis ?

Un bruit sourd attira soudain son attention dans le couloir. Fronçant les sourcils, elle ouvrit la porte. Deux jeunes esclaves qui transportaient une énorme malle venaient de la faire tomber avec fracas.

– Qu'est-ce que vous fabriquez ? leur demanda-t-elle.

Avant que les deux jeunes garçons apeurés puissent s'expliquer, Laura apparut à son tour, déconcertée.

– J'aurais dû me douter que cette malle était trop lourde pour vous, déclara-t-elle gentiment. Allez donc chercher du renfort. J'espère qu'ils ne vous ont pas dérangée, dit-elle à Constance avec un sourire aimable. Nous préférons charger nos bagages maintenant afin d'être prêts à partir demain.

Constance entrevit alors une solution au problème qui la tourmentait.

– Oh, ce n'est rien, assura-t-elle d'un ton enjoué. J'étais simplement curieuse de savoir ce qui se passait. Vous devez être ravie de partir pour l'Antre du diable, ajouta-t-elle, toute animosité envolée. Il paraît que c'est un endroit charmant. Naturellement, pas aussi somptueux que Walker Ridge...

– Il ne doit pas y avoir beaucoup de domaines dignes de rivaliser avec Walker Ridge dans la région, répondit poliment la jeune femme. Vous avez une maison superbe. Cependant, je suis certaine que la propriété de mon mari me conviendra à merveille.

– C'est normal, fit Constance. Mais ne craignez-vous pas de vous sentir un peu isolée ? Vos voisins les plus proches vivent à plusieurs heures de route. À part Charles, vous-même et... votre jeune sœur, ajouta-t-elle d'un ton sec, vous n'aurez que les domestiques pour vous tenir compagnie. Dommage que vous n'ayez pas une dame plus mûre qui vous permette de vous adapter à votre nouvel environnement. L'Antre du diable est sans doute moins raffiné que Walker Ridge...

– Je risque en effet de regretter la présence d'autres femmes, d'amies de bon conseil, admit Laura. Mais Ellen et moi parviendrons à surmonter nos difficultés éventuelles. Nous avons grandi à la campagne, vous savez. Nous avons de la ressource.

– Oui, mais je pense...

Comme si une idée lumineuse venait de surgir à son esprit, elle reprit avec enthousiasme :

– Dieu que je suis bête ! J'ai la solution idéale : Anne Clemmons pourrait vous accompagner. Un changement d'air lui ferait le plus grand bien. Elle vous seconderait pendant quelques mois.

Affichant un sourire radieux face à l'air déboussolé de la jeune femme, elle ajouta :

– C'est une excellente idée ! Anne me disait justement l'autre jour qu'elle avait envie de partir quelque temps. Elle s'ennuie un peu au domaine. Avec vous, elle se sentirait utile et sa conversation vous distrairait. Je vais la prévenir immédiatement.

Chassant gentiment Laura, elle conclut :

– Non, ne me remerciez pas, ma chère. Vous me rendez service, au contraire. À présent, filez. Je vais de ce pas annoncer la bonne nouvelle à Anne et lui dire de préparer ses bagages. Après tout, vous partez dès demain. Quelle bonne idée je viens d'avoir ! Filez, je vous dis. Nous avons toutes deux mille détails à régler d'ici demain.

Laissant Laura à son étonnement, Constance referma la porte de ses appartements et tira le cordon de velours pour appeler Anne. Quelques instants plus tard, elle l'accueillit avec un sourire chaleureux.

– Ma chère, j'ai une excellente nouvelle pour toi. Tu vas passer quelques semaines chez Charles et Laura à l'Antre du diable. Ce sera en quelque sorte un voyage d'agrément. Tu rendras un grand service aux jeunes mariés. Laura est un peu perdue en Amérique. Tu la guideras, tu lui montreras nos coutumes. N'est-ce pas formidable ? Imagine, tu n'auras pas à supporter mes sautes d'humeur pendant des semaines ! Et cela te permettra de changer d'air. Il paraît que la plantation de Charles est des plus agréables. Cela fait si longtemps que tu n'as pas bougé de Walker Ridge...

Anne fut aussi abasourdie que Laura.

– Aller à l'Antre du diable ? répéta-t-elle, bouche bée.

– Exactement ! Tu serviras de mentor à notre chère Laura.

Le regard peiné, Anne se tordit les mains.

– Ils sont d'accord ? s'enquit-elle, incrédule.

– Bien sûr ! Je viens d'en discuter avec Laura. Elle trouve l'idée formidable.

Rassemblant tout son courage, Anne répliqua :

– Pourquoi faites-vous cela ? Pourquoi me chassez-vous d'ici ?

Évitant son regard, Constance se détourna et tripota nerveusement un flacon de parfum posé sur sa coiffeuse.

– Oh, sans raison particulière. Je pense qu'il vaut mieux que tu t'éloignes de Walker Ridge pendant quelque temps, c'est tout.

Leurs regards se croisèrent enfin.

– Tu comprends ce que je suis en train de te dire, n'est-ce pas ?

Anne hocha lentement la tête. Elle comprenait parfaitement. Et elle ne savait si elle devait se montrer reconnaissante ou terrifiée.

Laura ignorait comment elle allait expliquer à Charles la présence imprévue d'Anne. Elle se demandait elle-même comment elle en était arrivée là. En tout cas, elle n'avait aucune possibilité de refuser l'offre de Constance sans paraître impolie. Elle plaignait Anne de tout son cœur de travailler pour une personne aussi exigeante. Elle aurait aimé refuser cette offre sans poser de problèmes à Anne. Elle esquissa un sourire. Ellen et elle avaient vécu une jeunesse monotone. Depuis leur arrivée en Amérique, elles vivaient la grande aventure.

Elle trouva Charles en train de surveiller le chargement des chariots. Lorsqu'elle demanda à lui dire deux mots en particulier, il leva les sourcils, étonné. Il l'entraîna dans un sentier bordé de rosiers.

Soudain, il lui parut très impressionnant, avec ses larges épaules.

– Cela vous ennuierait-il qu'une personne supplémentaire vive sous notre toit pendant quelques semaines ?

Charles l'observa prudemment, redoutant la suite.

D'abord, il crut avoir mal compris, mais lorsque sa femme lui raconta l'anecdote, il dut se rendre à l'évidence. Une réponse cinglante lui vint, mais l'expression soucieuse de Laura lui intimait de ravaler ses paroles acerbes.

– Vous voulez que cette vieille chouette séjourne chez nous ? demanda-t-il, sidéré.

– Pas vraiment, avoua Laura, mais, plus j'y pense, plus je me dis que ce n'est peut-être pas une mauvaise idée.

Charles émit un grommellement sceptique.

– Elle me fait de la peine, reprit Laura. Constance la martyrise. D'ailleurs, Constance n'a pas tort. Ellen et moi aurons certainement besoin d'une femme avisée pour nous conseiller.

– Je doute qu'Anne Clemmons vous soit d'une grande utilité, railla Charles. Mais si vous souhaitez sa présence, je n'y vois pas d'objections. (Il lui adressa un sourire charmeur.) Voyez comme je suis un mari conciliant ?

Laura le regarda par-dessus son épaule tandis qu'elle regagnait la maison.

– Conciliant ? Je vois plutôt un homme qui cherche à s'attirer mes bonnes grâces.

Charles sourit. Il la regarda s'éloigner dans un déhanchement souple puis se remit au travail. Cette nouvelle le troublait un peu. Que mijotait Constance ? Il se doutait qu'elle ne cherchait pas à faire plaisir à sa dame de compagnie ni à Laura. Elle devait avoir une bonne raison d'éloigner Anne.

La journée passa très vite. Les jeunes mariés n'eurent pas le loisir de bavarder en particulier jusqu'à l'heure du coucher. Quand ils se retrouvèrent seuls dans leur chambre, Laura évoqua de nouveau la présence d'Anne.

– Cela ne vous dérange vraiment pas qu'Ellen et Anne nous accompagnent ? s'enquit-elle, hésitante.

Nonchalamment installé dans un fauteuil, Charles haussa les épaules :

– Je ne peux pas dire que la venue de cette vieille chouette me comble de bonheur. La présence de ma belle-sœur sur mes talons n'est pas non plus l'image idéale que je me faisais de mes premières semaines de vie conjugale. Toutefois, vu les circonstances, elles ne devraient pas poser de problème.

Une lueur taquine apparut dans ses yeux bleus.

– Et si je me montre très gentil avec Ellen, vous serez peut-être moins dure envers moi.

– Pourquoi ? répliqua Laura. Surtout après ce que vous venez de me dire.

– Ce n'est pas la seule raison de ma gentillesse, murmura Charles, voyant monter la colère de sa femme. J'aime beaucoup votre sœur. C'est une enfant adorable. J'aurais aimé vous avoir pour moi tout seul, mais je ne refuserais jamais l'hospitalité à un membre de votre famille. Ellen est chez elle pour aussi longtemps qu'elle le voudra.

– C'est très généreux de votre part, déclara Laura, qui regrettait de ne pas mieux comprendre cet homme.

Son premier mari se montrait froid quand il n'était pas satisfait d'elle. Or Charles semblait accepter la situation.

C'était très troublant. Spencer était un homme généreux, mais jamais il n'aurait toléré une situation qui ne lui convenait pas. L'attitude de Charles ne trahissait en rien le contrat qu'ils avaient conclu. Il se montrait attentif, prévenant, comme n'importe quel jeune marié. Laura regrettait presque qu'il ne se soit pas transformé en monstre, afin de justifier sa propre attitude. Elle plissa le front. Peut-être était-ce justement la raison de son attitude ?

Face à son air soucieux, Charles pencha la tête.

– Qu'ai-je encore fait pour vous contrarier ? Je croyais que vous vous réjouissiez de la présence d'Ellen à l'Antre du diable. Et on ne peut pas dire que je vous crée des difficultés à propos d'Anne.

– C'est vrai, admit-elle. Le problème, c'est que je ne vous comprends pas.

Voyant la mine perplexe de son mari, elle ajouta :

– Je m'attendais à vous voir furieux à cause de notre accord de ce matin. Mais, au contraire, vous avez été charmant toute la journée.

Charles haussa les épaules.

– Je mentirais en affirmant que le mois à venir ne va pas me sembler long ou que je parviendrai sans peine à me passer de vos charmes. Puisque je suis d'accord sur le principe, pourquoi me fâcherais-je ?

– Tous les hommes ne sont pas comme vous, dit-elle avec un sourire hésitant.

– Mais je suis spécial, répliqua-t-il avec une expression angélique.

Laura arpenta la pièce. Puis, une lueur d'espoir dans le regard, elle s'arrêta devant son mari.

– Puisque vous avez été généreux envers Ellen et Anne, vous pourriez peut-être m'autoriser à dormir dans mon propre lit.

– Et vous, vous comptez changer d'avis et me permettre de vous faire l'amour ? demanda-t-il sèchement.

Elle se renfrogna. Charles bâilla et s'étira avec la grâce d'un félin.

– Dans ce cas, chérie, il ne faut pas vous attendre que je revienne sur ma parole.

Laura fit la grimace. Elle se doutait qu'il ne la laisserait pas s'échapper aussi facilement, mais au moins, elle avait tenté sa chance. La nuit s'annonçait difficile. Elle n'était pas certaine de pouvoir résister à ses avances éventuelles.

Charles lui-même doutait de ses capacités à ne pas céder à la tentation. Il savait pertinemment qu'il n'aurait guère de difficultés à s'imposer à son envoûtante épouse. Toutefois, à leur grand étonnement, ils parvinrent à s'endormir.

Le lendemain, à son réveil, Laura eut la mauvaise surprise de se retrouver blottie contre le torse de Charles. Il avait réussi à glisser une jambe entre les siennes durant son sommeil. Pendant plusieurs secondes, encore à moitié endormie, elle avait soupiré d'aise, écoutant le battement régulier de son cœur. Puis, réalisant enfin la situation, elle s'était relevée d'un bond.

Naturellement, Charles ne dormait pas. Il faisait semblant. Depuis un certain temps, il savourait le contact du corps chaud de Laura contre le sien.

– Je me demande lequel de nous deux va souffrir le plus pendant ce mois d'abstinence, fit-il avec une lueur malicieuse dans les yeux.

Ignorant ce sarcasme, Laura quitta le lit et enfila son peignoir de soie dont elle noua la ceinture d'un geste rageur. Les joues empourprées, elle déclara :

– Pas moi. Je ne peux contrôler mes réactions quand je dors.

– Ah bon ? Dans ce cas, si une nuit je vous fais l'amour, je ne serai pas responsable de mes actes puisque je dormirai ?

Laura se pinça les lèvres. Repoussant ses cheveux en arrière, elle rétorqua :

– Vous comprenez très bien ce que je veux dire. Pourquoi ne cessez-vous de me taquiner ?

– Chérie, vous me privez des plaisirs de votre corps. Me priverez-vous aussi de ces petites satisfactions personnelles ?

Laura se retint de frapper du pied tant elle était vexée par son comportement. Ignorant la présence de Charles, allongé sur le lit, elle entreprit de se brosser les cheveux.

Les mains derrière la tête, son mari l'observait avec un plaisir évident. Elle avait une façon à la fois innocente et séductrice de coiffer son épaisse crinière brune. Cela le fascinait.

– Voulez-vous arrêter de me fixer ainsi ? lança-t-elle en posant brutalement sa brosse sur la coiffeuse.

Le regard de Charles pétilla de malice.

– Ne me dites pas que vous voulez ajouter une nouvelle clause à notre contrat, chérie.

Les mains sur les hanches, elle répondit :

– On ne vous a jamais dit que vous étiez l'homme le plus agaçant, le plus détestable, le plus...

Il prit un air si peiné que la jeune femme ne put s'empêcher de rire. Sachant qu'elle n'aurait pas le dernier mot, elle se détourna pour dissimuler son amusement.

– Qu'importe ! À quelle heure souhaitez-vous partir, ce matin ?

– Pas plus tard que midi. Si Ellen et Anne sont prêtes, bien sûr. Nous avons plusieurs heures de route et j'aimerais arriver ce soir, même si nous devons rouler après la tombée de la nuit.

Dans la matinée, les domestiques s'affairèrent aux derniers préparatifs. Malles et paquets furent chargés dans les chariots. À la surprise de Charles, le convoi parvint à se mettre en route dès dix heures trente.

Avant la scène désastreuse entre Ellen et Hugh dans le jardin d'hiver, il avait été convenu que celui-ci accompagnerait les jeunes mariés. Le jeune homme traitait Ellen avec un dédain teinté de froideur. Mais il tint parole et se joignit à ses cousins. Charles et Hugh montaient les deux pur-sang de Charles. Morgan avait offert deux chevaux de trait à son protégé en guise de cadeau de mariage. Ceux-ci tiraient l'un des chariots. Les trois femmes prirent place dans une voiture plus grande, munie d'une toile les protégeant des rayons brûlants du soleil. Les derniers adieux effectués, le convoi s'ébranla lentement.

Avec un sourire forcé, Morgan les regarda s'éloigner. Il s'attarda sur le perron après que tout le monde fut rentré. Puis, avec un soupir, il rejoignit les autres.

Il n'avait toujours pas réussi à parler avec Sam. Mais il ne pouvait plus repousser l'heure fatidique. La paix était enfin revenue sur Walker Ridge. Du moins pour l'instant, songea-t-il amèrement.

Il trouva Sam dans son bureau, en train d'étudier des documents. Affichant un sourire de bienvenue, il lui fit signe d'entrer et l'invita à s'asseoir dans un fauteuil. Puis il lui offrit un cognac.

Tenant son verre, Morgan mit de l'ordre dans ses pensées, ne sachant par où commencer.

– Tu te souviens de ce soir où nous avons parlé des origines de Charles ? déclara-t-il.

Perplexe, Sam répondit :

– Je me souviens que tu étais très ému. Tu as éveillé ma curiosité, mais j'ai préféré te laisser venir à moi.

Morgan but une gorgée d'alcool. Il ne pouvait plus reculer.

– Je te jure sur ce que j'ai de plus cher que Charles n'est pas de moi. Je l'ai trouvé !

– Tu l'as trouvé ? répéta Sam, abasourdi. Qu'est-ce que cela veut dire ?

– Je l'ai trouvé. Il venait de naître. Il était encore maculé de sang, enveloppé dans une couverture, au bord de la rivière. Devant ta maison.

– Devant chez moi ? fit Sam, incrédule. Qu'est-ce que c'est que cette fable ? Où veux-tu en venir ? Si Charles n'est pas de toi, tu n'as qu'à le dire. Inutile d'inventer quelque histoire abracadabrante pour te justifier.

– Je préférerais qu'il s'agisse d'une histoire inventée de toutes pièces, répondit Morgan. Mais c'est la vérité. Je l'ai trouvé.

Il but une gorgée d'alcool et reprit, implorant :

– Laisse-moi tout te raconter.

Sam hocha la tête à contrecœur.

– Cette nuit-là, il y a eu un orage terrible. Je rentrais chez moi après avoir pas mal bu, à la taverne. Je chantonnais. Soudain, j'ai entendu les pleurs d'un bébé. Je n'en croyais pas mes oreilles. Ce n'était pas le fruit de mon imagination. J'étais dans les bois et je n'y voyais rien. J'étais éméché, mais je me suis demandé comment on pouvait se promener dans les bois dans la nuit en plein orage. Cherchant à venir en aide à cette personne, je me suis approché.

Incapable de soutenir le regard fasciné de Sam, Morgan se leva et lui tourna le dos.

– S'il n'y avait pas eu un éclair, je ne l'aurais sans doute pas vu. Le pauvre petit être s'agitait dans sa couverture. Il était tout seul, au bord de l'eau.

– Quelqu'un aurait abandonné ce nouveau-né ? Il n'y avait personne aux alentours ?

– Personne. J'ai appelé, en vain. Alors j'ai emmené l'enfant chez moi, dans la maison de gardien.

– Morgan, j'ai du mal à te croire, fit Sam, l'air grave. Pourquoi ne m'as-tu pas prévenu tout de suite ?

– J'aurais aimé t'avertir, mais tu es parti pour l'Angleterre avant que j'aie l'occasion de te parler.

Sam blêmit.

– C'est arrivé quand... Je savais que Charles était né à cette époque-là, mais je n'avais jamais fait le rapprochement.

– J'ai trouvé Charles le soir où Letty a accouché d'un fils mort-né. Bien sûr, je n'en savais rien. Je ne voyais que cet être innocent dans mes bras, abandonné à la merci des éléments déchaînés. Je me suis demandé si sa mère s'était jetée à l'eau. Mais il fallait d'abord s'occuper de l'enfant.

Morgan se passa la main dans les cheveux.

– C'est difficile à expliquer, reprit-il avec un sourire triste. J'étais bouleversé. J'avais tant besoin de ta présence. J'aurais pu te remettre cet enfant et m'en laver les mains, mais tu étais à Philadelphie, et... cela peut paraître étrange, mais j'ai ressenti le besoin de mettre le bébé à l'abri. De m'assurer que nul ne viendrait terminer sa sordide besogne.

Sam parut horrifié, mais il ne semblait pas avoir saisi les implications de ce récit.

– Sam, j'ai découvert Charles à Walker Ridge, la nuit où Letty a accouché. De plus, il a six orteils au pied droit, comme tous les hommes de la famille depuis trois générations.

Leurs regards se croisèrent.

– Ai-je bien compris ce que tu es en train de me dire ? demanda Sam d'une voix nouée par l'émotion.

– Letty était seule avec Constance, qui ne voulait pas voir naître un nouvel héritier qui viendrait léser son propre fils.

Morgan détourna le regard.

– Il y a souvent eu des jumeaux, dans la famille, n'est-ce pas ? demanda-t-il.

– Oui, répondit Sam, bouleversé.

Morgan s'assit en face de son cousin.

– Je n'avais aucune preuve. Je n'en ai toujours pas, d'ailleurs. Je voulais tout te raconter, mais tu as embarqué pour l'Angleterre et... Je ne voulais pas te l'écrire, c'était trop... délicat. Je redoutais que cette lettre ne tombe entre des mains malveillantes.

– Mais tu aurais pu m'en parler à mon retour, bon sang ! Pourquoi n'avoir jamais rien dit ?

– Tu t'es absenté pendant quatre ans, Sam. Andrew et Martha ont élevé Charles comme leur propre fils. Ils ont choisi de lui attribuer comme date de naissance celle du jour où je l'ai déposé chez eux. Ils formaient une vraie famille. Et moi, je n'avais aucune preuve pour étayer mes soupçons. Ma seule certitude était de ne pas être le père de Charles. Mais il est né le même jour que ton fils mort-né et il a six orteils. C'est un Walker. De plus, il te ressemble comme deux gouttes d'eau.

Incapable de soutenir le regard douloureux de Sam, il baissa les yeux.

– Je suis un lâche, avoua-t-il. Mais cette histoire me semblait si horrible. J'avais peur que tu ne me croies pas. Tu m'aurais soupçonné de vouloir faire du tort à Constance. J'attendais le moment opportun. Puis les années ont passé. J'ai fondé ma propre famille. Charles était heureux. Je n'ai pas voulu rouvrir les plaies.

– Et pourquoi parles-tu maintenant ? fit Sam d'une voix blanche.

– Je suis un vieil homme. Et je ne suis pas immortel. Le jour du mariage, Charles m'a sauvé la vie. J'y ai vu un signe du ciel. J'aurais pu mourir sans avoir eu le temps de parler. Je devais à Charles de révéler ses origines.

Le silence s'installa dans la pièce.

– Ne dis rien à personne, ordonna enfin Sam. Je ne veux pas que Letty apprenne la nouvelle avant que j'aie découvert la vérité.

– Tu me crois ? demanda Sam, plein d'espoir.

– Je te fais confiance, confirma le vieil homme. C'est trop extraordinaire. À présent, à nous de déterminer s'il s'agit de simples coïncidences ou si ma femme a effectivement mis au monde des jumeaux, l'un mort-né, l'autre vivant. Dans ce cas, Constance aurait chargé quelqu'un de faire disparaître cet enfant ? De le noyer dans la rivière, peut-être ?

– Je me suis souvent demandé si la mère de Charles, désespérée, ne s'était pas jetée à l'eau, abandonnant son fils.

– Tu crois que Charles est mon fils illégitime ? fit Sam. Que j'ai cherché le plaisir dans un autre lit ? Que j'ai trompé mon épouse, que j'adore ? Allons ! Tu me connais mieux que cela.

– C'était une supposition comme une autre, fit Morgan en rougissant. Mais je n'y croyais guère. Tu m'en veux ?

– T'en vouloir ? répéta Sam en le fixant. Comment exprimer ce que je ressens ? Je viens d'apprendre que Charles est sans doute mon fils... Toutefois, je partage ton point de vue sur la question.

Il frappa violemment du poing sur son bureau.

– Oui, je t'en veux, bon sang ! Je suis fou de rage ! Et pourtant...

Il contrôla à grand-peine ses émotions et marmonna :

– Malgré tout, je ne voudrais pas anéantir toute une vie d'amitié entre nous. J'aurais préféré que tu parles plus tôt mais je comprends mieux certaines de tes attitudes, à présent. Tu as toujours cherché à nous rapprocher de Charles et je t'en remercie du fond du cœur.

Morgan se sentait soulagé d'un grand poids.

– Qu'allons-nous faire à présent ? demanda-t-il. Nous n'avons aucune preuve.

Sam sourit.

– Nous allons en trouver.

QUATRIÈME PARTIE
L'Antre du diable

Quelque chose flotte dans le vent
Shakespeare

17

Quand les jeunes mariés atteignirent enfin la plantation, la nuit était tombée depuis une heure. Laura ne put découvrir sa nouvelle demeure. Grâce aux torches qui éclairaient le convoi, elle avait admiré la diversité du paysage tout au long du chemin. Cette région lui donnait une impression d'immensité. Bientôt, les arbres se firent de plus en plus rares. En découvrant les champs de tabac qui bordaient le chemin, Laura devina qu'elle approchait enfin du but.

Au sommet d'une pente escarpée, elle vit se profiler une imposante bâtisse. Au bout d'une allée bordée d'arbres, la voiture s'arrêta devant l'entrée. Tandis que Charles aidait son épouse à mettre pied à terre, la porte en chêne s'ouvrit. Un homme élégamment vêtu apparut sur le seuil.

– Bonjour, monsieur ! Bienvenue à vous, madame ! lança-t-il d'un ton chaleureux. Nous vous attendions avec impatience. Sauf votre respect, monsieur, cette maison avait grand besoin d'une présence féminine.

Laissant Hugh s'occuper d'Ellen et d'Anne, Charles mena Laura jusqu'à l'entrée.

– Qu'est-ce que vous racontez là, Jed ? Votre femme Mary s'occupe à merveille de notre foyer. Voici Jed Thompson, expliqua-t-il à Laura. Sa femme Mary et lui sont à mon service depuis plus de dix ans.

Il rejoignit son majordome sur le seuil.

– Je vous présente ma femme Laura, annonça-t-il en toute simplicité. J'espère que vous lui réserverez le meilleur accueil et que vous lui témoignerez la loyauté qui vous caractérise.

Jed s'inclina poliment devant la jeune femme avec un sourire admiratif.

– Madame, nous nous efforcerons d'être à la hauteur de notre tâche, promit-il.

Laura le remercia. Elle appréciait déjà ce petit homme jovial aux cheveux roux et aux yeux noisette.

La maison était plongée dans l'obscurité, mais Laura distingua un vestibule spacieux et un élégant escalier en spirale. Aussitôt, ses dernières craintes s'envolèrent. Les parquets étaient impeccablement cirés, le cristal et le cuivre brillaient de mille feux. Un lustre de cristal très raffiné égayait le haut plafond, baignant les lieux dans une douce lumière dorée. L'Antre du diable n'avait rien d'une demeure rustique et inconfortable. Plusieurs portes en arcade menaient vers de longs couloirs sombres. Une femme rondelette se précipita à la rencontre de Laura, affichant un large sourire.

– Bienvenue chez vous, madame, dit-elle avec une révérence. Je suis Mary, la femme de Jed.

– La meilleure cuisinière d'Amérique, précisa Charles.

Les autres membres du convoi entrèrent à leur tour. Le couple Thompson connaissait déjà Hugh, un habitué de la maison.

– Mary, veuillez conduire Ellen et Anne dans leurs appartements, ordonna Charles au grand soulagement de Laura, épuisée par le voyage. Veillez à ce qu'elles ne manquent de rien. Jed, vous vous occuperez de Hugh. Pour ma part, je vais accompagner mon épouse jusqu'à notre chambre. Demain, nous aurons tout le loisir de visiter la maison, dit-il à l'adresse de la jeune femme. J'ai l'impression que vous tombez de sommeil, ma chère. Mary, dites à Marianne de nous monter une collation dès que tout le monde sera installé.

Souhaitant une bonne nuit à tous, Charles offrit son bras à Laura et la précéda dans le grand escalier. Puis ils longèrent un couloir pour s'arrêter devant une porte.

– Voici vos appartements, madame. J'espère que vous en serez satisfaite.

– J'en suis certaine, répondit-elle, ravie.

Il l'attira contre lui et plongea dans ses prunelles topaze.

– Ma chambre est juste à côté, souffla-t-il en effleurant ses lèvres. Il existe une porte de communication. J'ai juré de ne pas vous faire l'amour pendant un mois mais je suis certain que vous n'oublierez pas où vous devez dormir.

– Comme si je pouvais l'oublier, répondit-elle, un peu boudeuse.

Il s'esclaffa et ouvrit la porte. Retenant son souffle, la jeune femme entra. Charles lui emboîta le pas. C'était une pièce spacieuse et aérée, ornée d'un tapis aux tons rose et crème, assorti aux rideaux de velours. Le lit à baldaquin était finement sculpté. Une courtepointe au motif floral reposait sur l'épais matelas de plume. La coiffeuse en marbre se fondait à merveille dans ce décor doux et raffiné.

Avec un soupir d'aise, Laura se tourna vers son mari, radieuse.

– Charles ! C'est superbe ! Je serai très heureuse, ici, j'en suis certaine.

– Je n'en doute pas, dès que vous me laisserez vous rejoindre dans ce grand lit.

– Cette porte mène à vos appartements ? demanda-t-elle, les joues empourprées.

– Absolument, répondit-il d'un air désabusé. Vous voulez les visiter ?

Sentant sa présence juste derrière elle, elle redoutait, au moindre contact, d'oublier ses bonnes résolutions.

– Juste un coup d'œil, répondit-elle, hésitante. Je tombe de sommeil.

L'antichambre était confortable et bien installée. Quant à la chambre de son mari, elle était plus vaste que la sienne, aux tons chauds de rouge et or. Il s'en dégageait un certain caractère. Un imposant lit en acajou trônait au centre de la pièce.

– C'est très joli, commenta Laura en étouffant un bâillement. Puis-je me retirer, à présent ? J'aimerais aller me coucher.

Sans un mot, il la prit par le bras et la fit pivoter de sorte qu'elle se retrouva prisonnière de ses bras puissants. Il se pencha vers elle et l'embrassa avec douceur. Aussitôt, la jeune femme fut emportée par un tourbillon de sensations.

– Laura, je n'ai nullement l'intention de vous sauter dessus chaque fois que nous serons seuls. Je vous ai promis de vous accorder du temps. Ne craignez rien.

Elle lui adressa un sourire hésitant, les lèvres roses et humides.

– Ce n'est pas vous, dit-elle d'une voix douce. J'ai peur de moi-même.

Que faire après un tel aveu, à part l'embrasser encore ? Il l'enlaça et s'empara de sa bouche dans un baiser fougueux.

Perdue entre ses bras, Laura vacilla, emportée par une douce langueur. Posant une main sur un sein, Charles en titilla le mamelon. Cette sensation ramena aussitôt la jeune femme à la réalité.

– Vous m'aviez promis ! lança-t-elle en se libérant de son étreinte.

– J'ai été bien stupide, souffla Charles d'un ton rauque. Mais si vous continuez à me provoquer ainsi, je vais devoir rompre ma promesse.

– Vous provoquer ? répéta-t-elle, sur la défensive. Je n'ai jamais rien fait de tel. Vous déformez la réalité, bredouilla-t-elle, très gênée.

– Si je me fiais aux apparences, répondit-il d'une voix traînante, vous seriez déjà allongée sur ce lit, les jupons relevés, et je me glisserais lentement entre vos cuisses nacrées.

Ces paroles firent naître une chaleur troublante dans le corps de la jeune femme.

– Vous êtes grossier, monsieur ! déclara-t-elle en passant devant lui. Je n'en écouterai pas davantage.

Charles la suivit dans sa chambre. Adossé au chambranle de la porte, il murmura :

– Je suis votre mari, ne l'oubliez pas, chérie.

Songeant à ses intrigues pour obtenir ce mariage, Laura se raidit.

– Vous m'avez forcée à vous épouser. C'est la raison pour laquelle j'exige un peu de temps pour...

– Pour vous habituer à mes manières de barbare ?

– Exactement.

Quelqu'un frappa discrètement à la porte. Une jeune fille apparut, se tordant nerveusement les mains. Elle parut rassurée quand Charles lui sourit et la fit entrer.

– Voici la fille cadette de Mary, annonça-t-il. Elle se prénomme Charity. Elle n'a pas encore beaucoup d'expérience du métier de femme de chambre, mais je suis certain qu'elle vous servira au mieux. Charity, je te présente ma femme, ta nouvelle maîtresse. Tu verras, ce n'est pas l'ogresse que tu crois.

Charity rougit violemment.

– Madame, je n'ai jamais...

Laura la rassura. Avec ses cheveux roux, elle ressemblait beaucoup à son père.

– Ne fais pas attention aux plaisanteries de mon mari, dit-elle. Je suis sûre que nous allons très bien nous entendre. Mon mari a parfois dû en faire voir à tes parents.

– En effet ! renchérit Charles en riant. Bien, je vous laisse entre les mains de Charity, ma chère. J'ai quelques détails à régler. Marianne, sa sœur, vous montera une collation. Bonne nuit.

Charity se montra très efficace. Bientôt, Laura put se glisser avec délices entre des draps délicatement parfumés. Marianne ressemblait à sa sœur, bien qu'elle eût cinq ans de plus que sa cadette. Laura dégusta un velouté de poulet avec d'épaisses tranches de pain beurré. Ensuite, incapable de garder l'œil ouvert, elle remercia les deux domestiques.

Quand Charles se coucha dans le lit à ses côtés, la jeune femme était profondément endormie. En l'enlaçant, il lui murmura à l'oreille :

– Et notre accord, chérie ? Vous aviez donc oublié ?

Laura gémit d'une voix ensommeillée et se blottit contre lui. Charles s'endormit à son tour, un sourire aux lèvres.

Le lendemain matin, à son réveil, alors qu'un soleil radieux inondait la chambre, il ne restait qu'une trace sur l'oreiller de Charles. S'efforçant de ne plus songer à ses rapports étranges avec son mari, Laura se leva d'un bond, impatiente de visiter sa nouvelle maison. Elle gagna l'une des fenêtres pour regarder dans le parc. Ses yeux se posèrent sur une vaste pelouse parsemée d'arbres et de magnolias. La pente verdoyante descendait doucement vers le fleuve scintillant. Une jetée surplombait les eaux argentées. De la maison partait une allée. À sa gauche, des pâturages ceints d'une barrière en bois où s'ébattaient plusieurs juments accompagnées de leurs poulains. À sa droite, un jardin paysager, dont les allées étaient bordées de fleurs aux mille couleurs chatoyantes qui embaumaient l'air matinal.

Laura ne s'était pas fait une idée précise du domaine de son mari. La première image qu'elle avait eue de Charles ne correspondait en rien à ses vêtements bien coupés et à ses bonnes manières. Elle se réjouit de constater qu'il vivait dans une demeure plus qu'élégante. Son mari représentait encore un mystère à bien des égards. En l'épousant, elle ne savait de lui qu'une chose : dès qu'il la touchait, cela éveillait en elle un désir irrépressible et ses baisers l'embrasaient. Ce n'était pas une base très solide pour un mariage. Elle haussa les épaules. À quoi bon remuer ces pensées ?

L'Antre du diable n'avait pas la grandeur et le luxe de Walker Ridge, mais Laura se plairait dans cette maison aux dimensions plus humaines. Elle sonna Charity, impatiente de découvrir toutes les pièces de la maison.

Quelques heures plus tard, au bras de Charles, qui se montra fort attentionné et charmant, Laura dut admettre que son optimisme était justifié. La demeure ne comptait que six chambres, mais elles étaient spacieuses et meublées avec goût. Son nouveau foyer lui semblait parfait en tout point.

Charles lui expliqua non sans fierté comment il avait transformé une petite maison de bois en cette splendide demeure. Le résultat était plein de grâce et d'élégance. Lilas, lierre et chèvrefeuille ornaient les colonnes du porche. Leur feuillage vert contrastait avec le blanc immaculé de la maison.

À l'arrière du bâtiment, les dépendances, l'office, les cuisines, la buanderie, et le bureau de Charles. Plus loin, les cases des ouvriers travaillant sur la plantation. Il s'agissait en grande partie d'esclaves affranchis ou de domestiques, comme les Thompson. Laura visita également les écuries et les granges. Son mari promit de lui montrer les hangars où l'on faisait sécher le tabac.

La plantation ressemblait à un village isolé en pleine campagne. Les gens s'affairaient à leurs tâches. Partout retentissaient les cris des animaux de la ferme.

Après le déjeuner familial, Hugh s'éclipsa en direction des écuries où Charles devait le rejoindre. Les dames se retirèrent dans leurs appartements pour une courte sieste. Laura et Charles se retrouvèrent seuls quelques instants. Ils s'installèrent à l'ombre d'un saule, au bord de l'eau. Ils devisèrent de la pluie et du beau temps, puis Charles déclara, une lueur dans le regard :

– Je suis désolé de vous abandonner si vite, mais je dois m'occuper des chevaux que j'ai fait venir d'Angleterre. Je n'ai pas encore eu le temps de les dresser car j'étais trop occupé à poursuivre une jeune pouliche anglaise de mes assiduités.

Laura faillit s'étouffer en avalant une gorgée de limonade.

– Une pouliche ? répéta-t-elle, outrée. Vous vous méprenez, mon cher. Vous voulez dire une brave jument stérile...

Charles lui sourit et lui caressa la joue du bout des doigts.

– Je doute qu'elle soit vraiment stérile. Elle n'a simplement jamais rencontré le bon étalon.

Laura rougit violemment mais ne trouva aucune réplique cinglante. Leur badinage touchait un point sensible.

– Je pense que vous découvrirez vite que c'est la jument qui est à blâmer. L'étalon en question avait déjà eu quatre fils, mais avec...

Laura s'interrompit, les larmes aux yeux.

Elle avait rêvé d'avoir un enfant lors de son premier mariage. Ne voyant rien venir, elle s'était interrogée sur ses dispositions à enfanter. Peu à peu, elle avait accepté l'idée de ne jamais connaître les joies de la maternité.

Sentant son angoisse, Charles l'embrassa doucement sur le front.

– Nous verrons bien, assura-t-il avec un sourire désarmant. Et même si vous aviez raison, j'aurais toujours l'impression d'avoir réalisé une bonne affaire.

Laura lui fut reconnaissante. Sa gentillesse ne faisait

qu'accroître ses interrogations à son sujet. Il l'avait épousée pour assouvir une vengeance. Et pourtant...

Les dames vaquèrent à leurs occupations le reste de la journée. En fin d'après-midi, lorsqu'il fit plus frais, les trois femmes décidèrent de poursuivre leur exploration de la maison.

Très fière de sa nouvelle demeure, Laura montra à Ellen et à Anne tout ce qu'elle avait découvert dans la matinée. Elles se dirigèrent vers le pré où s'ébattaient de jeunes poulains.

– Dire que Constance pensait que j'allais m'ennuyer, soupira Laura.

Elle s'en voulut aussitôt en voyant l'air vexé d'Anne. Elle s'empressa d'ajouter :

– C'est très gentil à vous d'accepter de vivre parmi des étrangers. Connaissez-vous ces personnes, Anne ? J'espère que oui, car Ellen et moi serons perdues. Constance a été bien avisée de vous confier à moi. Étiez-vous déjà venue ici ?

Désarmée par la gentillesse de Laura, Anne se détendit.

– Non. Mais j'ai beaucoup entendu parler de cette maison. Monsieur Samuel l'évoque souvent. Il est très fier de ce que votre mari a accompli en si peu de temps. Je connais toutefois quelques domestiques. Certains accompagnent parfois votre mari à Walker Ridge.

Oubliant ses réserves initiales sur la venue d'Anne, Laura avait remarqué au cours du voyage que la vieille dame était de charmante compagnie et qu'elle faisait de son mieux pour lui être agréable. La jeune femme ne comprenait toujours pas pourquoi Constance avait tant tenu à l'envoyer à l'Antre du diable.

– Avez-vous l'habitude de voyager quand Constance vous libère ? demanda-t-elle, curieuse.

– Oh, je ne suis jamais allée nulle part sans ma maîtresse, répondit Anne avec candeur.

Se rendant compte qu'elle risquait d'éveiller des soupçons, elle reprit :

– Enfin, je n'aime pas voyager seule. Mais comme j'accompagne toujours Madame, je n'ai nul besoin de m'absenter.

– Je vois, fit Laura, pensive, de plus en plus perplexe.

Constance voulait-elle que sa dame de compagnie lui serve d'espionne ? À quoi bon ? Charles et elle n'avaient rien à cacher.

Laura ne trouva aucune explication. Toutefois, la vieille dame était agréable, elle ne chercha pas plus loin. Elle avait d'autres préoccupations : l'attitude de son mari et l'idylle entre Ellen et Hugh.

De toute évidence, leur relation n'était pas au beau fixe. Quand Ellen avait voulu s'expliquer avec le jeune homme, il avait refusé de l'écouter. Il l'avait tout bonnement ignorée.

Laura se doutait des raisons de la froideur de Hugh. Mais elle n'avait pas eu l'occasion de faire part à sa sœur de la conversation entre Hugh et Jonathan, le jour du mariage. Lorsque Anne prit congé des deux sœurs, Laura se tourna vers sa cadette, qui semblait soucieuse.

– Tu as pu parler avec Hugh ?

– Il refuse de m'accorder un entretien, répondit la jeune fille avec un soupir. Il se contente de me foudroyer du regard. Que faire ?

– Je l'ignore, mais je crains que Jonathan ne soit responsable de la réaction de Hugh.

– Que veux-tu dire ? Jonathan a annoncé à Hugh la rupture de nos fiançailles. Je pensais que Hugh serait content.

Les larmes lui montèrent aux yeux.

– Au lieu de se réjouir, il me fuit comme la peste. Je sais, il a été blessé par ces fiançailles inattendues. Il était même furieux. Mais j'ai cru qu'il comprendrait que je n'avais rien à voir dans cette histoire. L'amour, cela fait souffrir. J'ai le cœur brisé. Je ne comprends rien aux hommes, conclut-elle dans un sanglot.

Laura l'enlaça.

– Je sais, chérie. Je ne les comprends pas très bien non plus. Ils peuvent être si agaçants, arrogants. Et fascinants, aussi.

– Que vais-je devenir ? s'enquit la jeune fille entre deux hoquets. Hugh ne me permettra jamais de me justifier. Si seulement il m'écoutait...

– Jonathan a dû lui mettre des idées fausses dans la tête, déclara Laura à contrecœur.

La jeune fille redressa la tête.

– Je n'ai pas entendu leur conversation, expliqua Laura, mais j'ai la certitude que Jonathan lui a raconté des horreurs.

– Qu'a-t-il pu lui dire pour susciter chez Hugh une telle aversion ?

– Je l'ignore au juste, mais l'expression de Hugh en disait long.

Ellen blêmit, les poings crispés.

– Tu crois qu'il a... ? Qu'il a prétendu que lui et moi... ? Que je suis... compromise ?

Laura hocha lentement la tête.

– Le pire, c'est que Hugh l'a sans doute cru.

– Comment ose-t-il accorder foi à une pareille calomnie ? s'exclama Ellen, furieuse. Attends un peu que je lui mette le grappin dessus, annonça-t-elle en se dirigeant d'un pas décidé vers la maison.

– Tu vas devoir patienter avant de mettre les choses au point avec Jonathan. Je doute que nous retournions de sitôt à Walker Ridge, répondit Laura, heureuse de voir sa sœur se ressaisir.

– Jonathan ? fit Ellen par-dessus son épaule. Ce n'est pas à lui que j'en veux. J'en veux à Hugh d'avoir cru que... j'ai la ferme intention de lui dire ce que je pense de ça. Comment a-t-il pu me soupçonner de me livrer ainsi à la débauche ?

Sur ces mots, telle une furie, elle releva fièrement le menton et s'éloigna.

18

Les joues empourprées, Ellen entra dans le premier bâtiment des écuries, une grange où il faisait frais et sombre. Elle ne s'était pas trompée : Charles et Hugh étaient en train d'admirer un superbe étalon venu d'Angleterre. De toute évidence, l'animal avait été fort bien traité depuis son arrivée car il avait la robe luisante et il piaffait d'impatience.

À l'entrée d'Ellen, le cheval s'agita de plus belle. Quand les deux hommes se tournèrent vers la jeune fille, l'animal se cabra et hennit violemment. Impressionnée, Ellen étouffa un cri de terreur et recula, sous le regard amusé de Charles et de Hugh.

– N'ayez pas peur ! lança Charles d'un ton rassurant. Il est solidement harnaché. Il ne vous fera aucun mal. D'ailleurs, ajouta-t-il en flattant l'encolure de l'étalon, Diable noir est un vrai gentleman.

Ellen se ressaisit rapidement. Elle s'approcha de Hugh et lui déclara d'un ton ferme :

– Si mon beau-frère peut se passer de vous quelques instants, j'aimerais vous dire deux mots en particulier. Tout de suite.

– Je ne vois pas en quoi c'est nécessaire, répliqua Hugh en se renfrognant. Je n'ai rien à cacher à Charles.

Ellen rougit de plus belle et adressa un regard implorant à son beau-frère. Il arqua les sourcils, intrigué par sa nervosité apparente. Puis il observa son cousin. Manifestement, quelque chose n'allait pas entre les deux jeunes gens. Charles ne voulait pas se montrer indiscret. Mieux valait ne pas s'en mêler, de peur de se brouiller avec eux.

– Je crois que je vais aller retrouver ma femme, annonça-t-il. Elle doit être impatiente de me voir.

Ignorant la stupeur de Hugh, il se pencha vers Ellen.

– Veuillez m'excuser, ma chère...

Elle hocha la tête, sans quitter Hugh des yeux. Charles prit les rênes du cheval et s'éloigna, laissant les deux jeunes gens seuls dans la grange.

Incapable de dissimuler plus longtemps son sentiment d'injustice, Ellen s'approcha du jeune homme.

– Comment avez-vous pu croire toutes ces horreurs me concernant ? demanda-t-elle en brandissant un index rageur dans sa direction. Comment avez-vous pu ?

Pris de court, Hugh fronça les sourcils.

– De quoi parlez-vous ?

– Mais de Jonathan, bien sûr ! Comme si vous ne le saviez pas !

Les boucles blondes d'Ellen encadraient son visage écarlate. Ses yeux lançaient des éclairs. La colère lui allait bien, songea le jeune homme avec amertume, le cœur serré. Malgré ses bonnes résolutions, il se sentit sur le point de céder à ses sentiments pour elle. Pourtant, elle n'était qu'une vulgaire traînée, une créature cruelle et sans morale. Jamais il ne la laisserait lui briser le cœur. Jonathan lui avait recommandé de se méfier d'elle et de ne pas se laisser abuser par ses airs innocents. Il l'avait prévenu qu'elle chercherait à tout nier en bloc, ce qu'elle était précisément en train de faire.

Plus furieux et blessé que jamais depuis les révélations de Jonathan, il entrevoyait enfin la véritable nature de la jeune fille.

– Et qu'aurait fait mon cousin Jonathan ? demanda-t-il.

– Ne jouez pas les imbéciles ! cria-t-elle en tapant du pied. Il vous a raconté des choses à mon sujet qui vous poussent à m'éviter comme la peste. Il faut être naïf pour croire un mot de ce que colporte cet être sournois et vil.

– Dois-je en conclure que vous n'avez pas rompu vos fiançailles avec lui ? fit Hugh avec un sourire sardonique.

Réprimant une folle envie de le gifler, la jeune fille répliqua :

– Bien sûr que non ! J'ai en effet rompu avec lui. Mais nous n'avions jamais été officiellement fiancés. Il n'y a donc aucun affront. En venant en Amérique, il était prévu que nous devions d'abord faire plus ample connaissance avant de prendre la moindre décision. (Son regard s'assombrit.) Sachez, pour votre gouverne, que Jonathan n'a jamais demandé ma main. Il s'est contenté d'annoncer nos fiançailles à brûle-pourpoint, sans me consulter. Je n'ai pas eu mon mot à dire.

– Cela me paraît difficile à croire. D'ailleurs, en quoi cela devrait-il m'intéresser ?

L'espace d'un instant, la jeune fille parut si choquée qu'il faillit la prendre dans ses bras pour l'embrasser. Maîtrisant ses pulsions, il la toisa d'un regard froid.

Son indifférence apparente attisa la colère de la jeune fille. Visiblement, rien de ce qu'elle pourrait dire n'allait influencer Hugh. Soudain, elle eut envie de s'enfuir à toutes jambes pour pleurer tout son saoul dans son coin. Les yeux embués de larmes, elle se détourna.

– Excusez-moi. Je ne vous retiendrai pas plus longtemps. J'ai dû me méprendre.

Soudain peiné, le jeune homme marmonna :

– Tout comme Jonathan, sans doute.

– Que voulez-vous dire ? demanda Ellen en levant les yeux vers lui.

Hugh ne pouvait plus reculer. Il décida de jouer cartes sur table.

– Inutile de jouer la comédie avec moi. Je sais tout. Jonathan m'a expliqué comment vous lui aviez fait croire que vous l'aimiez. D'ailleurs, il ne vous aurait jamais faite sienne s'il n'avait pas été certain de vous épouser. Pour lui, vous avez rompu car vous commenciez à vous ennuyer et que vous souhaitiez me séduire, afin de vous changer les idées.

– Et vous l'avez cru ? lança Ellen, incrédule.

– Pourquoi aurait-il menti sur des questions aussi personnelles ? Après tout, cette histoire n'est pas très flatteuse pour lui.

– Pourquoi ? cria-t-elle, ne se maîtrisant plus. Vous ne comprenez donc pas ? Charles et vous nous aviez pourtant mises en garde contre lui. Soudain, Jonathan est devenu un saint dont on ne peut mettre la parole en doute ? Vous avez donc si peu de respect pour moi que vous l'avez écouté m'insulter sans me laisser une chance de me défendre ?

Sa voix était chargée de tant de passion et de douleur que Hugh fut saisi d'un doute. Jonathan n'était pas réputé pour son intégrité. Pour la première fois, il vint à l'esprit de Hugh que, si Jonathan avait été un homme d'honneur, il aurait accepté la décision de sa fiancée, sans faire de tort à la jeune fille.

Il dévisagea Ellen, furieux à l'idée que son cousin se soit joué de lui. Aveuglé par sa propre jalousie, il avait cru les pires calomnies à propos de la jeune fille qu'il aimait.

Ellen le foudroyait du regard. Qu'importe sa colère ! Il la méritait. Il avait blessé la personne qu'il aimait le plus au monde. Tout à coup, sa tristesse s'envola. Le comportement de Jonathan n'indiquait-il pas qu'Ellen éprouvait de tendres sentiments pour lui-même ? Son cœur se mit à battre la chamade.

Sûr de lui, il s'adoucit et fit un pas vers la jeune fille. Prenant sa main dans la sienne, il murmura :

– Je vous demande pardon, Ellen. Je me suis vraiment comporté comme le dernier des goujats, et je le regrette. Si je n'avais pas été fou de jalousie, ce jour-là, je me serais rendu compte que Jonathan ne cherchait qu'à nous séparer. Un être aussi pur que vous ne saurait se conduire de façon aussi abjecte. Je m'en veux de vous avoir fait souffrir.

Ellen sentit fondre sa colère comme neige au soleil. Elle eut envie de se jeter à son cou et de lui dire qu'elle lui pardonnait, mais se retint encore un peu. Il n'allait pas s'en tirer aussi facilement. Après tout, il l'avait cruellement blessée par sa froideur.

– Si vous croyez que de simples excuses vont effacer l'affront que j'ai subi ! fit-elle d'un ton ferme.

Une lueur malicieuse apparut dans les yeux bleus du jeune homme, qui l'enlaça.

– Vous avez souffert à ce point ? murmura-t-il d'un ton rauque. Mon opinion compte tellement pour vous ?

Prête à capituler, Ellen se dégagea de son étreinte.

– Personne n'aime voir sa réputation entachée par des calomnies, répliqua-t-elle en reculant. Je suis ravie que nous ayons eu cet entretien. Nous pouvons à présent oublier ce fâcheux malentendu et redevenir amis, comme avant, conclut-elle en penchant la tête.

Hugh ne comptait pas se contenter d'être l'ami d'Ellen.

– C'est tout ce que vous avez à me dire ? demanda-t-il, insatisfait.

– De quoi souhaitez-vous que nous parlions ? s'enquit-elle, l'air candide.

– Je vous préviens, ne jouez pas avec moi, gronda-t-il, soudain désarçonné.

– Oh, mais je n'oserais pas, murmura-t-elle en baissant les yeux comme une enfant sage.

Elle tourna les talons en faisant voleter ses boucles blondes et quitta l'écurie d'un pas léger. Frustré et ébahi, Hugh la suivit des yeux.

Les femmes étaient décidément diaboliques. Jamais il ne les comprendrait.

Charles trouva son cousin le front plissé en train de marmonner des paroles inintelligibles tandis qu'il bouchonnait une jument. Il venait de croiser Ellen, radieuse, et s'attendait à lire le même bonheur sur le visage de Hugh.

– Tu as l'air contrarié, déclara-t-il. Quelque chose ne va pas ?

– J'ignore si je vais étrangler Ellen ou provoquer Jonathan en duel d'abord, grommela le jeune homme.

– J'aimerais comprendre.

– Eh bien... sache que je suis le dernier des idiots, car j'ai cru les horreurs que m'a proférées Jonathan à propos d'Ellen.

– Il a dit du mal d'Ellen ? fit Charles en plissant les yeux.

– Personne d'autre n'est au courant, précisa Hugh en voyant son cousin s'emporter. En fait, je suis certainement le seul qui l'aurait laissé parler sans lui mettre mon poing dans la figure.

– Qu'a-t-il dit, au juste ? demanda Charles, de plus en plus menaçant.

– Si quelqu'un doit provoquer cet homme en duel, ce sera moi, répondit Hugh en secouant la tête. Après tout, c'est ma femme qu'il a bafouée.

– Ah oui ? Et Ellen est au courant de cette information, je suppose, fit Charles en se déridant.

– Non. Pour l'instant, elle nous considère comme des amis, admit le jeune homme avec une moue de déception.

– Ne désespère pas, mon vieux ! conseilla Charles,

amusé. Si elle ne t'aimait pas, elle n'aurait pas été aussi déterminée à mettre les choses au point. Je connais les femmes. Ellen cherche à te punir en te faisant languir un peu.

– C'est ce que je craignais, déclara Hugh.

Ils ne remarquèrent pas la présence de Laura, qui venait d'entrer dans la grange.

– Quant à Jonathan, reprit Charles, tu vas devoir attendre que je me sois vengé de lui avant de prendre à ton tour ta revanche.

– Je me demandais si, après tant d'années, tu lui en voulais encore de la mort de Jenny, avoua le jeune homme en se concentrant sur sa tâche. À moins que tu ne détestes Jonathan par habitude.

– Oh non, répondit Charles. Je n'ai simplement trouvé aucun moyen de le faire souffrir et de lui apprendre que séduire la femme d'un autre avant de l'abandonner à son triste sort n'est pas un comportement digne d'un homme. Il doit payer le prix de sa faute car il a détruit plusieurs vies.

– C'est loin, murmura Hugh. Jenny est morte depuis sept ans, maintenant. Il est temps pour toi de tourner la page. Tuer Jonathan ne rendra pas la vie à Jenny. Tu es remarié. Une nouvelle vie va commencer. Pourquoi risquer de tout perdre pour te venger du passé ?

– Mais je ne souhaite pas tuer Jonathan, précisa Charles avec un rire cruel. Sinon, je l'aurais fait depuis longtemps. La mort lui serait trop douce. Je veux le faire souffrir pour le reste de ses jours.

Le sourire de Laura s'évanouit. Elle demeura pétrifiée tandis que les paroles de Charles résonnaient à ses oreilles. Ses soupçons lui revinrent à l'esprit. Elle regretta amèrement d'être venue. Si seulement elle avait fait assez de bruit pour signaler sa présence ! Elle aurait pu s'éclipser avant d'en entendre davantage, mais ses jambes refusaient de lui obéir.

– Que comptes-tu faire ? s'enquit Hugh.

– Lui prendre un bien auquel il tient énormément... et le laisser vivre en sachant que je possède son trésor le plus précieux.

Ces paroles firent à Laura l'effet d'un coup de poignard. Elle avait la confirmation que Charles se servait d'elle comme d'une arme contre son cousin. Elle avait voulu se persuader qu'elle se trompait sur les motivations réelles de son mari. Mais aussitôt, tout espoir d'un avenir heureux aux côtés de Charles s'envola. Sa poitrine se serra lorsqu'elle comprit qu'elle s'était laissé manipuler par cet être au charme ténébreux.

Blessée et furieuse de ne pas avoir cédé à la tentation d'une annulation de mariage, elle quitta les lieux sur la pointe des pieds. Elle ne pouvait s'en prendre qu'à elle-même. Elle se retrouvait mariée à un homme sans scrupules et dont elle était éperdument amoureuse.

Seule dans sa chambre, elle marcha de long en large, ne sachant que faire. Il était hors de question de partir. Elle devait l'admettre : elle aimait Charles. Il lui suffisait de la regarder, de la toucher, de tendre les bras pour qu'elle se précipite vers lui. Le moindre frôlement de son corps la rendait folle de désir. Elle aurait dû se réjouir d'être la femme d'un tel homme. Cependant, c'était loin d'être le cas.

Depuis leur mariage, elle avait réussi à chasser une partie de ses doutes. Le charme désinvolte de son mari lui faisait oublier les circonstances particulières de leur union. Il n'en restait pas moins qu'elle le connaissait à peine et que le mystère qui l'entourait la troublait plus que jamais. Elle ne le comprenait pas. Un jour, il la forçait au mariage, le lendemain, il acceptait de ne pas la toucher pendant un mois. À cette pensée, un frisson parcourut la jeune femme.

Les poings serrés, elle ferma les yeux. Devait-elle faire comme si elle n'avait jamais surpris la conversation entre les deux hommes ? C'était impossible. Non, il fallait qu'elle sache si Charles ne l'avait épousée que pour assouvir sa vengeance.

Le souper se déroula dans une atmosphère morose. La chaleur étouffante avait fait place à une soirée fraîche. La salle à manger était spacieuse, les mets délicats. Pourtant, la jeune femme était si absorbée dans ses sombres pensées qu'elle ne vit pas que Hugh boudait et qu'Ellen rayonnait de bonheur. Elle bavardait gaiement avec Charles. Anne semblait toujours mal à l'aise, malgré la gentillesse de Laura. Elle se contentait de répondre poliment lorsque quelqu'un lui parlait.

Charles appréciait le charmant babillage d'Ellen, mais il avait remarqué la mine sombre de sa femme. À plusieurs reprises, il lui adressa des regards interrogateurs. Qu'avait-il pu se passer pour qu'elle perde son entrain ?

Quand tout le monde se fut retiré pour la nuit, Charles put enfin dire un mot en particulier à son épouse. En entrant dans sa chambre, il eut la surprise de trouver Laura habillée, qui l'attendait, assise dans un fauteuil. Il ne parvint pas à déchiffrer son expression. Colère ? Douleur ? Résignation ? Les trois, songea-t-il.

Il ôta sa veste et défit sa cravate.

– Je ne pensais pas vous trouver ici, dit-il en s'approchant d'elle.

– Vous m'avez pourtant ordonné de dormir dans votre lit, je crois ?

Il fut troublé par le ton étrange de sa voix. Il s'assit sur le lit et enleva ses bottes, tout en réfléchissant. Elle était bouleversée sans qu'il puisse se l'expliquer.

Il vint se placer devant elle, les mains sur les hanches.

– Je suis flatté que vous vous rappeliez mes... ordres, mais vous n'êtes pas en tenue. À moins que vous ne vouliez dormir tout habillée ?

Une lueur apparut dans les prunelles topaze de la jeune femme. Il se pencha vers elle.

– Que se passe-t-il ? Pourquoi me regardez-vous ainsi ?

– Pourquoi m'avez-vous épousée, Charles ? demanda-t-elle en soutenant son regard. Pourquoi avoir provoqué ce mariage ?

Charles se crispa. Il recula d'un pas.

– Je suis certain que vous avez tiré vos propres conclusions.

– Oui, admit-elle. Mais j'aimerais avoir une explication. Pourquoi ?

– Mais parce que je vous trouvais si séduisante que je n'ai pu m'en empêcher.

– Je ne plaisante pas. J'ai le droit à une explication. Pourquoi ?

Il ne connaissait pas la réponse lui-même. Il arpenta nerveusement la pièce, cherchant une explication. Il s'interrogeait sur cette insistance soudaine.

– En quoi est-ce si important, à vos yeux ? Mes motivations ne changent rien. Nous sommes mariés. Je vous ai compromise, un point c'est tout.

– Oui. Et nous allons devoir vivre ensemble le reste de nos jours. J'ai tout de même le droit de savoir pourquoi vous avez agi de la sorte. Vous m'avez compromise. Pourquoi ? répéta-t-elle.

Charles lui décocha un regard noir. Elle revenait à la charge, quoi qu'il dise. Si seulement il savait que dire ! Il ne pouvait évoquer ses motivations premières. Il se rendait compte, à présent, qu'il n'aurait jamais mis ce projet à exécution s'il s'était agi d'une autre femme que Laura.

Il détourna les yeux. Mieux valait ne pas chercher à révéler ses sentiments profonds, lui dire qu'il était amoureux d'elle depuis le premier jour, qu'il la voulait et qu'il ne pensait qu'à elle. N'avait-il pas juré à la mort de Jenny qu'il n'aimerait plus jamais aucune femme ?

Il alla se servir un verre de cognac puis s'installa dans un fauteuil de cuir. Baissant les yeux vers le liquide ambré, il demanda :

– Pourquoi tenez-vous tant à savoir ?

– Vous répondez toujours à une question par une autre question ? fit-elle avec un sourire teinté d'amertume.

Il avala une gorgée d'alcool.

– Disons plutôt que j'aimerais savoir ce qui vous pousse à évoquer ce sujet justement aujourd'hui.

– Je suis entrée dans la grange, cet après-midi, avoua-t-elle. Je venais vous chercher. Je voulais me promener dans le domaine en votre compagnie.

Elle baissa les yeux.

– Vous étiez en grande conversation avec Hugh à propos de Jonathan, de Jenny, de vengeance... Je ne cherchais pas à vous espionner, mais j'ai tout entendu malgré moi. C'était on ne peut plus instructif.

19

Charles demeura impassible, mais il se maudissait intérieurement. Il se rappelait en effet fort bien sa conversation avec Hugh.

Certes, il n'avait jamais cité le nom de Laura, ni évoqué leur mariage, mais... Il fronça les sourcils. Laura avait sans doute fait le rapprochement. Il ne pouvait prétendre que sa soif de vengeance n'avait joué aucun rôle dans leur histoire, puisque, en partie, c'était exact. Et il ne pouvait lui expliquer la confusion de ses sentiments sans avouer qu'elle l'avait ensorcelé.

Cherchant à gagner du temps, il avala une gorgée de cognac. Et s'il avouait à la jeune femme que cette vengeance n'était qu'un prétexte pour épouser une femme qu'il aimait plus que tout ? Non, il ne pouvait fournir à Laura la corde qui servirait à le pendre.

Il se leva et alla se servir un autre verre. Tournant le dos à son épouse, il déclara enfin :

– Quelles conclusions avez-vous tirées de cette passionnante conversation ?

La jeune femme se leva d'un bond.

– Une fois de plus, vous éludez ma question !

– De toute évidence, dit-il, les joues empourprées de honte, vous n'en avez rien conclu de positif. J'ai le droit de savoir pour quel crime je suis jugé.

– Il ne s'agit pas de vous juger, répliqua-t-elle d'un ton las. Je ne veux que la vérité. Pour une fois. Je sais que je ne peux rien changer à ma situation, mais je tiens à comprendre, persista-t-elle.

– C'est vous que je voulais, avoua-t-il sans préambule.

La jeune femme éclata d'un rire amer.

– Vous croyez que je vais me contenter de cela ? C'est votre seule réponse ?

Charles hocha la tête.

– Et votre désir de vengeance contre Jonathan ? Il n'a sans doute rien à voir avec notre mariage ? Vous pensiez que nous étions fiancés, voilà pourquoi vous m'avez compromise. Pour lui voler son bien et le punir.

Il se précipita vers elle et la saisit par les bras.

– Cela ne fait aucune différence ! s'écria-t-il. Vous êtes ma femme, à présent ! Oubliez ce que vous avez entendu cet après-midi. C'était une conversation entre Hugh et moi qui ne vous regardait en rien.

– Je vois, fit-elle froidement. Je dois oublier. Comme cela vous arrange...

– Je refuse de me quereller avec vous, Laura, déclara-t-il entre ses dents. Arrêtez, je vous prie.

Blessée et furieuse, Laura se dégagea de son emprise.

– Je n'ai pas le choix, on dirait ! lança-t-elle avant de tourner les talons.

La main sur la poignée de la porte, elle esquissa un sourire amer.

– Qui ne dit mot consent. J'en conclus que je ne m'étais pas trompée quant aux raisons qui vous ont poussé à m'épouser.

Charles préférait qu'elle reste sur cette opinion que de lui avouer combien il était fou d'elle. Il dut serrer les poings pour ne pas l'embrasser avec fougue.

– Je ne puis vous empêcher de le penser, dit-il. Je vous assure que, quelles que soient les circonstances de notre mariage, je serai un bon mari et je ne chercherai que votre bonheur.

Ces paroles la réconfortèrent. Elle se demanda même si elle ne s'était pas trompée sur toute la ligne. Sa voix exprimait une telle sincérité qu'elle ne demandait qu'à le croire. Il aurait été si simple d'accepter cette main tendue, d'oublier ses doutes. Elle se raidit soudain. Non. Cette fois, elle ne se laisserait pas abuser par ses charmes, comme lors de leur nuit de noces.

– Vous voulez mon bonheur ? fit-elle d'un ton sec. Eh bien, faites en sorte que je ne croise plus jamais votre face de scélérat ! Voilà ce qui me rendrait heureuse !

Elle ouvrit la porte, mais, avant qu'elle puisse s'enfuir, il lui dit :

– N'avez-vous rien oublié ? dit-il en désignant le lit. Vous dormez ici, ce soir.

– Vous n'allez tout de même pas exiger que je respecte cette clause stupide de notre accord ?

– Si vous renoncez à appliquer les termes de notre contrat, vous ne verrez sans doute aucun inconvénient à ce que j'en fasse autant, répliqua-t-il, les yeux pétillants de malice.

Réprimant avec peine son envie de le gifler, la jeune femme se dirigea vers le lit, ôta ses souliers et s'assit tout habillée sur l'édredon, les bras croisés.

– Vous êtes satisfait ?

Charles admira le spectacle de la jeune femme, les vêtements en désordre.

– Chérie, vous savez pertinemment que je ne suis pas satisfait, fit-il en s'efforçant de ne pas sourire. Vous savez aussi ce qui me ferait plaisir.

Laura eut soudain l'impression d'étouffer. Le souffle court, elle sentit monter en elle une chaleur familière. Son corps tout entier réagissait aux paroles de Charles. Jamais elle n'avait autant détesté et aimé tout à la fois.

Cette nuit-là, Laura comprit pourquoi les gens ne dormaient pas tout habillés. Engoncée dans ses vêtements, elle ne trouva pas le sommeil. Son corset la meurtrissait et ses épingles à cheveux lui piquaient le cuir chevelu.

Charles, quant à lui, dormit du sommeil du juste. La jeune femme le maudit en silence. Elle finit par s'assoupir à l'aube, mais se réveilla peu de temps après, les paupières lourdes. Par chance, son mari était déjà parti.

Laura se leva et regagna sa chambre à la hâte. Elle se dévêtit et défit son chignon avant de se glisser avec un soupir d'aise dans la douceur de son propre lit.

Elle ne se réveilla qu'en fin d'après-midi. Sur la table était posé un plateau avec une théière en porcelaine. Étouffant un bâillement, elle s'installa près de la fenêtre pour savourer une tasse de thé tout en contemplant le parc.

Le ciel gris était chargé de nuages menaçants. Elle perçut au loin le grondement du tonnerre. Mais elle avait autre chose en tête. Elle ressassait sa pénible confrontation avec Charles. Sa situation n'avait guère progressé. À présent, les motivations de son mari étaient claires. Le fait qu'il prenne du plaisir entre ses bras ne faisait sans doute que rendre meilleur le goût de sa vengeance.

Malheureusement, ses sentiments pour lui demeuraient intacts. Malgré tout, elle aimait Charles. C'était de la folie, mais elle ne pouvait rien aux élans de son cœur.

Avec un soupir, elle posa sa tasse, le regard vague. Si seulement Charles s'était montré plus honnête envers elle... Mais elle ne pouvait modifier le passé. Il était temps pour eux de repartir sur des bases nouvelles et de songer à l'avenir. Mais, avant cela, elle voulait que Charles fasse amende honorable. Elle ne ferait rien pour le pousser à avouer ses torts.

Au début du mois de septembre, une chaleur moite s'installa sur la campagne, plongeant les animaux et les hommes dans une douce torpeur. Chacun cherchait un coin ombragé. En public, Charles et Laura parvenaient à donner l'image d'un jeune couple très uni. Ils discutaient des événements de la journée en toute sympathie. Ce n'est que lorsqu'ils se retrouvaient seuls que l'atmosphère se dégradait. Ils ne trouvaient rien à se dire. Laura voyait la nuit tomber avec angoisse car elle dormait dans le lit de son mari. De temps à autre, il l'enlaçait dans son sommeil. Souvent, elle se réveillait blottie contre lui. Mais il ne cherchait pas à rompre les clauses de leur accord.

Laura était troublée par cette intimité avec un homme qu'elle voulait mépriser. Il suffisait qu'elle le regarde pour défaillir. Mais elle luttait contre cette attirance magnétique.

Heureusement, les journées de la jeune femme étaient bien remplies. Charles s'absentait de la maison pour surveiller le travail de ses ouvriers et les progrès de ses chevaux.

Laura, elle, découvrait les joies de la vie dans une plantation. Dans sa jeunesse, elle n'hésitait pas à accomplir elle-même certaines tâches domestiques. Il lui était même arrivé de traire une vache. L'Antre du diable vivait presque en autarcie. Charles s'approvisionnait en ville pour certains produits de base et, deux fois par an, il se rendait à Richmond ou à Williamsburg. En tant que maîtresse du domaine, Laura devait veiller à l'organisation de la maison et de la ferme. Il lui arrivait aussi de mettre la main à la pâte.

Elle était même chargée d'apprendre à lire et à écrire aux enfants des ouvriers et jouait parfois les sages-femmes. Elle était présente sur tous les fronts. Elle avait l'impression de s'occuper de tout un village.

Avec l'aide bienveillante d'Anne et des domestiques, Laura apprit vite certaines tâches, notamment la préparation des conserves et des bocaux de confitures.

L'hiver approchait à grands pas. Tous s'apprêtaient à affronter cette saison difficile. Le soir, en se couchant, Laura avait la tête pleine de ce qu'elle avait découvert dans la journée. Pourtant, le temps passait trop vite à son goût. Son mois d'abstinence touchait à sa fin. Elle n'avait toujours pas surmonté son problème avec Charles. De toute évidence, c'était un maître respecté de tous. Il se montrait attentif, généreux, faisant preuve d'une grande intelligence dans ses décisions. Le mystère qui l'entourait n'en était que plus troublant.

Laura n'était pas la seule à vouloir percer ce mystère. Sam Walker aurait payé cher pour connaître les événements exacts de cette fameuse nuit d'orage. Il croyait à l'histoire extraordinaire de Morgan. Que s'était-il passé juste avant que celui-ci ne retrouve l'enfant au bord de l'eau ?

Au cours des semaines qui suivirent la révélation de son cousin, Sam passa de longues heures à regarder dans le vide, cherchant à dénouer les fils de l'énigme. Constance allait tout nier en bloc. Quant à Anne, elle était dévouée corps et âme à sa maîtresse. De toute façon, elle était absente. Le seul témoin de cette nuit terrible était Letty, son épouse adorée.

Il n'osait aborder ce sujet douloureux avec elle. Letty était à jamais marquée par cette épreuve. Pendant des années, elle n'avait même pas eu la force d'aller se recueillir sur la tombe de leur fils mort-né. Il ne fallait pas éveiller en elle l'espoir qu'un jeune homme qu'elle chérissait depuis toujours était en fait son fils. Sam voulait d'abord en avoir le cœur net.

Cependant, il voulait lui parler de cette nuit. Dans son bureau, il regarda par la fenêtre, au loin, et soupira.

C'était le mois de septembre, et il n'était pas plus éclairé sur les origines de Charles. Après le départ du jeune couple pour l'Antre du diable, Morgan et sa femme étaient restés une semaine à Walker Ridge. Sam et Morgan avaient longuement évoqué l'événement, cherchant une preuve. En vain.

La seule hypothèse plausible était celle de la naissance de jumeaux, dont l'un serait mort-né. Constance avait cherché à se débarrasser de l'enfant vivant, confiant sans doute cette sale besogne à sa loyale Anne.

Sam fronça les sourcils, les mains crispées. Pourquoi Letty ignorait-elle qu'elle avait mis au monde un second enfant ?

Elle se rappelait clairement la naissance de son fils mort-né. Elle pouvait le décrire avec précision, jusqu'aux six orteils de son pied droit.

Mais elle n'avait jamais évoqué des jumeaux.

Sam se mit à arpenter la pièce. Se faisait-il des idées ? C'était une histoire pour le moins extraordinaire. Mais plausible, au vu des faits. Il se mit à feuilleter ses registres, en quête d'un indice.

Pendant plusieurs semaines, il avait noté les moindres détails qui lui venaient à l'esprit, fouillant le grenier, ouvrant de vieilles malles, relisant du courrier. Il en eut le cœur brisé. Il ne trouva aucune trace d'une naissance ayant eu lieu à Walker Ridge à la même époque. Tous les événements marquants de la plantation étaient consignés sur ses registres, récoltes, naissances, décès, bétail.

Une annotation lui sauta aux yeux, portant la date du 21 mars 1740.

« Missy, une jeune esclave de seize ans achetée il y a deux ans, a mis au monde une petite fille en bonne santé après un accouchement très long et pénible. Tout s'est bien terminé. La mère et l'enfant dorment profondément. Il s'agit de son premier enfant, baptisé Ginnybell. Le prochain enfant à naître à Walker Ridge sera le mien. Letty et moi l'attendons avec impatience. »

Furieux, il projeta à terre le volume relié de cuir. Se prenant la tête entre les mains, il en voulut à Morgan de lui avoir parlé. Il n'avait fait que rouvrir ses plaies. Il relut son annotation concernant l'accouchement de Missy. Si son enfant devait être le prochain à naître... Il parcourut rapidement les feuilles suivantes. Pas une seule naissance avant leur départ pour l'Angleterre. Morgan avait noté la naissance de la fille d'un contremaître, le 30 avril. Ignorant la fébrilité qui s'emparait de lui, Sam consulta les entrées de l'année suivante. Il avait coutume de noter le premier anniversaire de chaque enfant né à Walker Ridge, car beaucoup n'atteignaient pas cet âge. Sam trouva la mention de l'anniversaire de Ginnybell, de la main de Morgan.

Il ne trouva aucune autre mention de premier anniversaire. Revenant en arrière, il trouva une mention datée du 3 novembre précédent, annonçant la mort de la fille du contremaître, née en avril. Les autres décès ne concernaient aucun enfant d'un an.

Sam referma le registre. Il fallait qu'il parle à Letty pour savoir ce dont elle se souvenait.

Sa tâche se révéla plus facile qu'il ne le pensait. Le lendemain, il suggéra à sa femme une promenade dans le parc pour profiter de la fraîcheur vespérale. Par hasard, ils parvinrent à l'endroit où reposaient les membres de sa famille, sur une colline verdoyante et fleurie, à l'ombre de chênes séculaires. Certaines pierres tombales avaient plus de cent ans.

Letty ne trouva rien d'étrange à cette promenade. Elle suivit son mari dans le petit cimetière ceint d'une barrière en fer forgé.

– Tu sens ce parfum de chèvrefeuille ? dit-elle à Sam.

– Je suis ravi que tu aies eu cette idée pour orner la tombe de mon père, répondit-il.

Letty se dirigea machinalement vers la sépulture de son enfant.

– Sam, notre fils aurait été quelqu'un de bien, murmura-t-elle avec douceur.

– Je sais, chérie, assura-t-il en la prenant par les épaules.

Ils se turent quelques instants, puis Sam reprit :

– Tu te rappelles bien la nuit de ton accouchement ?

Letty secoua la tête :

– Non. C'est un peu flou. J'ai regretté ton absence. J'avais très peur que tu ne restes seul au monde si nous mourions.

– Je t'aurais vite suivie dans la tombe, dit Sam en resserrant son étreinte. Je serais mort de chagrin.

Les yeux embués de larmes, Letty l'embrassa.

– Après toutes ces années, tu es toujours aussi romantique.

Sam baissa les yeux vers la pierre tombale de son fils.

– Letty, rien ne t'a paru étrange, cette nuit-là ? Un détail insignifiant...

– Pourquoi une telle curiosité après toutes ces années ? demanda-t-elle en lui caressant la joue.

Il s'éclaircit la gorge.

– Nous n'en avons jamais vraiment discuté. C'est Constance qui m'a envoyé une lettre pour m'annoncer la terrible nouvelle. Toi, tu n'as pas dit grand-chose. Tu n'as jamais souhaité revenir sur cette nuit.

– Je sais, admit Letty avec un soupir. C'était trop douloureux. Je voulais oublier. J'aurais dû partager mon chagrin avec toi.

Elle regarda au loin d'un air pensif.

– En vérité, je ne me rappelle que peu de choses de cette nuit. Anne m'a tendu l'enfant. Je l'ai serré contre moi, refusant d'admettre la terrible vérité. J'étais si bouleversée que Constance m'a fait prendre du laudanum pour m'endormir.

Elle fronça les sourcils.

– La douleur s'est un peu atténuée, puis elle a recommencé de plus belle. Anne m'a assuré qu'il s'agissait des suites de l'accouchement, mais j'avais l'impression d'être en train de mettre l'enfant au monde une nouvelle fois.

20

Sam parvint à grand-peine à maîtriser son émotion face à ce coup de théâtre.

– Elles t'ont administré du laudanum tout de suite après l'accouchement ? demanda-t-il avec une note accusatrice dans la voix.

– Eh bien, peut-être pas tout de suite, répondit Letty, déconcertée par cet intérêt soudain. Mais je souffrais terriblement, tu sais. Elles ont voulu me soulager.

– Ah oui ? marmonna Sam entre ses dents.

Les derniers doutes du vieil homme venaient de s'envoler. Lors de ses recherches approfondies, il n'avait trouvé aucune preuve que Charles n'était pas son fils. Au contraire, tout semblait le désigner comme le frère jumeau de l'enfant mort-né du couple Walker. Sam fut parcouru d'un tel bonheur qu'il en fut étourdi. Charles était bien son fils ! Il le savait ! Il le sentait au plus profond de son âme. Même s'il ne possédait toujours aucune preuve concrète.

– Qu'est-ce qui te prend ? s'enquit Letty, les sourcils froncés. Tu réagis comme si Constance et Anne avaient fait quelque chose de mal alors qu'elles ne cherchaient qu'à m'aider à surmonter cette épreuve.

Depuis leur rencontre, ils n'avaient jamais eu de secrets l'un pour l'autre. Jusqu'au jour où Morgan avait rompu le silence. Sam eut toutes les peines du monde à justifier son changement d'attitude et ses recherches incessantes. À présent, il avait besoin de connaître l'opinion de sa femme.

Il imaginait la joie de Letty quand elle apprendrait enfin la vérité. Il était plus que temps qu'elle sache ce que Constance avait comploté.

Cependant, il hésita. Letty était un être si sensible. Si

vulnérable. Parviendrait-elle à maîtriser ses sentiments tout en sachant ce que Constance et Anne lui avaient infligé ? Que penserait-elle du long silence de Morgan ? Sam ne pouvait s'empêcher d'en vouloir à son cousin, même s'il comprenait ses raisons profondes. Désormais, il préférait penser à l'avenir de la famille.

Depuis quelques semaines, Sam avait du mal à faire bonne figure en présence de Constance. Comment Letty et Charles prendraient-ils la nouvelle ? Quelle serait sa réaction lorsqu'il reverrait Charles, son fils légitime ?

Prenant sa femme par la main, il l'emmena à l'ombre d'un chêne, sur un banc de pierre.

– Chérie, j'ai quelque chose à te dire, commença-t-il. Tu auras sans doute du mal à y croire, mais je puis t'assurer que c'est la pure vérité.

Il prit son temps pour lui narrer l'aventure de leur fils. Durant tout le récit, Letty soutint son regard. Elle ne broncha même pas en apprenant qu'elle avait mis au monde non pas un, mais deux garçons.

Bientôt, elle blêmit et serra la main noueuse de son mari dans la sienne. Quand Sam se tut enfin, un long silence s'installa entre eux.

Letty demeura immobile, les yeux rivés dans ceux de Sam. Soudain, elle fut parcourue d'un frisson.

– Je me suis souvent demandé... murmura-t-elle presque pour elle-même.

– Comment ? fit Sam. Tu pensais avoir eu des jumeaux et tu ne m'en as jamais rien dit ?

Letty lui adressa un sourire plein de tendresse.

– Non, ce n'est pas cela... mais Charles te ressemble à bien des égards. Je crois que c'est la raison pour laquelle j'ai toujours eu beaucoup d'affection pour lui. J'étais heureuse que Morgan nous permette de nous occuper de lui.

Sam parut un peu étonné par cet aveu :

– Tu as cru que Charles était de moi ? Que je t'avais trompée avec une autre ?

Letty hocha lentement la tête.

– Eh bien, je constate que tu as une haute opinion de moi !

Malgré son émotion, Letty ne put s'empêcher de s'esclaffer :

– Sam, ne sois pas fâché ! Il est normal que cette idée

m'ait effleurée. Charles et toi, vous vous ressemblez comme deux gouttes d'eau. Le fait que Morgan ait toujours refusé de le reconnaître a éveillé mes soupçons.

– Je suppose que c'est assez logique, concéda Sam en bougonnant. Pourtant, tu devrais savoir que je n'ai jamais aimé que toi.

Émue jusqu'aux larmes, elle se pencha vers lui et l'embrassa tendrement.

– C'est bien ce que je pensais. Seules des circonstances extraordinaires auraient pu te pousser à faire un enfant à une autre. Tu sais, je ne t'en ai jamais voulu, même quand je pensais que Charles était ton enfant illégitime. Tout homme souhaite avoir un fils, et je n'avais pas réussi à t'en donner un. Je n'ai pas été digne de toi.

– Mais si, assura-t-il en la serrant contre lui. Même lorsque nous croyions ne jamais pouvoir fonder la famille dont nous rêvions.

Elle posa la tête sur l'épaule rassurante de son mari, commençant à peine à réaliser l'importance de la révélation qu'il venait de lui faire.

– Nous avons un fils... murmura-t-elle, émerveillée. Un grand garçon, sain et robuste.

– Charles n'est plus un enfant, marmonna Sam. Mais c'est un fils dont n'importe quel père serait fier.

Le visage radieux, Letty se leva d'un bond.

– Sam, allons vite le voir ! J'ai tant envie de lui annoncer la bonne nouvelle. Viens ! Il est trop tard pour partir aujourd'hui. Demain, à l'aube, nous nous mettrons en route vers la maison de notre fils.

– C'est impossible, répondit Sam à regret. N'oublie pas qu'il ne doit la vie qu'à une chance extraordinaire. Quelqu'un souhaitait sa mort au point de l'abandonner aux éléments déchaînés quelques minutes après sa naissance.

– Non, je ne l'oublie pas, déclara la vieille dame, une lueur déterminée dans les yeux. Nous nous occuperons de Constance et de ses sombres desseins plus tard. Pour l'heure, je veux embrasser mon fils ! À cause de la bêtise de Morgan, cela fait trente-quatre ans que j'attends ce moment et je n'ai pas l'intention de patienter plus longtemps.

– Pas même si tu risques de mettre ton enfant en danger ? demanda Sam.

Le regard de Letty se radoucit :

– Tu sais bien que je ne ferai rien qui puisse lui nuire.

– Je sais, chérie. À présent, réfléchissons. Nous ne devons révéler notre secret à personne. Tu es bien certaine d'avoir mis au monde des jumeaux, n'est-ce pas ?

Letty hocha la tête.

– Tous les éléments abondent dans ce sens. J'ai souffert le martyre juste après avoir pris du laudanum. Il s'agissait de nouvelles contractions. Je ne vois pas d'autre explication. Je crois au récit de Morgan. Quant à Constance... Elle a profité de ma faiblesse pour favoriser Jonathan.

– Soyons très prudents dans les jours qui viennent, décréta Sam. Ne changeons rien à nos habitudes. N'oublie pas que Constance a cherché à éliminer Charles une fois. Elle est capable de recommencer. Ne change pas d'attitude envers Charles non plus. Nous n'avons aucune preuve, malgré notre intime conviction. Si nous voulons qu'il devienne notre héritier légitime devant la loi, nous allons devoir trouver un élément déterminant. Jonathan va lutter bec et ongles. Il risque d'être lésé d'une partie de mon patrimoine et contestera sans doute n'importe quel testament.

Sam soupira.

– Je ne veux pas que mon fils passe sa vie à faire valoir ses droits légitimes. Les ragots iront bon train, mais qu'importe ! Sans preuve, nous ne lui rendrions pas service en révélant notre secret au grand jour. Nous ne pouvons reconnaître Charles officiellement dans l'immédiat.

Letty hocha la tête en signe d'approbation.

– Constance ne doit rien savoir, reprit Sam. C'est une créature perfide et dangereuse. Quant à Jonathan...

– Tu crois que... suggéra Letty, pleine d'angoisse.

– Jonathan et Charles ont toujours été à couteaux tirés. Si par malheur il arrivait aux oreilles de Jonathan que Charles était notre enfant, Dieu seul sait de quoi il serait capable. Il est bien le fils de sa mère.

Pendant que Sam et Letty cherchaient une solution à leur problème, Jonathan réfléchissait à la meilleure façon d'anéantir son ennemi de toujours.

Simmons lui avait appris que les Thacker avaient bien reçu son message et qu'ils attendaient ses instructions. Ravi de savoir les deux brigands à sa botte, Jonathan renvoya Simmons d'un geste de la main et réfléchit à un meurtre qui n'éveillerait pas les soupçons.

Il avait renoncé à poursuivre la future veuve de ses assiduités, ignorant encore s'il souhaitait la mort de Laura. Après tout, c'était une femme superbe dont il aurait volontiers fait sa maîtresse, faute de l'épouser. Séduit par cette perspective, il se frotta les mains avec un sourire sadique. Les événements tournaient en sa faveur. Dès qu'il aurait trouvé la bonne méthode, il irait voir les Thacker.

Au départ, il n'était pas enchanté de savoir Anne sous le toit de son rival. Il en avait fait le reproche à sa mère, se doutant qu'elle avait voulu protéger sa fidèle Anne de ses foudres. Comment Constance osait-elle lui résister ainsi ? Ils s'étaient longuement disputés au sujet de l'assassinat d'Anne, que Constance refusait obstinément d'envisager. Cette insistance agaçait Jonathan. Sa mère n'était qu'une sotte de se soucier de la vie d'une domestique.

Le regard froid, il regarda par la fenêtre de son bureau de Foxfield. Il aimait vivre seul. Constance ne l'approuvait pas, mais, comme d'habitude, il n'en faisait qu'à sa tête. De plus, son installation à Foxfield lui permettait d'aller et venir en toute discrétion, sans éveiller les soupçons de sa famille.

Il contempla la rivière, au loin. Les poings crispés, il chercha à mettre au point le crime parfait. Soudain, une lueur apparut dans son regard : une attaque d'Indiens ! Les Thacker et quelques complices n'auraient qu'à se grimer le visage, se coiffer de plumes et prendre d'assaut l'Antre du diable, afin d'éliminer Anne et Charles, ainsi que quiconque se trouverait sur leur chemin. Seuls les Thacker auraient connaissance des véritables cibles.

Jonathan était fort satisfait. Il avait trouvé le moyen de se débarrasser de deux témoins gênants tout en faisant porter le chapeau à ces crétins de Thacker. Ceux-ci se réjouiraient sans doute de s'en prendre à Charles. Quant à tuer une femme... cela ne leur posait aucun problème de conscience. Nul ne ferait le rapprochement entre l'honorable Jonathan Walker et ces crimes odieux.

Il appela Simmons tout en songeant à l'organisation de son forfait. Une fois Charles et Anne éliminés, il devenait moins urgent de tuer Morgan. Il ne fallait pas éveiller le moindre soupçon. Il s'était tu pendant plus de trente ans, il n'allait pas se mettre à parler sans raison valable.

Simmons frappa à la porte, tirant son maître de ses pensées.

– Arrange-toi pour que les Thacker me rejoignent dans mon pavillon de chasse un soir, avant la fin du mois, ordonna-t-il à son valet. Préviens-moi dès que tu connaîtras la date. Je leur donnerai moi-même leurs instructions. Ta présence ne sera pas nécessaire. Qu'ils arrivent à la nuit tombée. Mon cheval sera caché et je les attendrai dans le pavillon. Naturellement, ils ne doivent rien savoir de mon identité. Pas de torches, ni de lanternes. Ils ne devront pas s'attarder sur les lieux. Je compte sur toi pour mettre les choses au clair avec ces crétins, conclut Jonathan d'une voix implacable. Au premier faux pas, j'abandonne le projet. Ils seront récompensés en or. Quant à toi, tu toucheras ta part du butin. Mais si tu me trahis...

Simmons s'inclina, impassible. Il brûlait de curiosité, mais n'osa pas l'exprimer.

– Comme vous voudrez. Je m'en charge immédiatement.

Inconscient des événements dramatiques qui se tramaient, Charles se préoccupait de sa récolte de tabac, à l'instar de tous les planteurs de la région. Le gouffre qui le séparait de sa femme n'était pas le dernier de ses soucis. Leur mois d'abstinence touchait à sa fin, et la patience du jeune marié commençait à s'amenuiser.

Dès le départ, il se doutait qu'un mois sans répondre à l'appel de ses sens, un mois sans se laisser aller aux délices du corps de Laura lui semblerait interminable. Cette torture n'avait toutefois rien de comparable avec ce qu'il endurait à présent. Leur trêve étant parvenue à son terme, plus rien ne l'empêchait de faire valoir ses droits conjugaux. Pourtant...

En cet après-midi de septembre, Charles inspectait sa plantation, chevauchant un cheval très nerveux. Il ne prêtait que peu d'attention au déroulement de la récolte, ne songeant qu'à sa femme. Il ne se retrouvait seul en sa compagnie que la nuit, lorsqu'elle dormait près de lui.

Dès les premières lueurs de l'aube, Laura semblait s'évaporer. Elle ne se présentait pas aux repas, sans que personne s'étonne de son absence. Charles sentait qu'elle l'évitait, et cette froideur le blessait. Il en avait assez de cette indifférence. Lorsqu'il montait se coucher, elle ne le gratifiait même pas d'un salut. Elle éteignait la chandelle et lui tournait le dos. Il lui avait accordé le temps nécessaire. Il n'allait pas passer le reste de sa vie à attendre son bon vouloir. Elle était sa femme, et il avait désespérément envie d'elle.

Bien que sûr de son bon droit, il n'osait s'imposer à elle, de peur de provoquer un désastre. Il se maudissait d'avoir accepté ce marché stupide.

Secouant la tête, il fit volter son cheval et se dirigea vers la maison. Il était temps de mettre les choses au point. La situation était intenable. Il allait débusquer cette sorcière aux yeux de chat et lui expliquer comment leur vie se déroulerait dorénavant. Cette nuit, il n'avait pas l'intention de la laisser dormir.

Il finit par la trouver dans le verger en compagnie d'Ellen, d'Anne et de Mary. Les quatre femmes inspectaient les pommiers et les cognassiers, cherchant les fruits mûrs. Certains étaient déjà tombés à terre. La récolte serait fructueuse.

Ignorant la présence de son mari, Laura riait à quelque plaisanterie de sa sœur, insouciante et gaie. Charles en eut le cœur serré. Elle n'avait pas le droit d'être aussi belle et désirable, avec sa jupe émeraude et son corsage de coton blanc. Un petit tablier était noué autour de sa taille de guêpe. Elle tenait un panier d'osier sur le bras. Le soleil lui caressait les joues et faisait scintiller ses cheveux soyeux.

Charles mit pied à terre et attacha son cheval à la clôture de bois. À cet instant, sa femme éclata d'un rire cristallin. Elle était radieuse. Lui n'avait droit qu'à des mines boudeuses et renfrognées. C'en était trop !

Malgré sa discrétion, Laura dut sentir sa présence car elle regarda soudain dans sa direction. Son sourire s'envola pour faire place à un air méfiant. Sans dissimuler sa contrariété, Charles s'approcha des quatre femmes. Saluant à peine les autres, il se posta devant Laura.

– J'aimerais vous dire un mot, déclara-t-il d'un ton sans réplique, les mains sur les hanches.

– Tout de suite ? fit la jeune femme. Nous sommes très occupées et...

– Oh, pas tant que cela, intervint Mary. Il se fait tard. Nous allons rentrer et vous laisser ensemble.

La domestique avait remarqué que le climat n'était pas au beau fixe. Avant que Laura ne puisse protester, elle entraîna Ellen et Anne dans son sillage.

– Allons préparer un entremets au chocolat. C'est le dessert préféré de Hugh...

Il n'en fallut pas plus pour soulever l'enthousiasme d'Ellen. Docile, Anne leur emboîta le pas en direction de la cuisine.

Laura les regarda s'éloigner. Elle sentit son cœur battre la chamade à l'idée d'affronter son mari. Elle devinait que Charles voulait mettre fin à son attitude plus que réservée à son égard. Elle allait devoir renoncer à toute chasteté.

Laura posa malgré elle les yeux sur lui, redoutant cette entrevue. Elle savait qu'il ne fallait jamais aller se coucher avec un mari en colère. Or son chagrin et sa souffrance la tenaillaient toujours. Ce mois de répit n'avait servi à rien. À présent, elle ne savait comment réagir sans perdre la face.

Elle soupira. Au diable sa fierté ! Elle en voulait à Charles de s'être servi d'elle. La vengeance n'était pas la base idéale d'un couple. Certes, elle aimait son mari, mais cet amour ne suffirait pas. De plus, si elle était enceinte, comme elle le soupçonnait...

Ce n'était pas seulement pour éviter Charles qu'elle se levait aux aurores, mais parce qu'elle souffrait de terribles nausées. Depuis quelque temps, elle ne supportait plus la moindre nourriture, se contentant de grignoter du pain sec.

Au fil des jours, il lui devint évident qu'ils avaient conçu un enfant dès la première fois, au bord de l'eau...

Laura était perplexe. Naguère, elle rêvait d'être mère, mais se croyait stérile. Son mari avait donc raison : il était l'homme qu'il lui fallait. Dire que Charles lui avait fait un enfant qui naîtrait au printemps prochain !

Elle esquissa un sourire plein de mystère.

– Qu'est-ce qui vous amuse, ma chère ? grommela Charles, piqué au vif.

Laura ôta sa coiffe, libérant ses cheveux bruns.

– Rien ne m'amuse dans notre situation actuelle, répondit-elle sèchement.

Charles la contempla quelques instants, la gorge nouée, brûlant d'envie de la prendre dans ses bras.

– Il serait temps d'y remédier.

Elle leva les yeux vers lui, fascinée par la lueur étrange de ses yeux d'azur.

– Que suggérez-vous ? susurra-t-elle.

– Si nous mettions fin aux hostilités ?

– On ne peut pas dire que notre trêve ait donné de bons résultats. Vous pensez pouvoir changer les choses ?

– Nous ne pouvons continuer sur cette lancée, déclara-t-il. Je ne me suis pas marié pour vivre dans la chasteté, ni pour supporter votre indifférence.

– Quand on épouse de force et pour des raisons indignes une femme qui n'a rien demandé, il est normal d'être insatisfait de sa vie de couple.

– Je n'ai jamais dit que j'étais insatisfait, répliqua Charles en se débridant soudain. Si vous pensez que vous ne m'aimez pas, vous vous mentez à vous-même.

– Quelle arrogance, quelle... !

Les yeux de la jeune femme lançaient des éclairs. Charles lui prit son panier et le jeta à terre, puis il attira Laura dans ses bras malgré ses protestations.

– Duchesse, si vous saviez à quel point vos colères m'ont manqué...

Comme par enchantement, Laura sentit toute animosité s'envoler. Elle ne put s'empêcher de rire à son tour, enroulant les bras autour de son cou. Pourtant, elle ne voulait pas céder trop vite aux pulsions de son corps. Terrifiée à l'idée de perdre la tête, comme toujours lorsqu'il la prenait dans ses bras, elle se dégagea de son étreinte. Sans crier gare, elle s'enfuit à toutes jambes vers les sous-bois.

Se rendant compte qu'elle partait dans la mauvaise direction, Laura fit aussitôt volte-face, mais Charles la saisit par la taille et ils tombèrent dans l'herbe. Esquissant un sourire lubrique, il se pencha sur elle, haletant.

Laura le foudroya du regard, résistant de toutes ses forces à son charme, au contact de son corps contre le sien qui éveillait en elle un désir brûlant.

– Chérie, si tu ne voulais pas que je te rattrape, il ne fallait pas t'enfuir...

21

Laura ouvrit la bouche pour protester, mais Charles s'en empara pour la faire taire d'un baiser fougueux, plaquant son corps contre le sien. La jeune femme s'embrasa, reconnaissant la saveur de ces lèvres, le parfum de cette peau, la chaleur de ces mains. Plus rien n'existait autour d'elle, à part Charles et ses caresses magiques et exigeantes. Elle s'abandonna totalement à ce plaisir retrouvé, agrippée à lui.

Ivre d'amour, Charles glissa sa langue entre les lèvres offertes de la jeune femme. Son désir si longtemps réprimé explosa. Son membre gonflé et impatient vibrait contre le ventre de Laura. Charles dut se retenir pour ne pas la prendre sur-le-champ, mourant d'envie de lui arracher ses vêtements.

Haletant, il interrompit leur baiser, les yeux noirs de désir.

– Laura, mon amour... grommela-t-il avant de l'embrasser encore avec une ardeur décuplée.

Puis il s'écroula à terre à ses côtés.

Ils restèrent allongés dans l'herbe, à l'abri des regards derrière le grand chêne. Les oiseaux chantaient. La chaleur était moite. Autour d'eux bourdonnaient les insectes.

Reprenant son souffle, Charles se dressa sur un coude.

– Duchesse, je te désire plus que tout, souffla-t-il. Depuis le premier jour. Ces dernières semaines ont été un véritable calvaire. Je ne voudrais pas te forcer, mais si tu continues à te refuser à moi...

– Des menaces ? fit-elle avec un regard plein d'ironie.

Il lui répondit d'un sourire désabusé.

– Non. J'en suis bien incapable. Mais la situation m'est devenue insupportable. Tu es ma femme, bon sang ! Un peu malgré toi, je te l'accorde, mais... Si tu ne supportes pas mon contact, si tu entends vivre en célibataire, tu n'as qu'à retourner en Angleterre, au lieu de nous faire vivre cet enfer quotidien.

Désemparée, Laura détourna les yeux et se mordit les lèvres. Charles avait raison. Ce monstre venait de mettre le doigt sur un point sensible. Elle aurait fort bien pu quitter l'Amérique. Elle y avait d'ailleurs songé plus d'une fois, mais avait préféré rester pour épouser Charles.

– Que suggères-tu ? Un divorce ? fit-elle.

– C'est vraiment ce que tu souhaites ? répondit-il, plissant les yeux.

– Tu accepterais ?

– Je ne puis t'empêcher de me quitter, grommela-t-il. Si tu préfères retourner dans ton pays et demander le divorce, je ne peux pas m'y opposer.

– Tu me laisserais partir sans broncher ? demanda-t-elle, incrédule. Après avoir déployé tant d'efforts pour m'épouser ?

Charles hésita, l'air pensif.

– Si tu ne trouves pas au fond de ton cœur assez d'amour pour me pardonner ma conduite irresponsable, et si tu entends me refuser ce à quoi tout mari peut prétendre, alors c'est peut-être la meilleure solution.

Ces paroles le bouleversaient presque autant qu'elles choquèrent la jeune femme. Jusqu'à cet instant, il n'avait jamais envisagé que sa femme puisse le quitter. Or il n'était pas certain de contenir plus longtemps ses pulsions. Et s'il devait s'imposer à elle de force... il s'en voudrait jusqu'à la fin de ses jours. Le peu de tendresse qu'elle éprouvait pour lui disparaîtrait à tout jamais.

Laura le dévisagea, n'en croyant pas ses oreilles. Puis elle se redressa, furieuse.

– Ainsi, tu me séduis, tu m'épouses, tu m'obliges à partager ton lit et, au premier obstacle qui se présente, tu abandonnes la lutte et tu me renvoies dans mon pays ! Comment oses-tu me rejeter ainsi ?

Folle de rage, elle le gifla. Rassuré, Charles se frotta la joue, un sourire ravageur sur les lèvres. Les yeux pétillants de désir, il l'empoigna et l'attira contre lui. Malgré les protestations de la jeune femme, il porta sa main à ses lèvres et y déposa un baiser.

– Pardonne-moi, chérie. Je crois que je me suis mépris sur notre situation.

Il embrassa son poignet nacré, sentant battre son pouls à un rythme effréné.

– Je ne suis qu'un homme des colonies, un sauvage à tes yeux. Je ne connais rien à vos coutumes du Vieux Continent.

– Monstre ! Tu ne vas pas t'en tirer à si bon compte, murmura-t-elle, pantelante, en s'abandonnant à la douce langueur de ses baisers.

– Je me jette à tes pieds, duchesse, murmura-t-il. Je t'ai bafouée et je le regrette profondément.

– Vraiment ? demanda-t-elle, un peu méfiante. Tu regrettes de m'avoir épousée ?

– Je regrette la façon dont j'ai réussi à obtenir ta main, expliqua-t-il en reprenant son sérieux. Mais pas de t'avoir pour femme.

– Alors pourquoi ? gémit-elle. Pourquoi de telles manœuvres ? Je ne méritais pas cet affront.

En dépit de ses efforts, Charles n'était pas prêt à lui avouer à quel point il l'aimait. Aussi détourna-t-il les yeux avant de répondre :

– Je te désirais follement. Je ne supportais pas l'idée que tu épouses Jonathan. Je te désire depuis la seconde où j'ai posé les yeux sur toi. J'ai cru te perdre si tu épousais Jonathan. D'où ma petite mise en scène, même si j'en ai honte aujourd'hui.

– Ce n'était donc pas uniquement une affaire de vengeance ?

Charles soupira et s'allongea dans l'herbe, l'attirant dans ses bras.

– Que sais-tu de ma... de ma première femme, Jenny ?

Laura se raidit. Elle préférait ne pas songer à cette première union. Le fait de l'entendre prononcer un autre prénom que le sien la rendait folle de jalousie. Elle s'efforça de se calmer et répondit :

– C'était une riche héritière que tu as épousée contre l'avis de sa famille. Elle s'est suicidée.

– Je devine qui t'a parlé de ses origines, commenta Charles avec un rire amer. Jonathan est passé par là.

– Il me l'a raconté, en effet.

– T'a-t-il aussi confié que, pendant mon voyage en

Angleterre, il a séduit ma femme, l'a mise enceinte avant de l'abandonner ? La malheureuse s'est retrouvée seule, avec son ventre arrondi, attendant un enfant qui n'était pas de moi, à quelques jours de mon retour.

– Je l'ignorais, avoua Laura, stupéfaite. Jonathan ne dit que ce qu'il veut bien dire.

– Tu l'avais remarqué ?

– Oui. À mes dépens. Mais si tu savais ce qu'il avait fait, pourquoi ne l'as-tu pas simplement...

– Provoqué en duel ? coupa Charles. J'y ai songé. Je l'aurais tué sans peine. Mais il était en voyage à Boston et n'est rentré que quelques semaines plus tard. J'avais eu le temps de réfléchir, de prendre du recul. Le tuer m'aurait apporté une vive satisfaction, mais Sam et Letty auraient souffert. Ils ont toujours été très bons pour moi. De plus, je voulais que Jonathan souffre autant que moi. Qu'il connaisse l'enfer de la perte d'un être aimé.

– Alors, persuadé que j'étais sa fiancée, tu l'as puni en m'épousant, conclut Laura d'un ton sec, jalouse de Jenny.

– Non. C'était le prétexte que je me suis donné pour agir ainsi.

– Cela ne me semble pas une raison suffisante, répliqua-t-elle, les joues empourprées.

– C'est vrai, avoua-t-il en la serrant contre lui. Mais je te désirais tant que je n'avais plus toute ma tête. Je ne songeais qu'à te prendre dans mes bras, ajouta-t-il en l'embrassant.

Leurs lèvres se trouvèrent. Il n'avait pas répondu à toutes les interrogations de la jeune femme, ni guéri toutes ses blessures, mais elle reprenait espoir en l'avenir. Elle l'aimait. Quant à lui... le désir n'était pas l'amour, mais, avec le temps, peut-être apprendrait-il à l'aimer...

Elle s'offrit à ses baisers avec ardeur, l'attirant contre elle. Il avait remporté la bataille. Étouffant un gémissement de plaisir, il la caressa fébrilement.

Fous de désir, oubliant où ils se trouvaient, ils se dévêtirent à la hâte entre deux baisers avides, avec l'impression de faire l'amour pour la première fois. Pourtant, quelque chose avait changé entre eux.

Cette fois, Laura savait quel plaisir indicible lui prodiguerait le corps ferme de son mari. Cette fois, aussi, Charles connaissait les délices de sa peau nacrée et frissonnante. Laura se rendit compte qu'il était le seul homme qu'elle ait jamais aimé et désiré. Charles, lui, ne s'avouait pas encore l'intensité de ses sentiments, mais écouta l'appel de ses sens.

Il se montrait plus tendre, plus sensuel dans ses baisers, prenant le temps de savourer ce moment partagé. La caresse humide de sa langue sur les mamelons dressés de la jeune femme envoyait des ondes de plaisir dans tout son corps. Impatiente de le sentir en elle, Laura s'agrippa à ses larges épaules.

Les longs doigts de Charles glissèrent sur ses cuisses, remontant vers ses hanches fines, ses reins cambrés. Il s'y attarda, émerveillé par la douceur de sa peau laiteuse.

Lorsque leurs langues se mêlèrent, la jeune femme émit une plainte d'impatience. Ivre de désir, elle se mit à ronronner en se frottant contre lui. Ses mains se promenèrent sur le torse musclé de son mari, puis s'aventurèrent sur son ventre plat. Il retint son souffle, incapable de contrôler ses réactions. Audacieuse, elle vint le chevaucher, cherchant son contact.

– Chérie, souffla-t-il en interrompant leur baiser, si tu continues ainsi, je ne vais pas pouvoir tenir très longtemps...

– Ah, je te dérange, fit-elle, innocente, en le caressant de plus belle.

Ce petit jeu l'amusait follement car elle avait la sensation de détenir un pouvoir sur le corps de son mari.

Charles retint son souffle, submergé par ses sensations.

– Tu sais très bien ce que tu fais, répondit-il d'une voix rauque. Comme toujours...

Il l'embrassa encore avec une ardeur inconnue, une émotion qui fit frissonner la jeune femme. Lentement, les doigts de Charles se glissèrent entre ses cuisses. Aussitôt, Laura fut prise d'un spasme d'extase. Puis elle se mit à onduler sous sa caresse. Plus rien n'existait.

D'instinct, elle tendit la main vers lui et explora à son tour sa peau soyeuse. Ses lèvres se posèrent sur son sein.

Ne pouvant plus attendre, Charles la fit sienne, la tenant par les hanches. Laura se plaqua contre lui et suivit ses mouvements de hanches, savourant le parfum de sa peau bronzée, son goût un peu salé.

Charles accéléra ses coups de boutoir, impatient

d'atteindre la jouissance. Il plongea en elle avec tant de force qu'elle s'abandonna à l'extase avec un cri de plaisir.

À son tour, il parvint aux portes du paradis. Agrippé à ses hanches, il fut pris de spasmes et se répandit en elle dans un dernier sursaut.

Charles sombra dans une douce torpeur, incapable de quitter les bras de Laura, qui lui caressait tendrement le dos. Laura savourait elle aussi cette langueur, émerveillée par le plaisir qu'ils venaient de partager.

Charles l'embrassa une dernière fois et se dégagea de son étreinte. Allongé près d'elle, il contempla les courbes de son corps.

– Tu es la plus belle femme que Dieu ait créée, souffla-t-il. Et tu es à moi...

Ravie et embarrassée à la fois, Laura rougit et bredouilla quelques paroles inintelligibles. Attendri, il l'embrassa sur le nez. Soudain consciente de sa nudité, elle se redressa et repoussa la main de Charles.

– Nous devrions nous rhabiller. Et si on nous surprenait ?

– Tu as sans doute raison, concéda-t-il à regret. Mais cela m'étonnerait que quelqu'un vienne nous déranger. Toutefois, la prochaine fois, nous nous enfoncerons dans les bois.

Il afficha un sourire lubrique.

– Je connais un petit coin tranquille, reprit-il. Au bord d'un étang. Nous pourrons nous y baigner quand nous serons repus. L'eau y est claire comme le cristal. J'adorerais me baigner avec toi...

Laura sentit une douce chaleur l'envahir à nouveau. Les joues empourprées, elle se leva et saisit ses jupons, sentant le regard brûlant de son mari posé sur elle.

Charles cessa de la taquiner, mais l'aida à se rhabiller. Ce qui troubla la jeune femme au plus haut point.

– Tu sembles trouver la situation très amusante, déclara-t-elle en cherchant à mettre de l'ordre dans ses cheveux. Mais ce n'est pas moi qui ai eu l'idée de batifoler dans l'herbe. Comment vais-je oser regarder les autres en face ? Il leur suffira d'un regard pour comprendre ce que nous venons de faire.

Une fois rhabillé à son tour, Charles lui sourit, se disant qu'elle était particulièrement désirable avec ses cheveux en désordre. Elle n'avait rien d'une baronne hautaine. De toute façon, elle n'était plus baronne Il entreprit d'arranger les boucles rebelles de la jeune femme.

– Tu ressembles à une jeune mariée épanouie et comblée, décréta-t-il.

Par chance, elle ne croisa personne en regagnant la maison. Au pied de l'escalier, Charles l'embrassa encore. Sans songer aux domestiques, elle lui offrit ses lèvres.

– Tu ferais mieux de filer, chérie, murmura-t-il en lui caressant la joue. J'entends venir Mary.

Laura revint sur terre en percevant un bruit de conversation. Mortifiée, elle gravit les marches quatre à quatre.

Charles la regarda s'éloigner, plein de tendresse. Sifflotant gaiement, il quitta la maison, pensant aux plaisirs que lui réserverait la nuit prochaine.

Vêtu en paysan, un large chapeau sur la tête, Jonathan arriva en avance sur l'horaire prévu pour son entretien avec les Thacker. Dissimulant son cheval derrière un buisson, il gagna à pied le pavillon de chasse, à l'affût de la moindre présence suspecte.

Le pavillon comportait une seule pièce délabrée sommairement meublée. Des bûches étaient empilées près de la cheminée.

Refermant la lourde porte derrière lui, Jonathan se réjouit de l'obscurité étouffante qui régnait en ces lieux. Puis il ouvrit la porte et s'assura que personne n'avait élu domicile dans le pavillon. Ensuite, il installa une vieille table dans le coin le plus sombre de la pièce et attendit.

À la nuit tombée, il dissimula ses traits sous un masque de soie noire et posa sa carabine sur ses genoux.

Les Thacker respectèrent l'horaire à la lettre. Entendant les sabots des chevaux, Jonathan se raidit et crispa les doigts sur le canon de son arme.

Quelques instants plus tard, la porte s'ouvrit lentement. Il distinguait à peine les deux silhouettes.

– Ne bougez plus ! ordonna-t-il. J'ai une carabine braquée sur vous. Au moindre geste, je vous abats.

Les deux hommes obéirent.

– On n'est pas venus chercher la bagarre, déclara Udell. On doit discuter d'une... affaire.

– En effet, confirma Jonathan. Ne vous retournez pas. Vous allez suivre mes instructions, c'est compris ?

Les Thacker grommelèrent.

– Très bien. Udell, allumez la chandelle. Clem, refermez la porte. Gardez les mains bien en vue. Pas de blagues.

Voyant les deux hommes contre le mur, lui tournant le dos, Jonathan se détendit.

– À présent, voici mon offre. Je crois savoir que vous détestez Charles Walker, je me trompe ?

– Qu'est-ce que ça peut vous faire ? répliqua Udell.

– Qu'importe ! répliqua Jonathan. Je vais m'arranger pour que vous preniez Charles par surprise. Ensuite, vous l'abattrez. Vous serez grassement payés. Cela vous intéresse ?

– Peut-être, marmonna Clem. Mais tout le monde sait qu'on n'aime pas Charles. On n'est pas des imbéciles ! On sera pendus si on le tue.

– J'ai un plan qui vous garantit l'impunité totale.

– On vous écoute, fit Udell.

Regrettant de ne pas pouvoir jauger leur réaction en lisant leur expression, il leur exposa son idée d'attaque de la plantation par de faux Indiens.

– C'est une sacrée bonne idée ! admit Udell. Et je connais un type qui pourrait se joindre à nous, surtout si vous vous montrez généreux. Mais l'Antre du diable est un domaine très vaste. Il y a des hommes armés dans tous les coins. Les sauvages n'oseraient jamais s'y attaquer.

– C'est vrai, répondit Jonathan. Mais début octobre, Charles envoie beaucoup de ses hommes à Richmond pour s'approvisionner. Il n'y aura pratiquement personne pendant plusieurs semaines. Vous devriez être capables de vous renseigner pour choisir le moment opportun.

– Et si Charles et la vieille dame s'en vont, eux aussi ? suggéra Clem.

– Walker vient de se marier. Jamais il ne laissera sa charmante épouse seule à la maison. Il ne sait que trop bien combien il est dangereux d'abandonner une épouse pour partir en voyage. Quant à la vieille chouette, je doute qu'elle s'absente. Dans le cas contraire, nous trouverons une autre solution.

Les Thacker réfléchirent quelques instants.

– Vous voulez simplement la mort de Charles et de la vieille ? Pourtant, il y a de beaux chevaux, là-bas. Des morceaux de choix. Vous en voulez ? demanda Udell.

– Une part de votre sale butin ne m'intéresse pas, fit Jonathan avec mépris. Alors, marché conclu ?

– Vous nous donnerez autant d'or que l'a promis notre cousin ? La moitié maintenant et l'autre moitié une fois la mission accomplie ?

Jonathan sortit une bourse de cuir de sa poche et la jeta sur la table.

– Voici la moitié de l'or, comme convenu.

Udell vérifia son contenu.

– Ce sont de vraies pièces, dit-il.

– Naturellement, pauvre crétin ! Alors, vous acceptez ? insista Jonathan, impatient.

– Pourquoi pas ? fit Clem en haussant les épaules. Cela fait un moment que j'ai envie d'étriper ce maudit Charles Walker.

22

Ce soir-là, après le souper, Charles évoqua le traditionnel voyage à Richmond du mois d'octobre. Au salon, les dames dégustaient un dernier verre de porto avant de se retirer dans leurs appartements tandis que Charles et Hugh fumaient la pipe sur la terrasse.

Impatient de rejoindre sa femme, Charles ne comptait pas s'attarder, mais l'expression pensive de son cousin l'inquiétait.

– Tu as un problème, Hugh ? lui demanda-t-il. Je te trouve bien silencieux, ces derniers temps. Qu'est-ce qui te tourmente ainsi ?

– Une femme, naturellement, répondit le jeune homme avec une moue désabusée.

– Ellen ne t'a toujours pas pardonné ? s'enquit Charles.

– Me pardonner ! s'indigna Hugh. Elle refuse même de me parler ! Je suis à bout. J'ai essayé de m'expliquer à plusieurs reprises, mais elle se contente de me battre froid. Je l'ai suppliée de m'écouter, mais en vain.

Il s'interrompit et soupira.

– Je pars la semaine prochaine avec Jed et les autres. Je les accompagnerai sur une portion du parcours jusqu'à Fairview. Après tout, je n'ai plus rien à faire ici. Mon absence fera peut-être réfléchir Ellen.

Charles aspira une bouffée de tabac.

– Tu as sans doute raison, déclara-t-il. Je trouve que tu te laisses mener par le bout du nez par cette jeune chipie. Tu devrais lui résister, ne plus la laisser te punir ainsi. Tu étais de bonne foi, après tout. Jonathan peut se montrer très persuasif. Ellen a eu raison de te faire languir un peu, c'est de bonne guerre. Mais maintenant elle dépasse les bornes. Lorsque tu seras parti, elle se rendra compte que tu lui manques. Dans le cas contraire, tu n'auras plus qu'à l'oublier.

Ce n'était pas ce que Hugh voulait entendre, mais il reconnaissait la sagesse de ces conseils.

– En effet, avoua-t-il. Je n'ai pas de temps à perdre avec une femme qui me fait marcher.

Le silence s'installa.

– Dis-moi, quand part le convoi pour Richmond, au juste ? reprit soudain Hugh.

– Mercredi, sans doute, répondit Charles en se levant. Le premier jour d'octobre. Jed et Mary ont déjà établi les listes des fournitures à acheter. Ils doivent rendre visite à des parents qui vivent dans les environs.

– Tant mieux, déclara Hugh, la mine triste. Il ne me reste que quelques jours à supporter le mépris d'Ellen.

Charles lui donna une tape amicale sur l'épaule.

– Qui sait ? Elle va peut-être changer d'avis en apprenant ton départ imminent.

Hugh secoua la tête.

– Elle risque plutôt de m'aider à faire mes bagages.

Ellen n'apprit la nouvelle que le lendemain. Elle se trouvait dans la cuisine, en compagnie de Mary, quand Hugh entra.

En voyant Ellen, le jeune homme s'arrêta sur sa lancée. Celle-ci lui adressa un regard furtif puis se concentra sur sa tâche. Hugh ne parvenait pas à détacher les yeux de sa silhouette, de sa taille menue. Elle l'ignorait superbement en hachant des oignons avec une vigueur décuplée.

– Bonjour, Hugh ! lança Mary. Il paraît que vous nous accompagnez, mercredi ?

Hugh arracha son regard d'Ellen et se força à sourire.

– Oui. Je rentre à Fairview.

Ellen se figea.

– Vous partez ? s'exclama-t-elle, stupéfaite.

– Mercredi, répéta-t-il en soutenant son regard. Je n'ai aucune raison de m'attarder ici. J'ai du travail. Cela fait longtemps que je ne suis pas rentré chez moi.

– Mais... bredouilla-t-elle en lâchant son couteau. Mais... ce n'est pas possible...

Mary lui adressa un regard perçant. Les yeux de la jeune fille s'embuèrent de larmes. Comment pouvait-il songer à la quitter alors qu'elle était folle de lui ? Elle l'avait un peu malmené, ces derniers temps, mais il l'avait bien cherché. Si seulement il lui avait résisté... comme elle aurait aimé qu'il la courtise, qu'il l'implore, qu'il lui montre qu'il tenait à elle. Or il allait l'abandonner !

Les lèvres pincées, Ellen comprit qu'elle l'avait mal jugé. Il n'était pas homme à flirter, comme les riches héritiers londoniens. Elle était prise à son propre jeu et risquait d'en payer le prix.

– Pourquoi ? demanda-t-il. Donnez-moi donc une bonne raison de rester.

Elle baissa les yeux sur les bottes de cuir du jeune homme, le cœur battant.

– Je... je suis là, moi... murmura-t-elle.

Mary préféra s'éclipser discrètement, de peur de les gêner. Les deux jeunes gens l'entendirent à peine s'excuser, trop absorbés l'un par l'autre.

Ellen se tordit nerveusement les mains, la tête penchée en avant. Hugh eut soudain envie de la prendre dans ses bras, fou de joie.

– Votre présence devrait-elle influer sur ma décision de partir ? reprit-il.

Mortifiée par ses propres caprices, furieuse contre elle-même, la jeune fille répliqua :

– Si vous m'aimez comme je vous aime, cela change tout. Car je vous aime, imbécile ! Comment pouvez-vous m'abandonner ainsi ?

Les yeux pétillants de malice, Hugh l'enlaça.

– J'en aurais eu le cœur brisé, avoua-t-il. Il faut admettre que vous m'avez fait souffrir, petite sorcière !

Ellen glissa les bras autour de son cou et se blottit contre lui.

– Je sais, j'ai été cruelle, avoua-t-elle, oubliant tous ses griefs. Je mérite votre haine.

– De la haine ? répéta Hugh en se penchant vers elle. Mais, chérie, je vous adore.

– Vraiment ? balbutia-t-elle, les joues roses de plaisir.

– Vraiment, dit-il avant de l'embrasser.

Aux anges, Ellen se serra plus fort contre lui et s'abandonna au plaisir de la réconciliation. Ensuite, haletants et radieux, ils restèrent enlacés.

– Qu'allons-nous faire, maintenant ? murmura la jeune fille dans le creux de son épaule.

– Nous allons annoncer au monde entier que nous nous aimons, que nous allons nous marier et que je vous emmène avec moi à Fairview dès mercredi. La cérémonie nuptiale aura lieu à Noël.

– Vous... vous en êtes certain ? fit-elle en écarquillant les yeux.

– Absolument, répondit-il avec un sourire attendri.

Ils s'embrassèrent à perdre haleine. Bientôt, ils furent interrompus par un toussotement discret.

Hugh leva la tête et croisa le regard amusé de Charles.

– J'ai l'impression que l'heure est aux félicitations, dit-il. Ou vais-je devoir défendre l'honneur d'Ellen ?

Ellen rougit et enfouit son visage au creux de l'épaule de Hugh, qui l'enlaça.

– Ellen vient d'accepter de m'épouser, annonça fièrement le jeune homme, fou de bonheur.

Le souper se déroula dans une atmosphère festive. À la fin du repas, Charles se leva et leva son verre.

– Aux fiancés ! lança-t-il. Qu'ils soient heureux pour le reste de leurs jours !

Posant les yeux sur Laura, il ajouta :

– Qu'ils connaissent autant de bonheur que j'en éprouve aux côtés de Laura.

L'intéressée fut envahie d'une douce chaleur. Il ne lui avait jamais dit qu'il l'aimait, mais leur passion charnelle et le regard enamouré dont il la couvait étaient éloquents.

Ils passèrent au salon, ne parlant que des préparatifs du mariage. Les fiancés souhaitaient partir ensemble pour Fairview dès le mercredi suivant avec le convoi de la plantation.

– L'idée que ma sœur voyage seule avec vous, même fiancée, ne me plaît guère, avoua Laura. Et je trouve cavalier que vous l'imposiez à votre famille sans leur en parler.

Laura rosit.

– Après mon mariage un peu précipité avec Charles, reprit-elle, j'aurais apprécié qu'Ellen effectue un parcours plus... traditionnel. Il faut en parler à vos parents.

Hugh et Charles échangèrent un regard complice.

– Mais ils sont déjà au courant, déclara le jeune homme. Cet après-midi, Charles a envoyé un domestique à Fairview avec une lettre où j'explique la situation à mes parents. D'ailleurs, ils savent depuis longtemps quels sentiments je porte à Ellen.

– J'aurais aimé être informée de cette décision, dit Laura sèchement à son mari. Après tout, Ellen est ma sœur et je suis sa seule parente.

Ellen se précipita vers elle et tomba à ses genoux.

– Laura ! implora-t-elle. Ne sois pas si rigide ! Depuis notre arrivée en Amérique, il nous est arrivé tellement d'aventures extraordinaires. Nous ne sommes plus à Londres. Personne ne sera choqué de me voir voyager avec Hugh. Il souhaite simplement que je séjourne à Fairview jusqu'au mariage, qui aura lieu à Noël. Dis-moi que tu es heureuse pour moi !

Laura repoussa une boucle de son front.

– Tu sais bien que je ne peux rien te refuser. Si tel est ton désir...

– Oh oui ! Plus que tout au monde ! s'exclama la jeune fille en prenant les mains de sa sœur dans les siennes.

Hugh s'approcha de sa fiancée.

– Je m'occuperai d'elle, promit-il.

– Comment lutter ? soupira Laura. Très bien, vous avez mon consentement.

La jeune femme était tout de même soucieuse de ne pas provoquer de scandale.

– Ellen, ne vaut-il mieux pas que tu restes ici le temps que Hugh voie ses parents et qu'il te fasse venir plus tard ? Je n'apprécie guère de vous voir vous enfuir comme des voleurs.

– Tu accordes bien trop d'importance au qu'en-dira-t-on, duchesse, murmura Charles. Fairview n'est qu'à une bonne journée de route d'ici. Hugh a prévu qu'ils passeraient une nuit à Walker Ridge, où Sam et Letty leur serviront de chaperons. Le lendemain, ils partiront pour Fairview. De quoi as-tu si peur ? ajouta-t-il avec une lueur malicieuse dans le regard.

Laura rougit, furieuse contre son mari. Avant qu'elle puisse trouver une réplique qui fît mouche, Anne Clemmons vint à sa rescousse.

– Madame, je pourrais accompagner les jeunes gens, si cela vous rassure, dit-elle en s'interrompant dans son tricot. Après tout, il n'était pas prévu que je reste ici pour toujours. Vous vous êtes montrée très gentille, mais je suis gênée de m'imposer. Il est temps que je regagne Walker Ridge.

Anne avait fini par s'adapter à l'Antre du diable, où chacun appréciait sa compagnie discrète et efficace. Elle était toujours prête à rendre service. Laura s'était attachée à elle et la considérait presque comme un membre de la famille. Même Charles avouait s'être mépris sur son compte. Laura regretterait sa présence, de même que celle des deux jeunes gens.

– Vous êtes sûre ? demanda-t-elle. Nous serions ravis de vous garder.

– Vous êtes trop bonne, insista Anne. Je vous remercie pour votre gentillesse de tous les instants. Mais je dois rentrer.

Elle posa un regard pensif sur Charles.

– J'ai une affaire à régler, ajouta-t-elle avec un sourire triste. Vous ne pouvez imaginer ce que ce séjour parmi vous représente pour moi. Jamais je ne l'oublierai, quoi qu'il arrive.

Cette question réglée, la conversation dériva vers d'autres sujets. Ce soir-là, en se couchant, Laura dit à son mari :

– Je me demande à quoi Anne faisait allusion.

Charles ne songeait qu'à débarrasser sa femme de sa chemise de nuit en dentelle.

– Oh, certainement rien de grave. Elle a envie de rentrer chez elle, voilà tout.

Il glissa les mains sur la peau laiteuse de la jeune femme, faisant naître son désir. Elle frissonna d'impatience au souvenir de leur dernière nuit. Jetant à terre la chemise de nuit, Charles s'empara de sa bouche sans attendre et lui caressa les seins. Une fois de plus, ils s'envolèrent ensemble jusqu'à l'extase.

Plus tard, repus, ils évoquèrent le mariage de Hugh et d'Ellen. Caressant distraitement le bras de la jeune femme, Charles déclara :

– Je sais que tu vas avoir de la peine de voir partir ta sœur. Mais rassure-toi, nous leur rendrons visite régulièrement et ils viendront ici.

– Ellen est si jeune... Je me suis toujours occupée d'elle. Je vais avoir du mal à m'habituer à son absence. Cependant, je suis ravie pour elle.

Elle se tourna vers lui et contempla les traits finement ciselés de Charles.

– Elle sera heureuse, n'est-ce pas ? murmura-t-elle. Hugh sera un bon mari ?

– Si je n'en étais pas persuadé, j'empêcherais ce mariage, assura-t-il.

Charles rit et l'attira sur lui.

– Quant à nous, je sais que nous serons heureux ensemble, malgré des débuts difficiles, souffla-t-il contre ses lèvres.

Laura songea à ses doutes et à ses soupçons stupides. Charles ne lui avait pas encore déclaré son amour, mais il le lui prouvait chaque jour. Son avenir s'annonçait sous les meilleurs auspices. De plus, elle attendait leur enfant, ce qui la comblait de joie. Mais c'était trop récent pour qu'elle lui en parle. C'était encore son tendre secret. Cependant, elle imaginait le bonheur de son mari quand elle lui dirait qu'il allait être père. Ce serait un garçon... et il aurait les yeux bleus de son père.

Le jour du départ, il faisait frais et sec. Sous les premiers rayons du soleil, Laura, les yeux embués de larmes, fit ses adieux à Ellen, à Hugh et à Anne. Jed, Mary et les autres étaient déjà en route. Laura se sentit soudain abandonnée. Elle se réjouissait des fiançailles de sa sœur, mais la jeune fille lui manquait déjà.

Voyant son chagrin, Charles la prit par l'épaule.

– Nous irons peut-être les voir en novembre, promit-il. Si le temps le permet.

– Non, ce n'est pas la peine. Il y a trop de travail, répondit-elle d'une voix tremblante. J'attendrai le jour du mariage. Je suis un peu émue, ce n'est rien.

Ses yeux topaze scintillaient de larmes. Charles en eut le cœur brisé. À cette heure matinale, elle n'avait pas pris la peine de nouer ses cheveux en chignon. L'air frais lui donnait bonne mine. Jamais elle n'avait été aussi belle. Charles en fut transporté de joie. Il devait l'admettre, elle était la seule femme qu'il ait vraiment aimée. L'intensité de ses sentiments l'effrayait. Il suffisait qu'elle le regarde pour qu'il se sente le roi du monde.

Troublée par son regard insistant, elle déclara :

– Ne me dévisage pas ainsi. Tu me mets mal à l'aise.

– Vraiment, duchesse ? fit Charles, qui se ressaisit. Jamais de la vie ! Je me disais que j'avais bien fait de t'épouser.

– Ah bon ? fit-elle, hésitante et timide.

Il la prit dans ses bras et l'embrassa tendrement.

– Et toi, qu'en penses-tu ? s'enquit-il d'une voix rauque.

– Ce n'est pas si désagréable, admit-elle en détournant les yeux.

Charles s'esclaffa. Il adorait même sa façon de se moquer de lui. Il mourait d'envie de lui déclarer sa flamme, sachant qu'il ne lui était pas indifférent. Mais pouvait-elle l'aimer en retour ? Lui faire confiance ?

Il la toisa du regard. Il saurait gagner son amour, quitte à la courtiser, à conquérir son cœur par tous les moyens.

Ce jour-là, la jeune femme mit le changement d'attitude de son mari sur le compte du départ du convoi. Ils passèrent la journée à travailler puis se retrouvèrent pour un souper en tête à tête. Oubliant la présence des domestiques, ils bavardèrent et plaisantèrent, de plus en plus amoureux l'un de l'autre sans s'en rendre compte. Ensuite, dans le grand lit de Charles, ils partagèrent les plus belles heures de leur vie. Alanguie dans ses bras, Laura savourait son bonheur, remerciant le destin d'avoir placé Charles sur son chemin.

La jeune femme n'attendait plus qu'une chose : qu'il prononce la phrase que son cœur attendait. Elle sentait leur enfant croître en elle. Seule une déclaration d'amour manquait à sa félicité.

Udell et son frère épiaient les moindres mouvements des habitants de l'Antre du diable depuis deux jours quand le convoi se mit en route. Ils allaient enfin pouvoir se venger. Udell était fou de colère de voir Laura mariée avec Charles. Il se jura d'éventrer la jeune femme sous les yeux de son mari.

Il fallait qu'il souffre avant de mourir, songea le brigand, qu'il entende sa femme implorer sa pitié.

Ils avaient reconnu Anne d'après la description fournie par l'homme qui les payait. Comment respecter les ordres si Anne était absente de la plantation au moment de l'assaut ? Clem proposa de suivre le convoi, de tuer Anne, de violer Ellen puis de revenir s'occuper de Charles. Udell le persuada de rester, ignorant que leur cible ne se rendait pas à Richmond.

– On aura le temps de s'en charger quand Charles sera éliminé, dit Udell. Pense à notre or. On le tuera demain matin, ensuite on suivra les autres. Richmond est loin d'ici. On les rattrapera vite et on réglera son compte à la vieille.

– D'accord, concéda Clem à contrecœur. Mais la blonde, elle est pour moi. Je vais lui donner une bonne leçon, à cette maudite garce !

Les deux hommes n'avaient repéré que trois ou quatre hommes sur la plantation, dont Charles. Il restait des femmes, des enfants, et les esclaves, qui ne leur poseraient aucun problème.

– Si on attaque à l'aube, ils seront encore couchés, reprit-il. On n'aura qu'à s'introduire dans la maison pour éliminer Charles et sa femme. Ni vu ni connu. De toute façon, les autres seront occupés à repousser nos Indiens.

Udell se frotta le menton.

– Au fait, dit-il, j'ai pensé à une chose. J'ai pas envie de partager notre or avec ces types.

– Tu crois qu'on peut s'en sortir seuls ? fit Clem. C'est trop risqué !

– Peut-être, mais... (Udell sourit.) Si on y arrive, tout l'or sera pour nous.

Le brigand réfléchit.

– Si on arrive à tuer discrètement les hommes...

– Personne ne nous dérangera pendant qu'on s'occupera de Charles et de sa femme, et on ne sera plus obligés de partager le butin...

Il esquissa un rictus cruel.

– Toute l'affaire restera strictement entre nous, conclut Clem.

Les deux frères hochèrent la tête. Quelques instants plus tard, ils s'enfoncèrent dans les bois. Demain, ils régleraient leur compte à Charles Walker et à sa garce de femme.

23

Charles ignorait ce qui l'avait réveillé en sursaut. Ce n'était pas sa femme, paisiblement endormie à ses côtés. Par la fenêtre, il aperçut les premiers rougeoiements de l'aube. Il n'était pas encore l'heure de se lever.

Quelque bruit anormal l'avait pourtant tiré d'un profond sommeil. Il dressa l'oreille. Pris d'une prémonition, il se leva et enfila quelques vêtements à la hâte.

Les sens en alerte, de plus en plus inquiet, il saisit son poignard sur la table de chevet. Dans un coin de la pièce était posé un mousquet. L'Antre du diable étant une plantation isolée, nul n'était à l'abri d'une attaque surprise, quels que soient les assaillants, Indiens ou bandits de grand chemin.

Les hommes étant partis à Richmond, il se devait de veiller au grain. Après tout, ses voyages à Richmond étaient connus dans toute la région. Le moment était bien choisi.

Au bout de quelques secondes, il se détendit. Ce bruit devait être le fruit de son imagination. Mais il n'était pas rassuré pour autant. Il avait déjà ressenti cette impression étrange qui lui avait sauvé la vie par le passé.

Il allait retourner se coucher quand il perçut un léger craquement dans l'escalier. Charles se figea. Il connaissait parfaitement les sons familiers de sa maison. Il s'agissait de la sixième marche.

Sans perdre de temps, il alla réveiller Laura. La jeune femme se retourna et gémit. Le voyant penché sur elle, elle voulut lui parler mais il posa un doigt sur ses lèvres.

– Chut...

Le regard interrogateur, elle l'observa.

– Quelqu'un s'est introduit dans la maison, murmura-t-il. Ne fais pas de bruit...

La jeune femme retint son souffle, imaginant déjà une horde de sauvages sanguinaires surgissant dans la chambre. Croisant le regard grave de son mari, elle se ressaisit et hocha docilement la tête.

Il effleura sa joue d'un baiser et partit au-devant des agresseurs. Laura se leva à son tour sur la pointe des pieds et s'habilla. Par chance, ses vêtements étaient éparpillés sur le sol, Charles s'étant montré particulièrement empressé, la veille. Sa robe gisait sur le tapis avec sa camisole et ses jupons de dentelle.

Le cœur battant, elle chercha une arme des yeux. Apercevant le mousquet, elle hésita. Elle ne savait pas charger une arme à feu, mais pouvait toujours s'en servir pour frapper un éventuel agresseur.

Tout à coup, elle vit la porte de la chambre s'ouvrir lentement. Charles était prêt à l'attaque, brandissant son poignard. Elle sentit la colère monter en elle.

Bientôt, une créature terrifiante apparut sur le seuil, un homme vêtu d'une culotte de daim, portant des plumes dans les cheveux, le visage grimé, tenant une hache d'une main et un couteau de l'autre.

Visiblement, il espérait les surprendre dans leur sommeil. Il parut surpris de les trouver debout. Après un silence pesant, l'intrus esquissa un rictus cruel. Laura faillit s'étrangler. Ce déguisement dissimulait en fait Udell Thacker et ses dents noircies.

– Bon sang ! lança-t-il sans quitter Charles des yeux. On peut dire que tu ne fais jamais ce qu'on attend de toi. C'est idiot de ma part d'avoir cru te surprendre en plein sommeil.

– En effet, répondit Charles. Que me vaut l'honneur de ta présence, de si bon matin, dans ma chambre ? demanda-t-il poliment.

– Il se trouve que je ne suis pas le seul à vouloir te voir les tripes à l'air, répondit Thacker avec un large sourire.

– Ah bon ?

– J'ai rencontré un type qui ne te porte pas dans son cœur, lui non plus. Ensemble, on a réfléchi à un moyen de t'éliminer. J'avoue que cette tâche sera un plaisir pour moi. Non seulement je te tue, mais mon... partenaire va me verser une coquette somme en pièces d'or.

– Comment oseriez-vous faire une chose pareille ? demanda Laura, outrée par ses propos.

Elle ne put que frissonner d'horreur sous le regard lubrique du brigand. Elle exprimait un tel dégoût que la satisfaction d'Udell s'envola.

– Ferme-la, ma jolie ! Et occupe-toi de tes affaires ! Cette fois, tu ne m'échapperas pas.

– À ta place, je ne m'avancerais pas trop, prévint Charles.

– Et qu'est-ce qui te dit que je ne vais pas tenir parole ? s'enquit le brigand d'une voix traînante.

– Je te tuerai avant que tu ne puisses poser la main sur elle, affirma Charles, se demandant désespérément qui avait pu charger Udell de cette funeste mission.

Seul Jonathan était capable d'un tel geste.

– Tu crois ça ? railla Udell d'un ton ironique.

Charles plissa les yeux. Quelque chose clochait. Udell était trop confiant face à deux personnes armées.

La réponse lui vint trop tard. Derrière lui, il reconnut la voix éraillée de Clem :

– Donne-moi ce mousquet, ma jolie...

Charles pivota légèrement, sans perdre Udell de vue. Il se maudit. Clem saisit le mousquet et le jeta à terre. Puis il saisit la jeune femme et la retint prisonnière. Comment Charles avait-il pu être aussi inconscient ? Les deux frères étaient inséparables. Clem s'était introduit par la chambre de Laura.

– Qu'allez-vous faire maintenant ? demanda-t-il en maîtrisant sa rage.

– D'abord, vous allez vous approcher l'un de l'autre, ordonna Udell. On avait décidé de tuer toutes les personnes qui nous empêcheraient de vous atteindre, mais on a préféré venir directement à vous. On est payés pour ça. Si tu veux éviter à tes amis et domestiques de mourir, tu vas obéir. Moi, je n'ai pas peur de tuer. Suis mes instructions, et tu n'auras à te soucier que de ta peau et de celle de ta jolie petite femme.

Charles ignora cette provocation et hocha la tête. Il était perdu, mais il pouvait encore sauver Laura. À condition d'être habile. Sous son calme apparent, il était fou d'angoisse à l'idée que les deux frères puissent abuser de Laura.

Laura avait cessé de se débattre dans les bras de Clem. Soudain, elle se pencha et le mordit au poignet.

Clem hurla de douleur, mais la tigresse ne lâcha pas sa proie. Le brigand s'agita, cherchant à se libérer de son emprise, appelant son frère à la rescousse.

Ce fut l'occasion que Charles attendait. Rapide comme l'éclair, il se jeta sur Udell, profitant d'une seconde d'inattention. Les deux hommes tombèrent à terre. Le brigand lâcha sa hache. Les lames de leurs couteaux étincelaient tandis qu'ils luttaient comme de beaux diables, roulant sur le tapis.

Aucun ne parvint à lever son couteau pour frapper son adversaire. Charles chercha à dégager son poignet. Pantelants, ils se foudroyaient du regard, cherchant à prendre le dessus. Charles parvint à dégager sa main. Avec un sourire cruel, il enfonça sa lame dans la poitrine d'Udell, visant en plein cœur.

Thacker émit un grognement sourd puis se raidit avant de s'immobiliser. Saisissant l'autre couteau, Charles se tourna vers Clem.

Ces quelques minutes avaient paru une éternité à Laura, les dents toujours plantées dans la chair de Clem. Celui-ci lui tirait les cheveux, cherchant à la faire lâcher prise. Lorsque le silence s'installa enfin dans la pièce, la jeune femme comprit que son destin était scellé. Soit elle allait se jeter dans les bras de son mari vainqueur, soit éprouver une douleur pire que la mort. Elle avait réussi à maintenir son adversaire en respect, sachant que sa vie et celle de son mari étaient en jeu.

Au moment où Charles se jetait sur Clem, celui-ci dégagea son poignet blessé et frappa violemment la tête de la jeune femme, qui s'écroula, inconsciente.

Haletant, Clem découvrit que c'était son frère qui gisait sans vie sur le sol. Les deux hommes se toisèrent, les yeux brûlants de haine. Clem jura et saisit son couteau, mais Charles avait déjà levé le bras et planta sa lame dans la gorge de son adversaire. Il y eut un gargouillis, puis Clem tomba à genoux, se tenant le cou tandis que le sang jaillissait de sa blessure. Quelques instants plus tard, il succomba à son tour.

Charles se dit que ces deux malfrats avaient eu une mort trop douce au regard de leurs intentions. Implacable, il retourna le cadavre de Clem et récupéra son couteau.

Oubliant les deux cadavres, il se tourna vers sa femme. La voyant inerte, il fut saisi d'une sourde angoisse. Il se précipita vers elle et il la prit doucement dans ses bras.

La jeune femme avait déjà une ecchymose sur la pommette, là où son agresseur l'avait frappée. Elle se mit à gémir tandis que Charles lui murmurait des paroles rassurantes.

– Laura, chérie, réveille-toi. Tout est fini. Nous avons gagné. Tu ne risques plus rien.

Au fil des minutes, Laura ne disait toujours rien. De terribles pensées envahirent Charles. Elle avait reçu un choc violent, mais... Soudain, il eut la gorge sèche. Elle pouvait être gravement blessée, voire pire...

– Chérie, réveille-toi ! implora-t-il en la serrant contre lui. Il le faut ! Je t'aime ! Je ne peux vivre sans toi !

Il la porta sur le lit. Elle ne bougea pas tandis qu'il remontait les couvertures sur elle. Par chance, il la voyait respirer. Il écarta une mèche tombée sur sa joue meurtrie.

Il la veilla longuement, dévoré de remords et d'angoisse. Il en voulait aux Thacker et surtout à Jonathan. Une soif de vengeance l'envahit, mais il devait d'abord s'occuper de Laura, sa tendre épouse.

En mordant Clem, elle leur avait certainement sauvé la vie. Mais à quel prix ? Elle paraissait si vulnérable, à présent, si belle avec ses longs cils qui caressaient sa peau.

Il s'en voulut de l'avoir forcée à l'épouser sans lui avouer son amour. Désormais, il allait lui répéter jour après jour combien il l'aimait.

Il lui déposa de petits baisers sur la joue.

– Laura, réveille-toi, je t'en prie, murmura-t-il. Ne meurs pas... Je t'aime... Je t'ai toujours aimée, depuis le premier jour... Mais j'étais trop orgueilleux pour l'admettre.

Au moment où il décida d'aller chercher de l'aide, il vit battre ses paupières. Dans un gémissement, elle ouvrit enfin les yeux.

– Que s'est-il passé ? demanda-t-elle d'une voix endormie.

Charles éclata de rire, fou de bonheur.

– Les Thacker brûlent déjà en enfer, duchesse.

– Ils sont morts ? fit-elle, à la fois choquée et rassurée.

– Tu n'as plus rien à craindre de ces vermines, assura-t-il.

– Et l'homme qui les a engagés, reprit-elle, l'air soucieux. Qui peut vouloir ta mort ?

Tout à coup, elle comprit.

– Jonathan... chuchota-t-elle avec effroi.

– J'en ai la certitude, déclara Charles. Et j'ai bien l'intention de lui rendre visite pour tirer les choses au clair.

– Charles, tu ne peux pas l'affronter seul. Cet homme est le mal en personne. Promets-moi que tu n'iras pas, implora-t-elle. S'il devait t'arriver quelque chose...

Elle s'interrompit, soudain intimidée.

Charles oublia un instant Jonathan pour l'embrasser tendrement.

– Cela t'ennuierait-il beaucoup qu'il m'arrive quelque chose de fâcheux ? souffla-t-il contre ses lèvres.

Laura détourna les yeux. À quoi bon faire semblant ? songea-t-elle. Elle l'aimait plus que tout au monde. Après ce qu'ils venaient de vivre, le reste semblait dérisoire. Il fallait qu'il sache combien elle l'aimait.

– Oh oui, avoua-t-elle, espèce de monstre !

– Pourquoi faut-il toujours que tu te battes contre moi, duchesse ? demanda-t-il. Tu ne sais donc pas que je t'aime plus que ma vie, et ce, pour le reste de mes jours ?

Laura plongea dans son regard bleu. Elle y lut une tendresse infinie. Son cœur se mit à battre la chamade.

– Peux-tu répéter ce que tu viens de dire ? demanda-t-elle, prudente.

– Je t'aime, murmura-t-il. Je t'aime depuis la seconde où j'ai posé les yeux sur toi, à Richmond. Et c'est pour cette raison précise que je me suis livré à toutes les bassesses pour faire de toi ma femme.

Des larmes de bonheur montèrent aux yeux de la jeune femme.

– Charles ! souffla-t-elle, après la façon dont tu m'as traitée... Tu ne mérites pas mon amour. Pourtant, si tu savais comme je t'aime !

Ils savourèrent ces instants magiques. Les malentendus du passé s'envolèrent. Leur amour était plus fort que tout désormais.

Un coup frappé à la porte les ramena à la réalité. Charles quitta le lit et fit la grimace en voyant les deux cadavres. Il avait complètement oublié les Thacker, tout à la joie de son amour.

En ouvrant la porte, il découvrit Orval, un cousin de Jed. Voyant Charles à demi nu, celui-ci rougit et se mit à bredouiller :

– Désolé de vous déranger, monsieur, mais le jeune Robert vient de trouver des chevaux et quelques mulets cachés dans les sous-bois, derrière la grange. Il n'a pourtant vu personne. J'ai préféré vous prévenir.

– Je suis au courant, fit Charles. Nous l'avons échappé belle, mais ma femme et moi avons réglé le problème.

Il ouvrit plus grand la porte et lui montra les cadavres. Orval en eut le souffle coupé. Charles répondit à ses nombreuses questions, sans évoquer ses soupçons à l'encontre de Jonathan. Il ordonna que les cadavres soient emportés au plus vite. Charles et Laura s'installeraient dans les appartements de la jeune femme.

– Très bien, ma chère, murmura Charles à Laura quand Orval se fut retiré. Et si nous nous allions dans une pièce un peu plus intime ?

– Bonne idée, susurra-t-elle avec un sourire radieux.

Charles la porta jusque sur son lit et l'embrassa.

– Cela signifie-t-il que tu m'obéiras toujours ? demanda-t-il, une lueur taquine dans le regard.

– À condition que tu fasses preuve de bon sens, répondit-elle en plissant le nez. Sinon...

– Sinon ? répéta-t-il avant de l'embrasser avec fougue.

– Quoi ? gémit-elle, emportée par la volupté de ses caresses.

– Rien, répondit-il. Je suis résigné à me laisser mener par le bout du nez. Je suis si amoureux que cette perspective me ravit.

– Charles...

Deux domestiques emportèrent les cadavres des agresseurs. Charles et Laura prirent une légère collation dans la salle à manger. Le nom de Jonathan fut prononcé.

– Je vais me rendre à Walker Ridge pour le rencontrer,

annonça Charles en posant sa tasse. Nous ne serons pas en sécurité tant que le problème ne sera pas réglé. Que nous réserve-t-il ? Nous n'aurons peut-être pas toujours de la chance.

Ignorant le regard implorant de son épouse, il reprit :

– Tu es menacée simplement parce que tu es ma femme, expliqua-t-il. Tu risques d'être blessée. C'est décidé, je pars demain matin pour Walker Ridge.

Désemparée, Laura sut qu'elle ne pourrait le faire changer d'avis.

– Très bien, dit-elle en posant sa fourchette. Dans ce cas, nous irons tous les deux. Ne proteste pas ! Rien ne pourra m'empêcher de te suivre.

24

Leur querelle se prolongea, chacun campant sur ses positions. Quelques heures plus tard, en la regardant blottie entre ses bras, il se dit qu'elle était aussi têtue que belle. Elle n'avait pas cédé.

Par un accord tacite, ils avaient conclu une trêve pour la nuit. Si leurs ébats furent particulièrement tendres et passionnés, leur mésaventure du matin y était sans doute pour beaucoup. Leur amour réciproque était déclaré, plus aucun obstacle ne se dressait entre eux.

Blottie contre Charles, la tête sur son épaule, Laura eut envie de lui annoncer sa grossesse. Les mots lui brûlaient les lèvres. Mille fois elle avait failli tout lui révéler afin de partager avec lui cette joie. Mais le moment propice ne s'était jamais présenté. Leur querelle à propos du déplacement à Walker Ridge n'avait fait que repousser l'échéance.

S'il apprenait qu'elle était enceinte, il l'empêcherait de quitter la maison par tous les moyens, quitte à l'enfermer dans la cave. Elle soupira. Le moment était mal choisi. Elle décida d'attendre que le problème posé par Jonathan soit résolu.

Le lendemain matin, Charles tenta une dernière fois de la dissuader. Face à son expression déterminée, il capitula et fit seller deux chevaux. En milieu de journée, ils se mirent en route.

Le trajet parut court à la jeune femme. Ils quittèrent bientôt la forêt et débouchèrent sur la plantation de Walker Ridge. Le soleil dardait ses rayons brûlants. La jeune femme avait ôté sa cape. N'étant pas une cavalière émérite, elle se réjouit d'être arrivée à destination.

Charles l'aida à mettre pied à terre. Il la retint en la voyant chanceler.

– Tu n'as pas l'habitude de monter aussi longtemps, n'est-ce pas ? fit-il.

– Non, mais tu verras, je serai bientôt une excellente cavalière, répliqua-t-elle, les yeux pétillants d'enthousiasme.

– Ils vont être surpris de nous voir, murmura Charles tandis qu'ils gravissaient les marches du perron.

– C'est vrai. C'est pourquoi il vaut mieux leur dire la vérité. Du moins ne pas leur celer trop de choses.

Ils étaient entièrement d'accord sur ce point. Ils ne leur cacheraient que le rôle de Jonathan dans l'agression.

On les conduisit dans le petit salon où se tenaient Sam et Letty. Le couple parut enchanté de voir Charles. Le vieil homme le serra même longuement contre lui. Étonné par ces marques d'affection, Charles se rendit compte qu'une atmosphère étrange régnait dans la pièce. Sam et Letty se comportaient pour le moins bizarrement.

Letty le dévisageait avec une telle émotion qu'il en était embarrassé. Ils auraient pu lui expliquer, mais ils n'étaient pas encore remis du choc de la révélation. Anne Clemmons avait fini par tout leur avouer sur cette nuit d'orage. Dès son arrivée, en compagnie d'Ellen et de Hugh, elle avait demandé à Sam un entretien en particulier. Elle avait confirmé les soupçons de Sam. Il était si heureux qu'il ne songea pas à en vouloir à Anne. Il la prit même en pitié.

Quant à ses sentiments pour sa belle-mère... Depuis quarante-huit heures, il parvenait à peine à la regarder, encore moins à lui parler. Quand Sam fit part à Letty des confidences d'Anne, la vieille dame se trouva déchirée entre le bonheur et la rage. Elle ne supportait plus la présence de Constance. Le lendemain, après le départ d'Ellen et de Hugh pour Fairview, un froid s'installa dans la maison.

Constance, qui n'était pas une imbécile, remarqua le changement d'attitude du couple après le retour inattendu d'Anne. Elle comprit vite la situation. Elle se retira dans ses appartements, espérant qu'elle se faisait des idées. Lorsque Anne refusa de lui parler, elle sut que ses craintes étaient fondées. Elle fit envoyer un message urgent à son fils. On lui répondit que Jonathan ne serait de retour qu'à la fin de la semaine.

Depuis le retour d'Anne, il régnait une atmosphère de bonheur mêlée de tension dans la maison. Sam et Letty gardaient précieusement leur secret, impatients d'apprendre la nouvelle à leur fils.

Sam ne se souciait guère du destin de Constance. Elle retournerait sans doute en Angleterre dès que le scandale éclaterait.

Sam et Letty avaient eu toutes les peines du monde à ne pas se précipiter à l'Antre du diable. Charles allait-il les croire ? Serait-il heureux ? Son arrivée impromptue fut une coïncidence qui les réjouit.

Laura remarqua, elle aussi, la chaleur qui irradiait du couple à l'égard de Charles. Elle se dit que son amour pour lui devait déteindre sur son entourage.

Tous quatre bavardèrent de choses et d'autres, puis Charles aborda enfin la raison de leur visite. Sam et Letty écoutèrent son récit avec attention. Letty blêmit tandis que son mari serrait les poings.

– Ils n'ont pas nommé l'homme qui les a payés ? demanda Sam dès qu'il eut terminé.

– Non, mais j'ai ma petite idée, répondit Charles.

– Jonathan, naturellement, déclara le vieil homme.

Charles et Laura furent stupéfaits.

– Qu'est-ce qui vous fait dire cela ? demanda Charles, le front plissé.

Sam et Letty se regardèrent.

– Il faut lui dire, fit Letty d'une voix tremblante. Je veux qu'il le sache. En réalité, je suis folle d'impatience !

Sam prit sa main dans la sienne et l'embrassa.

– Comme tu voudras. Je ne peux rien te refuser.

– Ça suffit ! Dis-le-lui.

Charles et Laura étaient assis en face d'eux, médusés.

– Tu dois te demander pourquoi nous sommes si... étranges, aujourd'hui, déclara Sam. Je vais te raconter une histoire. Tu vas tout comprendre. Une histoire qui commence il y a plus de trente ans... le soir de ta naissance.

Le jeune couple écouta son récit, abasourdi par les révélations de Sam. Le silence de Morgan, la recherche de preuves, les aveux d'Anne...

Le silence s'installa enfin dans la pièce.

– Vous voulez dire que je suis votre fils ? demanda Charles, incrédule. Votre fils légitime. Un jumeau ?

– Oui ! confirma Letty. N'est-ce pas merveilleux ! Tu es notre enfant !

Charles fut envahi de mille émotions, la colère, l'étonnement, les regrets, l'espoir.

– Vous en êtes certains ? demanda-t-il.

– Absolument. N'oublie pas que nous avons deux témoins, deux versions qui concordent. Et ce fameux sixième orteil au pied droit ! Si Morgan n'avait pas croisé ton chemin...

– Cela te contrarie ? demanda Letty, soudain inquiète de le voir pensif. Tu aurais aimé d'autres parents ?

– Comment ? répondit-il. Je suis si heureux... J'ignore si j'ai envie d'étrangler Morgan ou de le remercier...

– Moi, je le sais, mon fils, dit-elle.

Charles se précipita vers sa mère et lui embrassa les mains.

– Je me suis toujours posé tant de questions sur ma mère, me demandant pourquoi elle n'avait pas voulu de moi. Enfin, le plus important est que nous soyons réunis...

Letty caressa ses boucles brunes d'une main tremblante.

– Enfin... murmura la vieille dame, les larmes aux yeux. Enfin...

Laura sentit sa gorge se nouer. Charles se leva pour étreindre son père.

– Mon fils... chuchota-t-il, plus ému que jamais.

Ils mirent longtemps à retrouver leurs esprits après cet intense moment d'émotion. Puis les langues se délièrent. Chacun posa les questions qui lui brûlaient les lèvres.

– Ce Morgan ! répéta Charles pour la centième fois. Quand je pense qu'il a gardé ce lourd secret pendant si longtemps !

– Moi je lui pardonne, décréta Sam. Il lui a fallu du courage pour surmonter ses craintes. Il aurait pu se taire à jamais.

– Je sais, admit Charles, mais c'est une histoire si incroyable...

Songeant à l'enfant qu'elle portait, Laura intervint :

– Je pense que tu devrais reporter ta colère sur Constance. C'est elle la responsable, pas Morgan. Lui est un héros à mes yeux. Il t'a sauvé la vie et il a fait en sorte que tu fréquentes tes vrais parents.

– Tu as raison, duchesse, concéda Charles. Morgan est un saint.

– Pas tout à fait, corrigea Letty. Mais c'est un brave garçon.

– On ne peut pas en dire autant de Jonathan et de sa mère, reprit Charles qui se tourna vers son père. Est-il au courant de la vérité ?

– D'après Anne, il l'est, répondit-il dans un soupir. Cela m'a beaucoup inquiété. Jusqu'à ce que tu me racontes l'agression des Thacker, je n'aurais jamais cru qu'il irait aussi loin dans sa folie meurtrière. Sinon, je t'aurais mis en garde.

– Qu'allons-nous faire ? demanda Laura. Nous n'avons aucune preuve que c'est lui qui a chargé les Thacker de leur sale besogne.

– Nous n'en aurons pas besoin, dit Sam. Quand la véritable identité de Charles sera rendue publique, Jonathan n'aura plus de raison de souhaiter sa mort.

– Il m'a toujours détesté, fit Charles. Bien avant qu'il ne sache qui j'étais.

– Il faut agir, implora Letty d'un air apeuré. J'ai peur qu'il ne s'attaque à Charles.

– Mère, dit celui-ci pour la première fois, souciez-vous plutôt de ce que je risque de lui infliger.

Letty fut ravie de l'entendre l'appeler ainsi, mais son inquiétude persista.

– Jonathan est un être cruel et sans scrupules. Il est capable de tout.

– Le meilleur moyen de protéger Charles est de rendre publique sa véritable identité, décréta Sam. Et le plus vite possible. Jonathan n'a rien d'un imbécile. S'il arrive quelque chose de fâcheux à Charles, il sera le premier suspect.

– Sam, à moins que je ne me promène dans toute la région avec une pancarte autour du cou, je ne vois pas comment ébruiter rapidement la nouvelle, déclara Charles.

– Appelle-moi père, veux-tu ? fit le vieil homme avec un sourire.

– Avec plaisir... père.

– Notre fils a raison, renchérit Letty. Comment annoncer la bonne nouvelle à notre entourage ?

– J'ai déjà entrepris des démarches, répondit-il. J'ai demandé à Anne de consigner par écrit toute l'histoire. Hugh et mon secrétaire ont servi de témoins attestant de l'authenticité du document. J'ai fait parvenir tout un dossier à notre notaire de Williamsburg...

– Sam, tu as agi avant que Charles n'apprenne la vérité ? demanda Letty.

– Je sais, mais j'étais pressé. Je pensais voir Charles prochainement. Cela t'ennuie, mon fils ?

– Pas du tout. J'aurais agi de même.

– Ils se ressemblent beaucoup, vous ne trouvez pas, Letty ? demanda Laura avec un sourire attendri.

– Je l'ai toujours pensé, avoua la vieille dame en les couvant du regard.

Le souper donna l'occasion de joyeuses retrouvailles familiales. Ils se doutaient qu'un scandale ne manquerait pas d'éclater, mais, pour l'heure, ils savouraient leur bonheur. Ensuite, les dames regagnèrent leurs appartements, épuisées par les émotions de la journée. Sam emmena Charles dans son bureau pour discuter de la suite des événements et du patrimoine des Walker. Ils décidèrent de séparer la part destinée à Jonathan. En tant que fils unique de Sam, Charles hériterait un jour du domaine et de la majorité des biens familiaux.

Quand Charles alla rejoindre Laura dans leur chambre, la jeune femme l'attendait au lit.

– Eh bien, duchesse, on dirait que je suis plutôt un bon parti, finalement, dit-il en la prenant dans ses bras.

– Tu vas peut-être regretter d'avoir épousé une modeste baronne, toi, l'héritier de Walker Ridge ! répondit-elle. Imagine, tu aurais pu te marier avec une vraie duchesse.

– Tu es la seule duchesse qui me plaise, affirma-t-il en plongeant son regard bleu dans le sien.

Il l'embrassa avec fougue, oubliant tout le reste.

Le lendemain, Sam et Charles eurent une entrevue fort déplaisante avec Constance. Elle nia tout, accusant Morgan et Anne. Puis, face à l'attitude implacable des deux hommes, elle comprit qu'elle avait perdu la bataille. La vérité allait éclater au grand jour et elle n'y pouvait rien, à part disparaître.

Toutefois, les lèvres pincées, elle demanda :

– Qu'avez-vous l'intention de faire de moi ? M'enfermer dans mes appartements ? Faire comme si je n'existais pas ? Vous ne pouvez m'accuser de rien, vous avez votre cher fils. Je n'ai fait que renier votre rejeton.

– Je pense que vous devriez songer à repartir immédiatement pour l'Angleterre, suggéra Sam en dissimulant avec peine son mépris. Vous trouverez certainement un petit village reculé où vous installer. Je vous ferai parvenir la rente que mon père avait prévue dans son testament.

– Vous me bannissez du domaine ? fit-elle, livide. Vous me chassez de Walker Ridge ?

– Vous préférez rester et affronter le scandale ? répliqua Sam. Vous voulez voir l'expression horrifiée de vos amies quand elles sauront ce que vous avez fait ?

Elle ferma les yeux, atterrée. C'était impensable. L'exil était la seule solution.

– Très bien, concéda-t-elle. Je partirai pour l'Angleterre dès que possible. Et Jonathan ? ajouta-t-elle, le regard noir.

– Ne vous inquiétez pas pour votre fils. Nous veillerons à ce que sa part d'héritage lui revienne. Le reste ira à mon fils Charles, précisa Sam.

Les poings crispés, Constance toisa Charles du regard.

– Vous ne pensez tout de même pas que ce bâtard sorti d'on ne sait où va usurper les droits de mon fils ? lança-t-elle avec dédain.

– Vous oubliez que ce bâtard, comme vous dites, est mon fils. À ce titre, il est l'héritier du domaine.

Le visage déformé par la haine, elle tourna les talons et quitta la pièce.

– Eh bien, commenta Charles quand elle eut disparu, elle ne me porte pas dans son cœur.

– Tu crois ? fit Sam, feignant l'étonnement.

Ils éclatèrent de rire, soulagés d'en avoir terminé avec cette entrevue pénible.

Ils partirent à la rencontre de leurs épouses respectives, qui se promenaient dans la roseraie en cette belle matinée ensoleillée.

– Constance rentre en Europe, annonça Charles.

– Dieu soit loué ! déclara Laura. Espérons que Jonathan se montrera aussi conciliant.

Ignorant qu'il allait droit à la catastrophe, Jonathan regagnait Foxfield, l'humeur enjouée. Il venait de rendre visite à des amis et s'était bien amusé. Il y avait là notamment la fille de riches planteurs de Philadelphie. Jonathan trouvait que cette riche héritière, fille unique de surcroît, ferait une épouse fort convenable. De plus, elle ne semblait pas insensible à son charme.

Il sifflota gaiement. La jeune fille n'avait certes pas de titre, mais sa famille avait des relations. Il comptait demander rapidement sa main.

Entrant dans son bureau, il ôta son chapeau et ses gants et se servit un verre de porto. Il s'assit à son bureau et commença à échafauder mille projets d'avenir. Les Thacker se chargeraient de Charles, le vieux ne tarderait pas à mourir, et il toucherait enfin tout l'héritage. L'avenir s'annonçait sous les meilleurs augures.

Il remarqua alors la lettre de sa mère, posée sur un plateau d'argent. Que lui voulait-elle encore ? se demanda-t-il en reconnaissant l'écriture familière.

À mesure qu'il prenait connaissance du message, sa joie s'envola. Anne était rentrée. Manifestement, le pire était à redouter.

Jonathan fronça les sourcils. Tout n'était pas perdu. C'était Constance qui avait commis un crime, pas lui. Sa mère avait tout manigancé. Lui était trop jeune à l'époque. Quant à son silence, il l'expliquerait par le choc qu'il avait reçu. Il dirait qu'il avait l'intention de parler à Sam et à Letty mais qu'il avait songé avant tout à mettre sa mère en sécurité avant que n'éclate un scandale. Il sourit. Le problème était réglé. Pour ce qui concernait Charles... Sa mort était imminente. Il deviendrait l'unique héritier de la fortune des Walker.

Il sonna Simmons. Son valet avait peut-être des nouvelles des Thacker.

– Oui, monsieur ? fit le domestique en s'inclinant.

Son attitude cérémonieuse alarma Jonathan.

– Tu as des nouvelles de tes gredins de cousins ?

Simmons parut attristé, mais dans ses yeux brillait une lueur étrange.

– Vous n'êtes pas au courant, monsieur ? On ne parle pourtant que de cela. Il semblerait que mes malheureux cousins aient attaqué Charles et sa femme à la plantation, il y a quelques jours, et qu'ils aient été tués, raconta-t-il sans dissimuler sa satisfaction.

Jonathan n'aimait pas l'attitude de son valet. C'était une catastrophe. Charles était donc encore en vie...

– Pendant votre absence se sont produits bon nombre d'événements, monsieur, ajouta Simmons avec malice. Monsieur Charles et sa femme sont arrivés vendredi et ont raconté comment ils avaient échappé à la mort. Cependant, ce n'est rien à côté de la nouvelle qu'ils ont annoncée. Charles serait le seul fils légitime.

De plus en plus doucereux, Simmons continua :

– Votre mère a cherché à l'éliminer à sa naissance. Qui aurait pu soupçonner un acte aussi immonde ? Les gens sont très choqués. L'affaire fait grand bruit. Sam Walker a écrit à toute la famille. Il a averti son notaire de Williamsburg. Madame votre mère est partie pour Richmond, où elle prendra le prochain bateau pour l'Angleterre. Dommage que vous n'ayez pas été à ses côtés en ces moments difficiles.

Jonathan blêmit. Cette ordure de Charles avait agi vite. La nouvelle allait se propager en Virginie comme une traînée de poudre. Il jura en frappant du poing sur la table.

– Je savais bien qu'on ne pouvait pas faire confiance à tes maudits cousins ! J'aurais dû m'en charger moi-même.

Simmons prit un air innocent.

– Ah bon ? Les Thacker travaillaient pour vous ? Mieux vaut ne pas ébruiter cette information, ajouta-t-il.

– Que veux-tu dire ?

– Oh, je pense que j'ai travaillé assez longtemps pour vous. J'aimerais changer d'activité. Bien sûr, il va me falloir un peu d'argent pour redémarrer... Disons le double de ce que vous comptiez verser à mes cousins pour le meurtre de Charles.

– C'est du chantage ! gronda Jonathan, fou de rage.

Simmons se frotta le menton, pensif.

– Je ne songe qu'à mon avenir, monsieur. Le vôtre étant un peu compromis, depuis quelques jours, je dois me débrouiller seul. Après tout, vous n'allez plus hériter de grand-chose, maintenant ! Quant à la façon dont je me suis séparé de mon... employeur précédent... si vous deviez évoquer en public cet épisode de ma vie, je serais obligé de raconter l'accord que vous avez conclu avec mes regrettés cousins.

Affichant un sourire satisfait, il ajouta d'un ton mielleux :

– Les données ont bien changé, on dirait ?

– Tu ne vas pas t'en tirer à si bon compte ! Je préfère te tuer que de te donner un sou !

– Comme vous voudrez... fit Simmons en haussant les épaules. Mais je veux mon argent avant la nuit. Mes bagages sont prêts, et j'entends partir dès que possible.

Jonathan le dévisagea, se sachant pris au piège. Il se leva d'un bond et saisit un tableau qui dissimulait son coffre-fort.

– Je vais te payer cette fois, sale maître chanteur. Ce sera la dernière !

Il ouvrit son coffre et en sortit une bourse remplie de pièces d'or. Tournant le dos à son valet, il grommela :

– Prends ça, et que je ne revoie plus jamais ta face de rat...

Au moment où il se retournait, Simmons se jeta sur lui et lui posa la lame d'un couteau sur la gorge.

– Non, murmura le valet. Je vais prendre tout ce que je voudrai.

D'un coup sec, il lui trancha la carotide. Jonathan s'écroula.

– C'est une bonne idée de garder autant de pièces d'or dans ce coffre. Je vais pouvoir m'en aller très loin d'ici...

Enjambant le cadavre de son maître, Simmons remplit plusieurs sacs et quitta le bureau, un sourire satisfait aux lèvres. Il enfourcha un cheval, ne sachant où il se rendrait. Le territoire espagnol, peut-être ? La Nouvelle-Orléans jouissait d'une réputation de ville du péché...

ÉPILOGUE

Un avenir ensoleillé

Printemps 1775

Vois mon anneau qui orne ton doigt, comme ma poitrine renferme mon pauvre cœur. Garde-les tous deux, car tous deux t'appartiennent.
William Shakespeare

L'orage qui s'abattait sur Walker Ridge rappelait par trop à Letty la nuit de cauchemar pendant laquelle ses jumeaux étaient nés. Un vent violent balayait la campagne tandis qu'une pluie torrentielle cinglait les carreaux. La vieille dame posa un regard inquiet sur Laura. Le travail avait commencé la veille, dans l'après-midi. Le front moite, les mains crispées sur son drap, la jeune femme gémissait de douleur dans son grand lit, lorsqu'une nouvelle contraction lui irradia le corps. Letty implora le ciel pour que cette naissance tant attendue se déroule bien.

Croisant le regard d'Ellen, elle y lut le reflet de sa propre angoisse. Chassant ses craintes, elle déclara :

– Rassurez-vous, ma chère. Un accouchement dure toujours très longtemps.

– Je sais, murmura-t-elle. Mais le bébé est un peu en avance. Nous ne l'attendions que dans quelques semaines.

Letty sourit à la jeune fille.

– Un enfant arrive quand il le souhaite. Il ne se soucie pas de la date.

– Si seulement cela pouvait aller un peu plus vite, souffla Laura, profitant d'un moment de répit. J'ai l'impression de lutter depuis des jours sans résultat.

Letty se mit à rire au souvenir de sa propre impatience. Elle trempa un linge dans une cuvette d'eau froide et en tamponna doucement le front de sa belle-fille.

– Cela vous semble une éternité, mais vous n'avez perdu les eaux qu'hier...

Malgré sa souffrance, Laura ne put s'empêcher de sourire. Au cours des mois ayant suivi la révélation de la véritable identité de Charles, Laura s'était beaucoup rapprochée de sa belle-famille. Jamais elle n'aurait pu rêver d'une belle-mère plus douce et compréhensive.

Les deux femmes avaient pourtant traversé une période tourmentée. Les origines de Charles et les circonstances tragiques de sa naissance avaient ébranlé l'entourage des Walker. Bien sûr, la famille faisait front pour sauver les apparences, mais on murmurait parfois dans la région que Sam ne cherchait qu'à imposer un bâtard à son épouse crédule. Toutefois, ces détracteurs n'étaient guère nombreux. La plupart des gens accordaient foi à la version de Sam. Constance n'avait jamais fait l'unanimité, loin de là. Beaucoup la croyaient capable d'un acte aussi cruel. Certes, il resterait toujours quelques sceptiques, mais qu'importe... Charles était à présent considéré comme le fils légitime et l'héritier de Sam et de Letty Walker.

Le meurtre de Jonathan vint assombrir les événements. Pendant tout l'hiver, on spécula sur un lien éventuel entre la mort de Jonathan et la révélation de l'identité de Charles. Les gens eurent souvent pitié de Constance qui venait de perdre son fils unique, oubliant un peu leur mépris pour son geste égoïste et criminel. Néanmoins, tout le monde se réjouissait de son départ pour l'Angleterre.

Nul n'ignorait qui avait tué Jonathan : le coffre béant, l'or dérobé, la disparition de Simmons, tout semblait indiquer la culpabilité du valet.

Sam offrit une forte récompense pour sa capture, mais Simmons s'était volatilisé. En son for intérieur, Charles se disait que cet homme leur avait rendu service, mais il se garda d'exprimer sa pensée à voix haute.

Le fait qu'il devienne l'héritier des Walker transforma la vie du couple. Plus question d'habiter l'Antre du diable, désormais. Charles était le maître de Walker Ridge. En novembre, Laura et lui quittèrent à regret leur foyer chaleureux pour s'installer dans la somptueuse demeure qu'ils partageaient avec Sam et Letty.

Ce fut une initiative raisonnable. Charles avait beaucoup à apprendre pour pouvoir un jour gérer seul la fortune des Walker. La mort de Jonathan l'obligeait à prendre rapidement les rênes de la plantation. En vieillissant, Sam comptait de plus en plus sur son fils retrouvé.

L'Antre du diable ne fut pas abandonné pour autant. Hugh et Ellen, qui s'étaient mariés à Noël, acceptèrent avec joie d'exploiter la plantation et l'élevage de chevaux jusqu'à ce que Hugh administre les affaires de son père, le plus tard possible, espéraient-ils.

En apprenant que Laura allait avoir un enfant, Charles fut fou de bonheur. Les futurs grands-parents furent tout aussi ravis. Laura se laissa choyer par son mari, Sam et Letty, qui lui interdisaient le moindre effort. Malgré ses protestations, ils continuèrent à la gâter pendant toute sa grossesse.

Pendant ce temps, l'agitation gagnait toute l'Amérique. La guerre était imminente. Les premiers affrontements sanglants avaient déjà éclaté à Lexington. Le gouverneur de Virginie avait fui face aux rebelles, laissant les Virginiens prendre leur destin en main.

Walker Ridge était à l'abri des passions, mais nul ne pouvait ignorer les événements qui se déroulaient dans la région. L'arrivée imminente du bébé accapara cependant l'attention des habitants du domaine.

En constatant qu'il allait naître avec quelques semaines d'avance, Sam et Letty furent d'abord alarmés. Ils retrouvèrent vite leur sérénité, laissant faire le destin.

Toutefois, Letty regardait Laura grimacer de douleur d'un œil perplexe. La grossesse s'était pourtant déroulée à merveille, et la jeune femme était en bonne santé. Malgré son ventre rond, elle avait effectué de longues promenades sur les terres du domaine.

Cet orage n'était qu'une coïncidence, se dit la vieille dame pour se rassurer.

Se penchant vers Laura pour voir où en était le travail, elle s'exclama soudain :

– C'est imminent ! Poussez, ma chère ! Je vois la tête ! Poussez !

Ellen alla vite prévenir Charles, qui faisait les cent pas dans le couloir.

– Le bébé ! s'écria-t-elle. Il arrive !

Charles aurait voulu être présent aux côtés de sa femme pendant tout l'accouchement. Mais Laura avait préféré le prévenir au dernier moment. L'air grave et inquiet, Sam demeura sur le seuil, de crainte de violer l'intimité de sa belle-fille.

Dans un dernier effort, elle mit enfin son enfant au monde.

– C'est un garçon ! clama Letty. Sam ! Viens voir ! Il est magnifique !

La vieille dame déposa l'enfant dans les bras de Laura tandis que Sam s'avançait pour rejoindre Charles au chevet de la jeune accouchée.

– Nous avons un petit-fils, déclara-t-il, émerveillé, n'osant croire à ce miracle.

– Et nous, un fils, renchérit fièrement Charles, caressant sa femme du regard.

Laura observa le petit visage ridé de son enfant. À l'idée d'avoir donné la vie à un petit être sans défense, son cœur se gonfla de bonheur. Elle croyait qu'elle ne pourrait jamais aimer personne comme elle aimait Charles, mais elle se trompait. Cet enfant de l'amour suscitait déjà en elle une passion qu'elle partagerait à jamais avec son mari.

– Je peux le prendre dans mes bras ? demanda Charles un peu timidement.

Laura sourit en découvrant la tendresse infinie du jeune père pour son fils.

Le nourrisson passa ensuite dans les bras de ses grands-parents. Laura songea combien leur fils avait dû leur manquer, combien ils avaient perdu de temps à cause de la cupidité de Constance.

Avec la satisfaction du devoir accompli, Laura se détendit, admirant le spectacle du père et de son fils.

Soudain, une nouvelle douleur lui déchira les entrailles. Voyant son visage se crisper, Letty déclara :

– Ce n'est rien, ma chère. Les suites de l'accouchement, rien de plus...

Laura hocha la tête. Mais une douleur fulgurante la traversa, plus intense encore.

– Non... Je ne crois pas... souffla-t-elle en écarquillant les yeux.

Une troisième contraction la saisit.

Pendant plusieurs minutes, Laura poussa de toutes ses forces.

– Seigneur ! s'exclama Letty. Un autre enfant arrive. Des jumeaux !

En effet, vingt minutes après son frère aîné naquit un second garçon aussi vigoureux que le premier. Ses pleurs stridents emplirent la chambre.

Une fois reposée, ses deux fils dans les bras, la jeune mère s'émerveilla.

– Des jumeaux... murmura-t-elle, incrédule. Qui aurait pu espérer un tel bonheur ?

– Eh bien, c'est de famille, expliqua Letty fièrement. Nous aurions pu nous y attendre.

Sam et Letty se réjouissaient de voir les deux enfants en parfaite santé. Laura se dit qu'un fils unique aurait été trop gâté. Mieux valait qu'ils soient deux. Elle croisa le regard de Charles, qui pétillait de bonheur et de fierté.

– Comment allez-vous les prénommer ? s'enquit Letty.

Charles esquissa un sourire taquin. Laura déclara d'un ton ferme :

– Nous avions choisi Andrew s'il s'agissait d'un garçon, et c'est le nom que portera notre fils aîné.

Elle déposa un baiser sur le front de l'intéressé. Puis elle se tourna vers le second et réfléchit un instant.

– Quant à toi, tu t'appelleras Samuel, comme ton grand-père. Tu y vois un inconvénient, Charles ?

– Absolument pas, répondit son mari. Ce sont deux jolis prénoms.

Trois semaines plus tard, par un beau matin de mai, dans la roseraie de Walker Ridge, Andrew et Samuel furent baptisés. À l'issue de la cérémonie, en voyant ses fils s'éloigner dans les bras de Sam et de Letty, Laura soupira de bonheur.

– Et si je m'occupais un peu de toi maintenant ? murmura Charles en l'enlaçant. T'ai-je dit combien je t'adorais ?

Il l'embrassa à la commissure des lèvres. Et Laura oublia ses enfants, le baptême et les invités. Se blottissant contre son mari, elle s'abandonna au bonheur d'être à ses côtés.

Après un baiser fougueux, elle s'écarta de Charles, pantelante.

– Je t'aime, moi aussi, malgré ton caractère impossible !

Il prit soudain l'air grave.

– Je t'aime, Laura, déclara-t-il d'une voix rauque. Plus que ma vie. Depuis la seconde où j'ai posé les yeux sur toi. Pourtant, je ne t'ai guère laissé le choix, n'est-ce pas ?

Elle secoua la tête.

– Non. Tu as décidé que tu me voulais, et mon destin était scellé.

Elle déposa un tendre baiser sur ses lèvres.

– Tu as vraiment de la chance que je sois tombée amoureuse de toi.

– Tu ne regrettes rien ? demanda-t-il avec une note d'hésitation dans la voix.

Elle plongea son regard dans le sien, submergée d'amour pour lui. Glissant les bras autour de son cou, elle répondit :

– Je t'appartiens corps et âme.

Charles l'enlaça à son tour et l'embrassa avec adoration. Puis, bras dessus, bras dessous, ils regagnèrent la maison, prêts à savourer leur bonheur auprès de leurs enfants.

Rendez-vous au mois de juin
avec trois nouveaux romans de la collection

Aventures et Passions

Le 5 juin 2000
Un amant sous condition
de Shirl Henke (n° 5563/L)

Colorado, 1870. Le père de Cassandra Clayton ne lui a jamais pardonné d'être une fille. À sa mort, il lui lègue son entreprise de transports, à condition qu'elle se marie dans les trois ans qui suivent et donne naissance à un garçon. La jeune fille impétueuse s'investit totalement dans l'entreprise paternelle. Mais la date fatidique approche... Cassandra parviendra-t-elle à se plier à un homme? Peut-être, s'il revêt les traits du ténébreux Steve...

Le 13 juin 2000
Traîtrises
de Penelope Williamson (n° 5568/J)

Écosse, XVIe siècle. La famille anglaise d'Alexia Carleton est l'ennemie héréditaire du clan Maxwell. Tout le monde sait que les Anglais et les Écossais s'entendent comme chiens et chats. Cependant, lorsqu'Alexia rencontre le séduisant Jamie Maxwell, le cœur l'emporte sur la raison : elle succombe. Les deux familles rivales parviendront-elles à accepter cette union ?

Le 27 juin 2000
Le seigneur de la nuit
de Susan Wiggs (n° 5582/J)

Venise, 1531. Seigneur de la nuit, noble et fortuné, Sandro Cavalli est chargé du maintien de l'ordre à Venise. Or on vient d'assassiner le secrétaire du doge. Sandro, qui redoute un complot contre la plus haute autorité vénitienne, est prêt à tout pour retrouver le coupable. D'autant que la sublime Laura Bandello, rencontrée chez un ami peintre, est peut-être elle aussi en danger.

J'AI LU *Aventures et Passions*

Quand l'amour s'aventure très loin, il devient passion

5556

Composé par I.G.S. - Charente-Photogravure (16)
Achevé d'imprimer en Europe (France)
par Maury-Eurolivres – 45300 Manchecourt
le 25 avril 2000.
Dépôt légal avril 2000. ISBN 2-290-30287-2

Éditions J'ai lu
84, rue de Grenelle, 75007 Paris
Diffusion France et étranger : Flammarion